本书为 2024 年度湖南省高校思想政治工作精品建设项目
《传承岳麓书院千年文脉　推进商学文化育人理论与实践研究》
阶段性成果

于斯为盛

千年学府与百年商学

向敬之 李恩军 著

人民东方出版传媒
People's Oriental Publishing & Media
东方出版社
The Oriental Press

图书在版编目（CIP）数据

于斯为盛：千年学府与百年商学/向敬之，李恩军著. -- 北京：东方出版社，2024.8. -- ISBN 978-7-5207-3974-0

I. I267.1

中国国家版本馆 CIP 数据核字第 2024CE2665 号

于斯为盛：千年学府与百年商学

（YU SI WEI SHENG：QIANNIAN XUEFU YU BAINIAN SHANGXUE）

作　　者：向敬之　李恩军
策　　划：王莉莉
责任编辑：李　森
出　　版：东方出版社
发　　行：人民东方出版传媒有限公司
地　　址：北京市东城区朝阳门内大街 166 号
邮　　编：100010
印　　刷：北京明恒达印务有限公司
版　　次：2024 年 8 月第 1 版
印　　次：2024 年 8 月第 1 次印刷
开　　本：880 毫米 ×1230 毫米　1/32
印　　张：12.5
字　　数：251 千字
书　　号：ISBN 978-7-5207-3974-0
定　　价：49.00 元
发行电话：（010）85924663　85924644　85924641

版权所有，违者必究

如有印装质量问题，我社负责调换，请拨打电话：（010）85924602　85924603

目　录

引子　从东方红广场买书开始　　001

上　篇

一声"赫曦"越千年　　011
每个人心中该有一座自卑亭　　030
千年书院，弦歌不绝　　038
王夫之的经世情怀　　045
屡败屡战的曾国藩输给了一次教案外交　　055
左宗棠："五百年以来的第一伟人"　　063
中国第一位驻外使节郭嵩焘　　071
蔡锷：民国国葬第一人　　079
杨度：说不清的"旷代逸才"　　085
湖大红楼见证的长沙受降日　　097
风雨话湖湘　　110
中国古文人的精神追寻　　118
中国书院文化是怎么炼成的？　　124

新山乡巨变中的心灵放歌	130
"实事求是"的音乐力量	135
用合唱点亮"美好的远方"	140
思政课堂里的青春锋芒	147

下 篇

引领风尚的湖大商学	155
杨昌济：欲栽大木柱长天	165
任凯南：三辞高位的经济教育家	180
黄士衡：商科学长变校长，力推湖大国立	188
胡元倓：磨血兴学的商学先驱	197
曹典球：兵战不如商战，商战不如学战	208
胡庶华：三掌湖大的"胡子"传奇	219
侯厚培：见证王国维最后时光的商学奇人	232
程瑞霖：国立商学院的首任院长	244
武堉干：土生土长的国际贸易学科创始人	254
朱剑农：湖大商学史上的红色经济学家	261

目录

李达：毛泽东"亲点"的湖大校长 　　270

谢觉哉：能多做事即心安 　　289

毛泽东最初立志"学成一个商业专家" 　　296

共产党人精神谱系中的湖大学子彭璜 　　312

易礼容：文化书社经理与中国第一只红色股票 　　320

湖大商学史上的红色人物 　　332

岳麓山下的6月嘉树苍苍 　　364

社会快速发展需要更多公益创业 　　369

展现湖大学子新时代文明风采 　　375

为什么写《志愿者也英雄》？ 　　379

代跋　与老书缔结不老情缘 　　386

引子　从东方红广场买书开始

某日闲聊，学院一位年轻老师突然问，东方红广场上毛主席的雕像，是左手还是右手向我们挥手示意。大家一下子懵怔了，有说左手的，有说右手的。我笑而未答。

平时上班，我每天早上从长沙地铁4号线的湖南大学站口出来去工管院，下午从办公室出来走向地铁口，途经东方红广场南端斑马线等候绿灯时，都会驻足朝广场望一望，望见伟人把手放在背后，映画在嘉树苍苍的岳麓巨幅长卷里，或见夏日里翠微漫卷，或见冬天里丹枫流彩，或见赫曦乘风归来，或见夕照满天如霞，总是别有一番韵致。

对于这个广场，我有着特别的记忆。因为我来长沙后第一次买书，是从这里开始的。

那是2001年的国庆节，师大放七天假，而我没有回家。正巧湖南多家出版社在湖大东方红广场办书市，几个同学约好一同去挑书。都是新书，都是五折，我挑来选去，最后买了100元与音乐有关的书，实付50元。

当时，家里给我的生活费并不多。弟弟在读高中，而且学二胡专业。家里的重要收入主要靠父亲在繁忙的工作之余，利用每个晚上和周末出去搞家教。我不好找父亲多要些零花钱。

为于
盛斯

　　我原来是否买过书，具体在什么时候，全然记不住了。但，这一次在东方红广场买书的情景，各种各样的宽慰，甚至钟意的几本书的名字和模样，我至今都记得很清楚。我没有想到，这次买书，竟诱发了买书瘾。我吃饭不讲究，不买新衣服，就是生活用品也是去超市挑廉价的。然而为了买书，我几乎走遍了长沙的大街小巷，钻过无数个大小书店。几年下来，寝室里的桌子上、床底下，都是我的书箱子，就连本来不宽的床也被书占据了三分之一，而且码得高高的。

　　我当时还在写歌词，但很少发表，稿费也很低。可以说，我读大学时很大一部分生活费都交给了书店书摊，而买来的书大部分是人文社科方面的。有同学笑我：待毕业时你怎么搬回去啊，千金散尽为买书，总不会到最后千书散尽把家还。

　　书还是继续买。多了，我得为它们考虑安居之所。一个偶然的机会，一个学长推荐我去出版社实习做校对。文史书稿差错不少，但我的书在工作中派上了用场。后来又去另外一家大型出版社实习，校对满员，科长让我抽查一本待印的书稿，并说是某社长的，不得妄改，似有意让我知难而退。怎料，200页的书稿，竟被我据书核对，揪出来270多个硬伤。后来，听说校对科长——比对后在办公室呆坐了半天，我也因此正式进入了出版社，留在了长沙，从校对做到编辑。

　　初来长沙时，我对父亲说，毕业了就回老家。却不料为了安置那越来越多的书，我只能创造机会留在了长沙。这些年，我的心和手犹在，我的书和命犹在，甚至换得了一些虚名和小利，但不在的已为多矣。我还是不停地读书和淘书，不倦地编书和评书。为了更好地买书，而且"冠冕堂皇"地买书，我写起了书评。第一年写了五篇，一稿多投，但颗粒无收。然而，买书就是为了读，我只能继续写，终于有一篇写江堤遗著《书院中国》的《书院文化的生命绝唱》见报了。文章中写道："西绪弗斯不倦地轮回推进巨石，为古希腊神话增添了执着的色彩。江堤无怨地用青春和生命检索古代书院遗址及其相关文物，悉心阐释中国书院传统文化，以物质形态的书院作为'阿基米德支点'，撑起了精神形态的中国书院文化研究品牌。"

我清楚地记得写作的当晚，时值元宵节，午夜深深，无眠的心让我依在岳麓山下一盏孤灯旁，品读江堤的诗人灵感，悟读他的作家才情，研读他的学者性格，读他的热烈如灼，读他的剔透如脂，当然也读他那苍劲有力的务实翅膀滑过中国书院传统文化海洋天堂的每一道带着火花的轨迹，并不时感伤作者本如脆弱琉璃的生命而希冀在质朴的文字和谨严的思路中对接不老的才思与不悔的精魂。生命是短暂的，然而唯有有思想的文字才拥有辽阔的世界，唯有有灵魂的写作才可能面对永恒。

我写这篇关于书院文化的书评文章时，还没有真正走进过书院，也没有切身感受过斑驳院墙上阳光的温度。就连平时假日里经常去爬岳麓山，也没有进入山脚那一座挂有"惟楚有材，于斯为盛"门联的岳麓书院，感受千年文脉的庭院深深。

每每经枫叶掩映的爱晚亭下行，一路走向西门出口，在山上望着岳麓书院里的古色砖瓦、青色幽径，好想在这座千年书院中虔诚地读一部大书。

读书乐，读书也苦。此后的我，继续把写书评当作工作之余的安排，每天坚持读书，乐而不疲，同时选择在全国撒网，专门盯着知名时政报刊投稿，这样能够多得一些稿费。每每经过传达室，同事笑我，又来了稿费，一个月下来不比工资低，又何必辛苦地上班哦。他们哪知我中午下班，马不停蹄地去邮局取了钱，又利用下午上班前的空段，或者晚上的几个小时，泡在临近的书店里淘书。我记得在溁湾镇通程广场上有家书店，经理看到我经常买书，特地找总部给我申请了一张 VIP 购书卡，每每来了我可能会喜欢的新书，她都会给我发短信。

从那时起，我养成了白天上班、晚上读书、周末淘书的习惯。读完书，就写书评，撰写的图书评论的质量和数量，丝毫不逊色于职业书评人。即便被安排从事庞杂而枯燥的史料审读、古文编辑，我也毫无畏惧。

慢慢地，我也由当年的校书人、编书者，变成了书评人、研究者。然而，我还是不停地买书。即便网站上加大了打折的力度，樊登读书、早晚读书、"喜马拉雅"等推出了让人直接听书的项目，可我还是喜欢挤上公交车，去那折扣很高、读客很少、楼道里很清静的定王台买书。

虽然那时每年有百余篇书评见诸报刊，后来一年出了四本书评集，但并没有给我带来实质性的命运改变。我是为了什么？我是得到了什么？我曾多次枕书听雨眠时，恨恨地、愤愤地、怒怒地暗问自己。问起，问起，书已湿透。是雨水？是泪水？皆已斑驳、迷离。但我知道，书改变了我的命运，使我有了信念和坚定，有了忧乐和冷静，当然也有了自始至终不曾放弃的责任与选择。

二十多年过去，家里已经让我坐拥书城，偌大的书房里四面书墙，阳台上、过道上、地板上、客厅里，甚至连女儿书房里也安装了两个大书架，摆满了我美其名曰送给她的图书礼物。老婆笑我，别人买房子是当家，而我买房子是为了装书。

买书，就是那个味。

把钱都买书，就没钱玩牌了。

老婆不理解，我每次出门，就不说去书店，而是打出看老友的幌子。

西方书话权威、殿堂级大师尼古拉斯·A.巴斯贝恩有本好书，叫《文雅的疯狂》。虽然那是万里之外的外国人的疯狂，但我又何尝不是如此冥顽呢。

几次从单位离职，总有朋友盛情邀请我去外地发展，我也被丰厚的薪金打动了。而一想起书，我马上改口，不想挪窝了。因为先前我每次搬家，让搬家工人累得气喘吁吁的，也让我清点上十天的，还是那满满的一卡车书。

与文字相亲，与书本恋爱，虽不是我一生一世的唯一，但可能会是我今生今世的情爱。看来这辈子，我是无法摆脱书了。

让我更加没有想到的是，我从大学毕业后，在出版社和报社辗转了十多年，一度辞职回家专事明清史写作，又因机缘巧合，来到了距东方红广场不足百米的湖南大学工商管理学院从事文字工作。可以有机会经常进入热望已久的千年书院，登上赫曦台探访"怀古壮士志，忧时君子心"的初心与使命，走近悬挂"实事求是"匾额的讲堂静心聆听朱张会讲、辩说论道的激情，依稀可见近代以来一代代同学少年风华正茂，在这里成长，从这里出发，成为改变中国命运、寻路民族复兴的人才集群。当然，我也曾趴窗静静察看御书楼里是否还留有宋真宗皇帝、清康熙皇帝们御赐的典籍，更期待从这一方胜境涵泳的激励后来、传承千年的经世致用精神中，寻找到先贤经济之学与湖大商学之道的源流所向和根脉所系。

某天，学校微信公众号推出一篇"新八景"的文章，将这座最初悼念且长久纪念曾与湖南大学有着不少情缘的毛泽东主席的东方红广场，用高大的伟人巨石雕像、雄浑的《沁园春·长沙》手书背景与周遭绿荫铺展、人车从容的现代化图景融合成画,列为第一景,名曰东方欲晓,让我再一次想起了我上大学期间第一次从这里开始疯狂买书时的期待、惊喜、冲动和彷徨。

向敬之

上篇

成就人才，传道济民。

一声"赫曦"越千年

一

南宋乾道三年(1167),34岁的张栻与远道而来的朱熹,相遇在风涛万里的湘江之滨,踏浪而歌——

你从海上来,带来赫曦颜,照见麓山秀,登高问青天。中和儒释道,会讲日月篇,襟怀家国梦,忠孝越千年。

我在湘江边,迎候天下贤,饮马秋枫浓,笑谈破残垣。道南续正脉,经世蔚华年,壮怀湖湘路,廉节励宏愿。

多少事,通古今,传道济民嘉树荣。泛舟长沙渚,振策湘山岑,烟云渺变化,宇宙穷高深。

向未来,心光明,朱张会讲斯为盛。怀古壮士志,忧时君子心,寄言尘中客,莽苍谁能寻。

他们即将以一场创造性的朱张会讲,闪耀中华文化传承中的一个璀璨亮点。

他们都不是湖南人。张栻是四川绵竹人,随父张浚出仕到长沙。江西婺源人朱熹在福建崇安的第二家乡,听闻比自己小三岁的张栻在湖南学得二程学说和胡宏理学真传，于是不远千里、翻山越岭，来到了张栻担任掌教的岳麓书院，演绎一代文化美谈。

是年九至十一月间，就在岳麓书院一方胜境之中，朱、张二人论道中庸之义，三个昼夜不歇，闻者咸来，"一时舆马之众，饮池水立涸"。如此盛况，开书院会讲之先河，亦可谓中外文化史上的奇景大观，也是湖湘文化发展史上的丰采壮举，从而坚实了岳麓书院作为中华文化名区与人文高地的地位。

朱、张最初并无多少交集，但朱熹是任命张栻掌教岳麓书院的湖南最高行政长官刘珙的干兄弟。朱父朱松早逝，临终前向刘珙的父亲刘子羽、叔父刘子翚托孤，命朱熹拜刘子羽为义父。刘氏兄弟不负故友所托，将13岁的朱熹及其母亲和妹妹带回老家崇安生活，并待朱熹如同亲子，授其读书为学之道。后来，朱熹的妹妹嫁给了刘氏兄弟最小的堂弟。

他们分别是湖湘学、闽学的学科带头人，同样也是理学的传承者。张栻的老师胡宏不但继承了乃父胡安国的家学，又师事二程弟子杨时和侯仲良，其师杨时更是程门四大弟子之一，为后世留下了程门立雪的典故。朱熹则是二程三传弟子李侗的学生，李侗的老师罗从彦又是杨时的弟子。如论程门师承辈分，张栻比朱熹还高出了一辈，尽管他比朱熹要小三岁。当然，还有一说他们平辈，即罗从彦在师事杨时前，曾变卖田产前往河南洛阳向程颐问学，做过老师杨时的小师弟。

张栻主持岳麓书院，朱熹慕名来到长沙，开浙东学派先声的理学大儒吕祖谦也寓居潭州所属醴陵城北主持莱山书院（后改名东莱书院）。"东南三贤"同在潭州讲学，岳麓书院成为湖南文化中心，湖湘学派达到极盛，冠首全国。

江南各地，包括偏僻的四川地区都有众多士子，越过太白诗仙高呼"蜀道难"的崇山峻岭，来到长沙从学。他们"深以不得卒业于湖湘为恨"（朱熹《答刘公度》），即把自己不能在岳麓山下追随张栻研习理学精髓，视若人生一件非常遗憾的事。

岳麓书院已经成为天下闻名的理学重镇、湖湘学派的文化圣地，与朱熹的白鹿洞书院、吕祖谦的丽泽书院、陆九渊的象山书院，分别推动着湖湘学、程朱理学、中原文献之学、陆氏心学的繁荣发展，并称全国四大学术中心。

此次盛举的背后，是几个外来人成就了岳麓书院的文化繁华，又在侧面证实了晚清经学大师皮锡瑞哀叹"湖南人物，罕见史传。三国时，如蒋琬者只一二人。唐开科三百年，长沙刘蜕始举进士，时谓之破天荒"（《师伏堂未刊日记》），古代湖南湘籍人才稀少斯言非虚的历史真实。但因刘珙、张栻、朱熹等这几个外来人的推动，开启了一个历史性的改变。

这是湖湘文脉赓续史上的里程碑式印记。即便他们或停留数月，或居官一任，却以壮士般的赤子情怀、君子般的弘道志愿，虔诚地熔铸出理学中兴的千年书院高标基石。他们打破区域壁垒成就湘中之学，为几百年后岳麓书院凝练出经国济民的抱负情怀、经世致用的学术思想、不尚空谈的务实作风、百折不挠的奋斗精神、忠孝节义的道德观念……培育出一代代湘中士子逆袭而起，形成改变中国的湖南人才集群，从江湖走进庙堂，从中国踏入世界。

文脉遐昌，各有机缘。

倔强的生命力，滋养的更是异代崛起。

二

湖湘文化源远流长。

屈贾来过，怀沙一曲鹏鸟歌。

李杜来过，日落长沙栖江阁。

他们擦亮了湖湘流寓文化、贬官文化的历史底色，雕琢着湖湘强势突起、影响中华的精神家园。

天下书院半湖湘，何等傲气！

这并非湖南人的胡诌自夸，而有真实的数据为证。

据史料统计，隋唐以降1300多年，湖南先后出现了531所书院。古代的文人们，如吕祖谦、王应麟、吴澄之流，各弄一个天下"四大书院"排名榜，说法纷纭，但岳麓书院始终在列。更有南宋大文人范成大，在中国文学史上有"南宋四大家"之誉，也在《石鼓山记》中径直说："始诸郡兴教时，天下有书院四，徂徕、金山、石鼓、岳麓。"名噪一时的嵩阳、睢阳、白鹿洞不在其列了，而湖南以岳麓、石鼓书院占两席，由此便有"天下书院，半属湖湘"一说了。

岳麓书院和石鼓书院，都给了读书人安顿精神、发酵思想的一片精神息壤，尤其岳麓，"湘山负其背，文水萦其前，静深清旷，真士子修习精庐之地也"（胡宏《与秦会之书》）。这一座庭院深深的千年书院，虽命途多舛，曾经历七毁七建的血色宿命，却如其周遭的枫林，越是经历冰刀霜剑越精神，不但留给长沙一处江天暮雪的潇湘胜景，也造就了湖南人永恒的精神圣殿和繁荣胜境。

南宋绍兴元年（1131），岳麓书院毁于战火，原址变为废墟。一些留心文教的士大夫，在捶胸顿足地哀叹斯文扫地之余，还是痛定思痛地寻求重建兴学。毕竟此时的岳麓书院，已正式创建了近180年，还有一块宋真宗御书的金字招牌，已然成为湘中士子哀国运之不幸的一处精神家园。

然而，曾经发展到湖南最高学府的岳麓书院，因为暂时难以遇到百十年前朱洞、李允则那样的潭州高官的大力支持，致使肩负儒家理想主义的士子们不能改变岳麓书院被撤废的无情现实。

隐居在衡山的湖湘学派奠基者、一代理学大儒胡宏，同其父胡安国在湘潭创建了碧泉书院，也曾想出任岳麓山长主持教学。他耻与投降派权臣秦桧为伍，凛然拒绝秦氏的橄榄枝，但为了复兴麓山事业，不惜寄书乞求权倾朝野的秦相爷，希望给他一个"继古人之后尘，而为方来之先觉"的机会。

秦桧睚眦必报，让这个籍贯福建崇安的全国闻名的硕儒未能如愿。

好在胡宏痛恨之余，那个他曾经不愿收留、后来悉心教诲的弟子张栻，在碧泉书院学成归来，于长沙城南妙高峰下建起城南书院后，入主岳麓书院。

因为城南虽有书院之名，但因初建，在规制上只有书堂、精舍一样的规模，远不及百年名院岳麓的体量和盛誉，故而在他看来，城南也不过是与两三个学者讲学论道的"长沙之家塾"（张栻《孟子说序》），而岳麓可以成就他不拘泥于科举之学传习理学之道的梦想。

一直走，就是巅峰。

三

相门子弟张栻的机遇，因为另一个福建崇安人刘珙以湖南安抚使知潭州而获得。

刘珙深受理学思想影响，向以崇儒重道为己任，应长沙城里的读书人之请，责成郡教授郭颖负责重建岳麓书院。施工一年，修建房屋五十楹，并重塑孔子像奉于殿中，绘制七十贤士图，还在北堂做了一个藏书阁，基本保持了书院原有规制。

旧院新建，是潭州城里的文化盛举。刘珙请曾在幕中出谋划策的张栻写一篇文章志庆。于是乎，今日仍悬于书院讲堂做屏风的《潭州重修岳麓书院记》，就洋洋洒洒地出炉了。

尤其一句"盖欲成就人才，以传道而济斯民也"，旗帜鲜明地表明了岳麓书院的办学宗旨，迄至今时，仍被在岳麓书院基础上创办的千年学府湖南大学引为己任：成就人才，传道济民。

刘珙和他的史上前任朱洞、李允则，以及破天荒地获得宋真宗皇帝虚心接见对谈、热心御赐匾额的岳麓首任山长周式等，被后人专祀在御书楼左侧的六君子堂。

历史不会忘记真正为之作出巨大贡献的任何人。

刘珙对张栻的知遇，既在当时也在将来，既于个人也于天下。二人相互成就。

刘珙非常赏识张栻，聘请他掌教岳麓书院，而且极力向当时的孝宗皇帝推荐张栻不仅通晓军务、深谙理学，而且善于谋划，尤其是"学问醇正，可以拾遗补阙，愿亟召用之"(《宋史·刘珙传》)。

其实，刘珙与张栻是早已相识的，而且两家颇有渊源。刘父刘子羽曾是张父张浚的老部下，因善理财被张浚奉为上宾。张浚多次向朝廷力荐子羽之能，举为利州路经略使兼知兴元府，也成就了少有奇质的刘珙以荫补承务郎，登进士乙科，进入仕途。

出身高贵的张栻，少年便留心经济之学，虽然同其父建筑城南书院，以待来学者，但他在岳麓书院期间，大讲理学家津津乐道的"公私义利","闻者风动","使四方来学之士得以传道受业解惑焉"（朱熹《潭州委教授措置岳麓书院牒》）。

张栻主持岳麓书院教务，将周敦颐至胡宏一脉开启延续的湖湘学派发扬光大，熔铸理学宣扬。

老夫子胡宏做不了岳麓山长，引为憾事。他的高足张栻在乾道二年（1166）、七年两度主政岳麓，前后历时七年，都只是以掌教之名主持院务。

张栻在离开长沙转战仕途前，考虑推荐同门小师弟吴翌出任山长，以改变山长之位虚而不置的局面，并求得转运副使萧之敏（接任湖南转运使）的同意。但吴翌拒绝美意，说："此吾先师之所不得为者，岂可以否德忝之哉？"（朱熹《南岳处士吴君行状》）

吴翌辞任有因，也可见张栻高义不就的内情。况当时张栻践行理学思想，因父病逝，在居丧守制期间，毅然辞却了朝廷要求复职的诏令，断然不求山长之名。

做不做山长，那是虚名，而作为实际主持者的张栻，精研理学的成果、改革教学的创举、论道朱熹的交流互鉴，无疑是他留给历史的最大价值。

朱张来过，会讲传道致中和。

枫叶来过，万山红遍千年火。

四

江上清风，山间明月。

生活讲学在灵麓之中，纵然在观点论辩上发生了激烈的争锋，但在岳麓胜境，朱熹少不了客随主便，随张栻登临麓山顶，怀抱清风朗月、湘水衡云。

某日天还没亮，朱、张二人来到岳麓山顶，观日出东方。一轮红日喷薄，朱熹兴奋地大呼"赫曦，赫曦"——

赫曦，赫曦，哲人归来兮。穿透枫林的呼吸，泅开千年的晨曦。在江天暮雪的春色里，遇见怒放生命的朝夕。

不争潮汐争朝夕，每一刻都是格物致知，幸福相依。不问忙碌又寻觅，魂梦中牵绕翠微苍苍，风涛万里。

哲人归来兮，经世而求是。日月会讲兮，照见山水里。什么是清扬之曲，什么是智慧之诗？飘飞歌里画里，千里万里，一路追寻，追寻蓬勃不息。

赫曦，赫曦，哲人归来兮。

他后来在《云谷记》中动情地写道："余名岳麓山顶曰赫曦。"《一统志》记载：朱子尝改岳麓山顶曰赫曦，亦以名台。

《长沙府岳麓志》更为详尽地记录了它的后来：台上悬崖有篆字数十隐见不明。这就是今天还在的、字迹神异的禹王碑。

张栻筑台，朱熹题额。

岳麓山顶做证，赫曦从此有名。

为了纪实二人情谊，他们还联句成诗："泛舟长沙渚，振策湘山岑。烟云渺变化，宇宙穷高深。怀古壮士志，忧时君子心。寄言尘中客，莽苍谁能寻。"

前两句由朱子晦庵起兴。中间两联为南轩先生咏叹。借景抒情，直抒胸臆，一联"怀古壮士志，忧时君子心"，滚烫书生发愤、报国不悔的赤子情怀。而最后两句由朱子咏叹，表达他们对天地宇宙的哲学思考，对历史现实的忧思。最后被作为"登岳麓赫曦台联句"刊刻于今时赫曦台上，标示这一座中国特色的古台的前身由来。

不闻其声，但见遗韵。

这就是今天我们跨入岳麓书院前门，不逾两三米处，第一眼看到的并不是宋真宗御书的书院门额，而是一个规制并不见高大的戏台子。这个颇具湖湘风格的亭台，名曰赫曦台，阻隔于通向千年书院的大门前路。

初涉书院，看到这座高台，有些逼仄的压迫感。然而，这个台子，犹如这座书院一样，有着千年的故事，直接联通了朱张会讲的佳话。

最初的赫曦台，不在书院内，而在岳麓山顶。故而，前些年有人大费周章地在山顶弄了一堆庞大的钢筋水泥建筑，称要修复赫曦台旧址。

张栻所建的赫曦台，早已毁于不居的岁月流逝之中。元兵攻破长沙城，天下闻名的岳麓书院被付之一炬。明初朱元璋强化科举八股取士，丝毫不重视书院建设，更遑论责成地方保护和修复见证理学高峰的赫曦台。就连其旧址也改作了极高明亭。

但在坚守儒家道统的文人心中，赫曦台一直岿然屹立。正德三年（1508）春，36岁的王阳明因直言疏救南京户科给事中戴铣等21人，得罪横暴专权的宦官刘瑾，被贬谪贵州龙场驿，途经长沙留止八日，其间写诗咏叹："隔江岳麓悬情久，雷雨潇湘日夜来。安得轻风扫微霭，振衣直上赫曦台。"

明嘉靖初年，在官员陈钢、杨茂元的推动下，岳麓书院陆续修复文庙、讲堂和宋真宗御书匾额。嘉靖七年（1528），长沙知府孙存在重修岳麓书院之际，追忆先贤，重建赫曦台，将其从岳麓山顶移至山下，改"台"为"亭"。赫曦台不再是之前的露台了。几十年过去，到了万历年间，赫曦台被再一次改建为道乡台，作为哀悼北宋末年中书舍人邹浩的祭祀场所。邹浩自号道乡先生，为人忠直任事，因权臣蔡京重提一桩旧案，致使刚刚复官的邹浩被贬衡州别驾，途经长沙，地方官员阿附蔡京，不许邹浩入城做短暂停留，用武力强行逼走他。邹浩矢志忠直爱国，让长沙城里的士大夫们因长官的驱赶而感到羞愧，于是将赫曦台改名纪念之。

五

赫曦台之所以能传承千年，一是因为它是朱张情谊的一处历史见证，二是它凝结着书生报国的情结而凝神聚气。

赫曦者，灿烂透彻的阳光也。屈原《离骚》有云："陟升皇之赫戏兮，忽临睨夫旧乡。""赫戏"，就是赫曦。把这句话翻译成白话文，就是：我从初升的灿烂阳光中，突然看见了遥远的故乡。

淳熙七年（1180）二月，朝廷下诏，令张栻以右文殿修撰赴任福建提举武夷山冲佑观，诏令未至，年仅48岁的张栻英年早逝。他死后，不少湖湘弟子赴闽从学于其故交朱熹，而且朱熹在张栻未能就任的武夷山建起了武夷精舍。

绍熙五年（1194），湖南瑶民激变，震动朝野。年逾花甲的朱熹临危受命，以湖南安抚使知潭州，果断采取善后招抚的怀柔政策安民，坚决反对湖南军主帅王蔺提出的斩杀以儆众的主张，甚至奔赴朝廷面请宋宁宗不能失大信于民。

理政抚民，朱熹怀古忧时，是一把好手，其贡献已成历史廉节遗风。而他此次在湖南，虽不能携手老友张栻论辩理学、呼啸"赫曦"，却继续兴学岳麓、扩建书院，在繁重公务之余亲自到书院之中讲授理学大道。他在给皇帝的《潭州到任谢表》中，明确表示："学兼岳麓，壤带洞庭，假之师帅之职，责以治教之功！"他专门安排他和张栻的共同弟子数人，在书院主持日常教学，以保证书院办学贯彻他的理学思想，欲将张栻未竟的传道事业发扬光大。

今日在书院讲堂的两壁,"忠孝廉节"四个巨幅石刻大字赫然入目。据说是朱熹第一次来书院,于某日清晨,沉思片刻,即兴泼墨,留给书院的一件历史遗产。有学者认为这是曾为提点荆湖南路刑狱的文天祥,率兵围剿广西恭城秦孟四起义,驻扎江永古泽,留给上甘棠村的遗迹,称岳麓书院的碑刻"朱子书"为伪托。真伪辨识,已然成了历史上一桩说不清的公案。然而,在岳麓书院的千年文脉传承史上,"忠孝廉节"已化作强劲的精神魂脉,成为激励一代代湖湘学子传道济民、成就人才、报效国家、胸怀天下的人生追求。

朱熹一生遍注儒家经典,在其晚年,却花费大量时间写作《楚辞集注》《楚辞辩证》《楚辞音考》《楚辞后语》等作品。这是与他当时所处的政治环境与人生遭际密切相关的。他满怀抱负和学问,却无法逆转赵宋王朝内斗不休、日见衰败的颓势。庆元元年(1195),权臣韩侂胄擅政,制造"伪学之禁",指道学为"伪学",把"四书""六经"定为禁书,诬奏伪党五十九人,朱熹被打成"伪学魁首",去职罢祠。朱门得意弟子蔡元定,被诬为朱熹的左右羽翼,贬湖南道州编管。道州蛮荒,气候恶劣,蔡氏很快抱病而逝。遭受多重打击的朱熹,失去了继续深究理学精奥的心力和氛围,于是发愤研究《楚辞》,表达自己虽逢灾厄也绝不与邪恶势力妥协的意志。

厄运横来,为晚年遭遇,但也可见他早年读过《楚辞》,对古圣前贤的长篇大作,烂熟于胸。中年时期,为了弘扬理学，他主动来湘与张栻交流。在岳麓山顶，看到初升的太阳，突然大呼"赫曦"，无疑受了屈子《离骚》的深刻影响。

深秋莅湘的朱熹没有像杜牧那样写作"停车坐爱枫林晚"的风花雪月，但和张栻一同主导了打破壁垒、文化融合的会讲盛事，目睹了士子云集、车马熙攘的学界繁荣，深刻感受了麓山深秋的奇异风景，对湖湘胜景和麓山胜境有着无限的钟情和爱恋、憧憬和期待。离家千里的他，应该对故乡也有着形形色色的牵挂。

赫曦之光，照见大地，照鉴人心。

中和天人之美，在自然风光里，在深切情思里。

故人俱往矣。赫曦台和岳麓书院一样，也几番毁坏重建。然而，历史的天空始终铭刻着朱张的印记。文化的盛事，跨越时空，历久弥新，已经在日月轮转中绽放光彩。

乾隆四十七年（1782），大清王朝发生了两件文教大事。于国家层面，历时十年修纂的皇皇巨制《四库全书》告成；而在湖南，曾受到乾隆皇帝御书"道南正脉"鼓励的最高学府岳麓书院，迎来了大儒罗典出任山长。

罗氏五次连任，掌教二十七年之久，奉行"非专衡文，当以育才为本"的主张，坚持"造士育才"，"坚定其德性，明习于时务"（严如煜《鸿胪寺少卿罗慎斋先生传》），培育了一大批经世志士，其中以陶澍、欧阳厚均等出类拔萃。他在上任的第四年，于书院大门前坪修建一台，曰前亭，又名前台，纪念追思六百余年前的朱、张二贤。

青瓦为顶，琉璃为脊，前部单檐歇山，后部三节单层弓形硬山，挑檐卷棚，开敞的格局，虽然与前门距离相近，但也有一种在庭院深深中虚怀若谷的执着。

建台之初，并没有今日所见、分别题在两壁上的"福""寿"二字（各高1.3米）。据传嘉庆十二年（1807）湖南乡试放榜次日，九十岁高龄的罗典赴省府鹿鸣宴，院中诸生谈论学问，一个自山顶云麓宫下来的道士，自称善书能诗，却不受儒生们待见。道人愤愤然，拾起一旁的扫帚，饱蘸黄泥水，在右墙上一笔挥就一个寿字，昂首而去。

道人为何独独留下一个寿字呢？

儒家至圣先师孔子在《论语·雍也》中提出"仁者寿"，《礼记·中庸》也有言："故大德必得其位，必得其禄，必得其名，必得其寿。"德者寿，是儒家养生思想的一种境界。遭遇冷落的道人，以一个"寿"字，嘲讽儒生们缺乏仁爱心、不谙理学以儒为根本而吸收佛道哲学的内涵，或说寿至耄耋的罗典教了一批没有礼貌的学生。当然，他可能也很大度，寻罗典不遇，留下一个大大的"寿"字送给他，表示对他的尊敬。

罗典归来，见墙上书法如走龙蛇，遒劲有力，惊为仙迹。后来，他为了两壁对称，在左壁补书了一个大小相同的"福"字，貌似在援引道家祖师爷老子所言"祸兮福所倚，福兮祸所伏"，警惕学子要摒弃门户之见，以免可能存在的祸。故而，有了今天登台最为醒目的两个大字，大小相似，但走势、用墨差异明显。

若将罗典所题的"福"字、所赴的鹿鸣宴，以及道人所留的"寿"字，组合在一起，福禄寿之意，浑然天成，表达着一种期待学子成才的美好心愿。传至今日，仍有不少游客，居中面墙，闭目前行，用手掌触及字迹，试探自己触及字心的运气。

字心者，自信也。置身千年书院，感受传统文化的无穷魅力和核心价值，以及其赋予的时代内涵，提神振气，以文化人，铸魂润心，在博大精深的文脉赓续中树立文化自信。这是岳麓书院千年传承的根魂所在，也是其影响后来的历史认同。当我们今日踏入这座千年书院，第一眼所见就是赫曦台所示的历史凝重。这些，既是朱张留与后世所珍存的文化净土，也是罗典继往开来的育人襟怀。

罗典病逝十年后，其弟子欧阳厚均接掌书院，他在道光元年（1821）发现当年朱子题额的赫曦碑刻，于是改罗典所命名的书院前亭为赫曦台。

六

正式命名后的赫曦台，巍然屹立于苍苍嘉树之中，迎送展露在茫茫尘世的众生。

重返历史现场，晚清中国面对早已进入现代化进程的西方列强，虽然自身庞大，但已外强中干，频遭霸凌。内忧外患，积贫积弱，断崖式衰败成了清政府残喘续命而不能逆袭的运命。纵有欧阳厚均的亲传弟子曾国藩、魏源、郭嵩焘、刘蓉、左宗棠、曾国荃、罗绕典、胡林翼等，怀着中兴国运的梦想，借平定内乱进行残酷镇压，殚精竭虑地拼尽人生，也未能改变清廷覆灭的宿命。

以谭嗣同、黄兴、蔡锷为首的第二代湖南人才集群，引爆中国社会变革，推动旧民主主义革命进程。他们犹如一瞬灿烂的光芒，照亮寻找出路的中国，以一场史无前例的新变，为毛泽东、蔡和森、刘少奇等时代大才依托马克思主义先进思想改变中国，创造了一系列历史条件。一代代、一批批、一群群，从千年书院，从赫曦台前走过的学子，扑下身子，在中华大地上勇毅激越，实现了千年学府岳麓书院"成就人才、传道济民、实事求是、经世致用"的文化育人事业，影响后来。

他们灿若繁星，照亮了千年书院传道济民的历史天空，显耀成岳麓文脉经世致用的人文胜景。其中，有周式、张栻、朱熹、王阳明、吴道行、罗典、王先谦等老师守护根脉的育才初心与殉道精神，也有王夫之、曾国藩、左宗棠、郭嵩焘、杨昌济、毛泽东等学子经世济民的敢为人先，以天下为己任。惟楚有材，于斯为盛。厚重的文化历史感中，洋溢着活力青春态，夹杂着忠义人情味。胸怀家国天下的赤子们，以不同的时代担当和历史使命，始终保持着赫曦如来的光彩姿态。

朱熹所呼的"赫曦"，后人所修的"赫曦"，就是文化的希望，也是国家的未来。1957年11月17日，正在苏联访问的毛泽东，在莫斯科接见我国留学生时，开头就说："世界是你们的，也是我们的，但是归根结底是你们的。你们青年人朝气蓬勃，正在兴旺时期，好像早晨八九点钟的太阳。"

"早晨八九点钟的太阳"，正是朱张当年在岳麓山顶晨步时所见的"赫曦"。足见岳麓书院中的赫曦台，曾深刻影响了一代伟人的思想和对青年学子的看重。

就在毛泽东访苏的两年前，即1955年10月，曾为青年时代的同窗好友周世钊专门题写了一首《七律·和周世钊同志》："春江浩荡暂徘徊，又踏层峰望眼开。风起绿洲吹浪去，雨从青野上山来。尊前谈笑人依旧，域外鸡虫事可哀。莫叹韶华容易逝，卅年仍到赫曦台。"离湘三十年，他念念不忘当年在橘子洲头、在岳麓山顶、在赫曦台上，与周世钊等"恰同学少年，风华正茂。书生意气，挥斥方遒。指点江山，激扬文字"（《沁园春·长沙》）。

日用而不觉，奔走向未来。岳麓学子们在千年书院中，每一天接受赫曦的洗礼，每一代承载赫曦的使命，相互照亮，成为富有智慧、拥抱天地的哲人。

再过两年，即2026年，迎来岳麓书院创建1050年和湖南大学定名百年，相信还是有很多人如我一般，在书院讲堂前犹能听见张栻、朱熹开坛会讲、互相辩说的论道嘉声，目睹"赫曦"二字依稀可见朱张怀抱山河、呼啸"赫曦"的君子高风。

千年而往，麓山所藏。又见朗月清风，翻读朱张会讲在江河之上。一片枫林，一脉偾张，守望家国天下，奔赴潇湘洙泗且为明日唱。唱不尽的君子心，怀古更流长。诉不完的壮士志，求是铸华章。写在江天暮雪里，待看万山红遍魂脉遐昌。

百年荣光，经世图强。归来胜境赫曦，照亮同学少年在登高路上。学达性天，欲晓东方，皆是敢为人先，不负青春韶华担负时代强。湘水余波尤激浪，中华我歌狂。于斯为盛谁弘道，万千好儿郎。礼序乐和催征时，襟怀万世太平日月同光。

有传闻晚年的晦庵先生曾懊悔"赫曦"说大了，殊不知他一声"赫曦，赫曦"，激越千年烟云，见证了"学达性天"的"道南正脉"，成就了一代代同学少年的书生报国，在历史的天空书写千年文脉的赫曦光芒。

每个人心中该有一座自卑亭

一

"山不在高,有仙则灵。"这是中唐大诗人刘禹锡的理解。

岳麓山不高,海拔三百米多一点,但没有丘壑深林、白云彩霞躲藏神仙精灵。然而,它照样充满灵气。

使岳麓山充满灵气的,是其千年赓续的文脉,是其诸家融合的思想。可以说,它是中华优秀传统文化儒释道高度融合的最佳典范。

山顶云麓道宫的道家文化,山腰古麓山寺的释家文化,山脚岳麓书院的儒家文化,共存共荣,相得益彰,积淀形成了独具特色的岳麓文化。

也正是这种自然而成的文化胜境,使得岳麓山——衡岳一脉七十二峰中最矮的一处,成为湖湘文化千年遐昌的人文高地。从刘禹锡那个时期往前追溯,"湖南人物,罕见史传。三国时,如蒋琬者只一二人。唐开科三百年,长沙刘蜕始举进士,时谓之破天荒"(皮锡瑞《师伏堂未刊日记》)。

从刘蜕于唐大中四年（850）及第的情形来看，纵然其"为文奇诡岸杰，自成一家"，也是刘禹锡死后八年的事情了。然而，刘蜕死后不过百年，湖南长沙人在岳麓山中创办了岳麓书院，开启了湖湘学派营造大道南移、道南正脉的文化浪潮。

不仅如此，就连距岳麓书院两百多米处的入山口一座并不高大甚至拙朴的、四面白墙像个小屋的四角亭，也取了一个很有文化且暗藏思想的名字：自卑亭。

何谓自卑？

《中庸》有云："君子之道，辟如行远，必自迩；辟如登高，必自卑。"由近及远，从低登高，每一个人的起点都是从低处开始，进而登高望远。

这里的"卑"，用其本义，即低下的意思。要去远方，必自近处开始，如《荀子·劝学》所言，"不积跬步，无以至千里"。而要登高望远，也要从低下之处开始向上攀登。《左传·昭公三十二年》中称"士弥牟营成周，计仗数，择高卑"。高卑者，高低也。水往低处流，是自然之道，而人往高处走，是一种君子之道。

道不远人。君子所为，做与所处地位相合的事，不做位置之外的事，在上位不霸凌，在下位不攀附，始终严格规范而修正自我言行，居住平安之地而安享天年。这也契合儒释道三家中和之美。

二

自卑亭匾额为谁所题？一时无从考证，我也不想深究。

因为这座初建于清康熙二十七年（1688）的路边小亭，掩映在嘉树苍苍的古木绿荫之中，是一道独特的风景。

登临岳麓山感受儒释道的中和之美，去岳麓书院拥抱千年学府的赫曦归来，去湖南大学领悟百年名校是如何炼成的……都必须经过这座自卑亭。

初建者为长沙府同知赵宁。他当初在路旁建自卑亭，为来来往往的行人提供歇足之用。涉江而来，舟车劳顿，在入院登山前少许休憩，以一种新的昂扬姿态，去感受清心之妙境。

虽然清初的岳麓书院，已不如五百多年前朱张会讲时，"学徒千余，舆马之众，至饮池水立竭，一时有潇湘洙泗之目焉"（赵宁《长沙府岳麓书院志》卷三）的繁荣胜景，而已彻底平定三藩的康熙皇帝，为了加强与坚守儒家道统与治统的汉族士大夫阶层的合作，仍以朱张理学为正统，特地表彰岳麓书院倡导朱张之学，御赐"学达性天"匾额及十三经、二十一史等。

顿时，岳麓书院又成为南方文化思想中心，再次掀起道南正脉的热潮，引来了远近学人和游人。

赵宁修亭，也算是响应最高统治者表彰之后的配套基础设施建设。

嘉庆十七年（1812），岳麓书院山长袁名曜将自卑亭移建于通向书院道路的正中，让行人穿亭而过，漫步而上，而现存者为咸丰十一年（1861）所建造。

此时的自卑亭，已经见证了岳麓书院所走出的陶澍、魏源、曾国藩、左宗棠、郭嵩焘等一大批时代大才。

"中兴将相，什九湖湘。"（陈炽《庸书》内篇卷上《书院》，见求实斋主人辑《时务经世分类文编》卷五）他们当中的大多数是靠镇压太平天国运动而建功立业的，但也是因为胸怀家国天下而走出安身立命的书斋。

那是时代安排给他们的血色宿命。就如明末从岳麓书院肄业而成为这里最杰出的学子、同湖湘学派开山祖师爷周敦颐一样享受文庙配祀之荣的王夫之，最初武装反清，戴斗笠、着木屐，耻与清廷天地共存，却不意他躲在瑶峒著书立说而形成的思想，竟在两百年后成为曾国藩等后学为晚清续命的兴奋剂。

其实，曾国藩、左宗棠、郭嵩焘等，这些曾为岳麓书院学霸级别的人物，在满洲权贵主宰的清廷，并非一帆风顺的。

好不容易通过科考进入中央政府的曾国藩，辗转多个部门，创造了十年七迁、连跃十级的佳绩，却一度长时间在二品职衔上徘徊。他后来自筹钱粮办团练，举兵救国立大功，决定重新赏赐他二品顶戴、授命代理湖北巡抚的咸丰帝，却因体仁阁大学士兼军机大臣祁寯藻一句"曾国藩以侍郎在籍，犹匹夫耳，匹夫居闾里，一呼，蹶起从之者万余人，恐非国家之福也"（薛福成《庸庵文续编》卷下《书宰相有学无识》），而默然变色，改变了主意。

好在曾国藩聪明，屡败屡战，在咸丰帝驾崩后不久，获加太子太保衔，奉旨督办苏、皖、浙、赣四省军务，巡抚、提镇以下悉归其节制。即便封侯拜相后，因为天津教案的处理，对于他积极探索弱国外交，有着纷纭争议，然其身上始终保持着前辈先贤张栻留给书院的忠孝廉节的本色。

左宗棠书读得好，可以说比曾国藩有过之而无不及。他是一个典型的经世致用的实践者，在攻读儒家经典之余，留意农事，遍读群书，将那些涉及中国历史、舆地、兵法、经济、水利等内容的名著视为至宝，刻苦钻研，为他后来带兵打仗、施政理财做好了充分的准备。

但在二十岁乡试中举后，国考屡试不中，在同乡好友郭嵩焘的劝说下，改走幕僚之路而找到了入仕捷径。与曾国藩一样，他也不受咸丰帝喜欢，因为得罪了湖广总督官文的小舅子，遭到弹劾，差点被皇帝下旨"就地正法"，幸得胡林翼、郭嵩焘等人仗义执言，潘祖荫、肃顺等大臣披沥上陈，"天下不可一日无湖南，湖南不可一日无左宗棠"，才使一场轩然大波得以平息，这才有了后来左宗棠带棺西征，收复了一百六十多万平方公里的失地，被梁启超称赞为"五百年以来的第一伟人"。

同样为湖湘经世派代表人物的郭嵩焘则不然，他拿到仕途入场券后，出任翰林院编修，被权柄赫赫的肃顺推荐给咸丰帝。皇帝多次召见单谈，颇为赏识，命入值南书房当顾问，还派他到天津前线随蒙古王爷、皇家亲贵僧格林沁帮办防务，算是监军。僧格林沁是咸丰朝最受倚重的大将，皇帝把郭嵩焘派给僧王，无疑想给郭一个最高档次的镀金机会。郭嵩焘书生意气，不知通权达变，导致整顿山东沿海税务失败，被僧格林沁上书弹劾，受"降二级调用"处分，但仍回南书房。此时郭嵩焘已是闲人，但咸丰帝仍让他回到自己身边，就是想再给他机会。

咸丰帝死后，慈禧柄政，云南发生马嘉理案，英国借此要挟中国，要求中国派遣大员亲往伦敦道歉，郭嵩焘临危受命，赴英"通好谢罪"。郭嵩焘成为中国历史上第一位驻外使节。由于乾隆以降天朝上国的思想作祟，郭嵩焘使英的消息传开后，朝野沸腾，群情汹汹。亲友为他出洋"有辱名节"深感惋惜，甚至认为出洋即"事鬼"，与汉奸一般。同乡好友、著名文人王闿运撰写一副对联，讽刺："出乎其类，拔乎其萃，不容于尧舜之世；未能事人，焉能事鬼，何必去父母之邦。"因为朝中政敌使坏，副手刘锡鸿暗中多加诋毁，导致在外殚精竭虑为国家挣面子的郭嵩焘黯然回国，称病回籍，乡党传言要烧了他的坐船，就连他抑郁而终也没有得到其矢志忠诚的朝廷给个谥号。好在他把使西见闻笔录成书，流传后世，迄至今日来看，他的眼界、他的担当、他的思想，毫不逊色于曾左同人，甚至于后世中国融入世界都大有价值和意义。

他们的身上有着千年书院传承的、强烈坚守的忠孝廉节的情结。忠诚于国，孝敬于亲，清廉律己，节操示后。

我们站在讲堂前，犹能听见张栻、朱熹开坛会讲、互相辩说的论道声，看见两旁墙壁上"忠孝廉节"四个大字所影响后世一个个充满志气、骨气和底气的热血身影。虽然人生起伏不一，但他们都有着一种勃发而坚韧的自卑精神。

三

自卑者，于心理学而言，是因个体体验到弱小不足而产生自惭形秽的消极心态。可是，若能认识到自身的缺点、劣势甚至无能，理性对待，清醒对待，智慧开悟，勇敢改变，自是豁然开朗，海阔天空。

从岳麓书院走出的一代代湖湘人才集群，无论是封建时代的曾国藩、左宗棠、郭嵩焘，还是民主革命时期的蔡锷、陈天华、杨昌济，乃至后来改天换地的毛泽东、蔡和森、刘少奇等，他们的出身大多是身处社会底层的农耕之家、耕读门第甚至贫苦百姓，然而他们不以卑微而自轻，却以弱小而自强，即便在人生路上接连遭受致命的打击，也始终保持着一种倔强而开放的生命状态，故而成就了承受生活之苦的生命之强。

每一个人最初的生命状态，都会有一些自卑的成分。

今天的青年学子，可能在学业上、生活上、情感上，因为置身于百年未有之大变局，由于形形色色的困难而产生各种各样的钟情与爱恋、憧憬与期待、感伤与苍凉、困惑与惶恐，从而有了无法言语又难以释怀的自卑。

艰难困苦，玉汝于成。

勇敢地面对前所未有的挑战，将自己的玻璃心炼造成人生的金刚心，勇毅地为了自己的理想，知责于心，担责于身，履责于行，不负青春韶华，不负时代重托，凭借自己的品质与智慧，为国家的发展、世界的和谐，为自己的成长成才，增辉添彩。亮丽的青春，最美的芳华，经历风霜雪雨，得以最绚丽地绽放！

多给自卑一点精神，集腋成裘、聚沙成塔，坚定信仰的力量，领悟人生的风景。

在修养炼心上多一些持之以恒的毅力，在修学储能上多一些循序渐进的精神，在安身立命上多一些平和处之的态度，在经世济民上多一些实事求是、逆袭崛起的思想，在生存之道中多消去一些烦恼、沉沦、惶然、怯弱。

欲登高者，先自卑。即便在高处者，也要在胸怀"国之大者"时，时刻不忘曾经的自卑。

每一个自强的人心中，都有一座傲立风雨、轮转日月的自卑亭。

而用心走过自卑亭的人，更能懂得放下，走过低谷，向着光明前行。

于斯为盛

千年书院，弦歌不绝

一

烟波浩渺的湘江西岸，南岳衡山七十二峰尾峰绵延屹立，这里，就是岳麓。绿水环抱着青山，枫林掩映着亭台，岳麓山上，是读书清修的上佳之所。

伴着袅袅音乐，对立讲学的朱熹与张栻、独自撑伞伫立的王夫之、捧卷端坐的曾国藩、不知疲倦奔走的杨昌济……在深深浅浅的写意画中走出历史，渐次向我们走来。

这是历史人文纪录片《岳麓书院》片头的场景。

过去，我们了解岳麓书院，局限于专家研究之书、名宿对话之文、笔者宣传之端，以及来来往往的游人镜头，仅能感受这千年书院的吉光片羽。

而这一纪录片，聚焦岳麓书院，以"场景再现"的表现手法，用故事片手法叙事、高还原度演员情境出演，重现岳麓书院的千载春秋。复古考究的场景娓娓道来，角色扮演建构起对岳麓书院的历史想象，带领观众领略文脉赓续、大道传承的文化丰采，感受新时代对传统文化精神的理解和关照。

纪录片中的镜头，随着风云历史的发展、代表人物的出现、重大事件的发生，向前推进，时而和风晓畅清心凝神，时而风涛万里动人心魂。

二

岳麓书院正式创办于北宋开宝九年（976），是中国古代四大书院之一，迄今已逾千年。

这座伟大书院的滥觞，始于两位普通的僧人。

五代时期，战乱频仍。僧人智璿和他的弟子有感于世事纷乱，用仅有的一点财产，在岳麓山中购得一小块土地，创建起简陋的书舍，只是为了在那离乱的年月里，给士子们提供一个安静读书的去处。

每日清晨，弟子洒扫庭院，师父就披着蓑衣下山去化缘。募来的一钱一毫，点滴化为书院的一砖一瓦。

智璿和他的弟子并没有儒释门户之见，只希望"士得屋以居，得书以读"。为了丰富藏书，他们穿过洞庭湖，购来珍贵的儒学经典。在这方寸净土，让士子们有一方专注读书之地，空气里弥漫的书香、氤氲的期许与平安，便是智璿心中最大的慰藉。

智璿去世后，弟子将师父这份默默的付出撰文刻碑。但在碑文中，弟子没有留下自己的名字。直到宋代，这块石碑被岳麓书院副山长欧阳守道发现，故事才为人得知。

如果把两位僧人的付出也纳入书院草创之列，那么经世致用的思想从这里便已露出端倪。两位僧人并不期望载入光耀的史册，以善念，致世行，足矣。

赵宋立国，潭州知州朱洞兴学岳麓，扩充规模，添置图书，扩建为书院。后任知州李允则着眼未来，制定岳麓讲学、藏书、祭祀和学田四大规制，完善书院运行制度……他们一代代坚持下来，终于有了岳麓书院的初创成功。

北宋大中祥符八年（1015），宋真宗接见岳麓书院山长周式，并为岳麓书院题写匾额，"于是书院之称始闻天下"。

既是书院，求学讲学自为主要。在岳麓书院历史上，朱张会讲是绕不过的光辉一笔。

张栻出身南宋官宦家庭，其父张浚为当朝宰相、抗金名将。张栻少年时便"留心经济之学"。他出任地方官，用孔圣人的名言来教化百姓。在任上，他疾恶如仇，严惩贪腐。在当时江陵贪污公行、官场盘根错节的情况下，张栻在一日之内罢免并惩处了十四个贪官污吏，官场风气为之一清。

在张栻看来，北宋之所以灭亡，很大一部分原因在于官员求学做官，大多是为了功名利禄，失去了责任、担当和血性。在《岳麓书院记》中，他写道："岂特使子群居佚谈，但为决科利禄计乎？亦岂使子习为言语文辞之工而已乎？盖欲成就人才，以传道而济斯民也。"书院不是为了科举利禄，也不是为了雕琢文辞，张栻确定了岳麓书院的建院宗旨，是以人才培养为目标，强调应该"传道"，即传承中华优秀传统文化；"济民"，即能够爱民利民。

当时理学家讲求门派师承，张栻属于湖湘学统，而朱熹师承闽学学统。张栻打破门户派别之见，邀约千里之外的朱熹相聚岳麓，交流思想。

南宋乾道三年（1167）九月至十一月，就在岳麓书院一方胜境之中，朱张二人论道中庸之义，三个昼夜不歇，闻者咸来，"一时舆马之众，饮池水立涸"，前来听讲者众多，所骑的马把山门前饮水池中的水都喝干了。

朱熹曾写下"问渠那得清如许，为有源头活水来"。思想的活水，只有在交流碰撞中才能迸发出新的生命力。朱张会讲，开不同学术派别会讲之先河。二人的思想，也在交流中越辩越明。

三

历经千年的岳麓书院，曾经历过七毁七建的血色宿命，但犹如其周遭的枫林一样，始终保持着顽强的生命力。书院的实体虽屡有兴废，但其产生的一连串珍珠般的思想精神，却照亮了一代代灿若繁星的湖湘人才集群，绵延不绝。

岳麓山下，琅琅书声。经过了元明两代的屡屡兴废，镜头来到明末一位英俊青年身上。

王夫之少年有才，考进规制不少但又开放式培育人才的岳麓书院，成为山长吴道行的得意弟子。

吴山长给王夫之等弟子上的入学第一课是在祠堂内进行的，这是供奉学术大师、建院功臣和忠臣良将的地方。吴道行满怀深情地说，岳麓书院不是为了培养只为科考，或鼓舌邀名的功利酸儒，也不培养那夸夸其谈，却毫无担当的附庸雅士，而是要像先贤一样，培养真正能经世济民、匡正时弊的有用之才。这些话，在王夫之心里打下了深深的印记。

专研学问，弘扬理学，王夫之最初选择以科考去报效国家。然而，彼时的明王朝日渐衰败，离合治乱，已不是他一介士子所能改变的。有心报国的他无力回天，只能心怀故国，带着父兄妻儿逃难。他也曾屡败屡战地加入南明反清的武装队伍，但南明阵营的内部缠斗、明枪暗箭，迫使他只能落寞地逃离。

抗清失败后，王夫之坚守瑶峒四十载不出。有人劝他出家避难专心修学，他却坚持不逃禅、不避祸，说"置之死地而后生"。最终，王夫之从哲学、政治、历史诸方面纵深研究，推出数百万字的皇皇大书，成为承前启后的湖湘文化集大成者。

经国济民的抱负情怀、经世致用的学术思想、不尚空谈的务实作风、百折不挠的奋斗精神、忠孝节义的道德观念……直接鼓舞了后辈们逆袭而起，从江湖走进庙堂。

"无论面临怎样的挫折和荣耀，始终坚持逆而不坠、悲而不颓，始终昂扬着向死而生、舍我其谁的气势。"这是纪录片《岳麓书院》对中国精神的最高礼赞。中华文明生生不息、弦歌不绝的密码，正在于此。

四

"惟楚有材，于斯为盛"是悬挂在岳麓书院的一副楹联，既凸显湖南楚材蔚起、灿若星河的景象，也为后来的湖湘子弟注入了一股舍我其谁、敢为人先的豪气。清嘉庆年间，山长袁名曜挂上这副对联时，或许没有想到它其实是一个预言的伏笔。

以曾国藩、魏源、郭嵩焘、左宗棠、胡林翼等为代表的湖南第一代人才集群在晚清大变局中井喷，继而影响以谭嗣同、黄兴、蔡锷等为首的第二代人才集群推动旧民主主义革命进程。

"中兴将相，什九湖湘。"那些耳熟能详的名字，从岳麓书院小小院落里持续而密集地喷涌而出，化为漫天星辰。

中流击水，峥嵘岁月。"湖南大学蓝图设计第一人"杨昌济，坚定地钻研经世之学，以"欲栽大木柱长天"为己任，培养出毛泽东、蔡和森等湖湘俊彦，形成湖南第三代人才集群井喷，实现了千年学府岳麓书院奋志安攘、振我民族、扬我国光的革命伟业。

青年时代的毛泽东曾两次寓居岳麓书院半学斋，参详古语，联系当今，书院牌匾上的"实事求是"深深地印在他的心里，影响了他一生主张理论联系实际，推进马克思主义中国化的思想路线。

苍茫大地，正迎来伟大转折。

这座延绵千年的古老书院，向着现代征程迈出坚实的脚步。

2005年，湖南大学正式恢复岳麓书院作为旗下一个相对独立的教学科研机构而存在。目前，岳麓书院作为湖南大学人文学科研究与人才培养基地，承担着学术研究、人才培养、文化传播的任务。讲学读书之声，再次回荡在千年庭院之中。

延续千年的岳麓书院，并不是仅仅陈列在博物馆中的历史。

虽然纪录片讲述的是上千年历史，但这些名垂史册的历史人物与岳麓书院的故事，往往发生在他们求学的青春时期，故而许多场景画面充满了青春气息，既体现出岳麓书院延续办学、绵延润泽的生命力，又展现出古老而长新的中华文明仍然鲜活，充满朝气，光照未来。

今天，我们通过影像化的《岳麓书院》，重温波澜壮阔的历史，聚焦历久弥坚的今时，又展望未来可期的愿景。

千年学府，青春依旧。数风流人物，还看今朝。

王夫之的经世情怀

"西方有一个黑格尔,东方有一个王船山。"这个王船山,就是明清之际的大思想家王夫之。

400多年过去,王夫之还深刻地影响着中国,主要有两个原因:

一是学术。

抗清失败后,王夫之坚守瑶峒四十载不出,以"六经责我开生面,七尺从天乞活埋"的气概,从哲学、政治、历史诸方面展开纵深研究,留下了数百万字的皇皇大书,是一位承前启后的湖湘文化集大成者。

学界公认,王夫之是17世纪伟大的思想家、哲学家、史学家、文学家、美学家,一生著述甚丰,学识极其渊博,淹贯经史,博通六艺,举凡哲学、史学、文学、政法、伦理等,无不造诣精深,天文、历数、医理、兵法乃至卜筮、星象,亦旁涉兼通,且留心当时传入的"西学"。其哲学思想已达到了宏广博大、精深详密的高度,其理论思维水平足以与当时西方顶级思想家比肩。

二是爱国。

他的爱国,主要表现在两个方面:第一,他身体力行地热爱故国，至死不渝地怀念朱明王朝；第二，他的爱国思想影响后世，振奋了一批为晚清续命的中兴名臣。

可以说，他的爱国情结和影响，淋漓尽致地诠释了宋代理学大师朱熹留在岳麓书院讲左右两壁边的四个大字：忠、孝、廉、节。这是中华优秀传统文化的内核基因，于今日重温，亦不失爱国、孝敬、廉洁和操守等诸多内涵的温度。

大型历史人文纪录片《岳麓书院》全面展现千年学府岳麓书院的代表人物和重大事件，六集之中，便有一集多的篇幅，给了只在岳麓书院读了一年书的王夫之。为何说一集多属于他？一是第三集《传道》即为王氏的影像传，随之第四集《经世》也重点提到了王夫之爱国思想对后世救亡起到了决定性的影响。

不论其充满创见的学术研究，还是影响深远的爱国思想，都充分体现了他所代表的经世致用的湖湘文化精神。

可以说，以王夫之"经世致用"为代表的济世文化，以城头山"稻作文明"为代表的农耕文化、以范仲淹《岳阳楼记》为代表的忧乐文化、以魏源"睁眼看世界"为代表的开放文化，集中展现了湖南悠久的历史文化，与厚重的革命文化、活跃的现代文化，一脉相承，熠熠生辉。

这，既是湖湘千年风韵的经典传承，也为中华未来序章作出生动注脚。

从开放的传道中,胸怀家国天下

王夫之生于书香门第。他的父亲王朝聘,自幼转益多师,学习天文、地理、经史、财赋和兵戎之术,后以真知实践为学,国子监毕业却无意买官。在崇祯刚愎、党争激烈的明末,没有后台和根基的王朝聘只能退居老家,教育三个儿子。

王夫之少年有才,得家乡首富陶万梧看重,成为其乘龙快婿。少年夫妻,琴瑟和鸣,陶氏女欣赏王郎的好学进取,激励他访名师修学储能,这就有了王夫之考进规制不少的岳麓书院,成为这座学府的山长吴道行的得意弟子。

岳麓书院以一种开放的教学理念传道育才,而非单一地培育科场的苦行僧。吴道行传承朱张之学,再三强调他所教导的,既不是利益之徒,也不是庸碌之辈,而是经世济民的人才。

吴公与东林党首高攀龙侄子、湖广按察使司佥事提督学政高世泰交好,但他并非东林党人。他是一名纯粹的教育工作者,只做打破门户陋习的学术探讨,推动朱张理学的发展,潜心践行成人之教的书院育人理念,而无意于晚明政坛的政斗党争。这对王夫之后来的人生理想,有着强烈的影响。

崇祯十一年(1638),时年22岁的王夫之来到岳麓书院,与同窗好友邝鹏升结行社。三年后,高世泰岁试衡州,王夫之被拔为一等,继而第二年赴武昌乡试,以《春秋》第一,中湖广乡试第五名。

此时的他,为国家内忧外患而忧虑,但没想到又三年后,欲为尧舜中兴的崇祯皇帝,终归死于社稷。据说,王夫之曾写了一首百韵的《悲愤诗》,哀悼殉国的崇祯。

明朝覆灭,无心政治的吴道行,也以绝食的方式,以身殉明。甲申巨变,永昌皇帝李自成也败逃了,清王朝获得了大明天下。

此时的士人,面对着不同的人生选择,或借故逃离,或慷慨殉国,或择木而栖。毕竟,他们经历着明清两重天。他们深受儒家礼教观念的影响,也保持着道德英雄主义,但有不少人的内心却是虚幻的。若干年后,乾隆帝弄出一册《贰臣传》,以及《逆臣传》,说的就是这些人。

王夫之身上有着强烈的道德英雄主义,他有心报国却无力回天,只能心怀故国,带着父兄妻儿逃难。他屡败屡战地加入南明反清的武装队伍,但南明阵营的内部缠斗、明枪暗箭,使他不愿意同流合污,最终落寞逃离。即便他的才华得到了南明大学士瞿式耜、堵胤锡等人的赏识,但也只做过永历政权短暂的小官行人。

他心怀明朝,即便父子兄弟在大明科场失利、无缘仕途,也始终保持着一颗爱国之心、一份忠诚之情。他参加过武装反清活动,且抵触满人剃发的恶政,遭到清廷追捕,只好化名瑶人,躲在衡阳石船山附近的草堂里研究学问。经历了太多生离死别,看惯了政权明争暗斗,他总结出:文明的传承要比朝廷的更替重要得多!后来吴三桂打出反清复明的旗号，邀其撰写檄文，他严词拒绝。

这是一种态度，也是一种境界和操守。

隐匿瑶峒著书立说，影响后世救国

藏匿于瑶峒，时刻警惕着清廷的追捕。在紧张的政治环境中，王夫之焚膏继晷，日夜著述，传至后世的作品约有73种，401卷，主要有《周易外传》《周易内传》《尚书引义》《诗广传》《续春秋左氏传博议》《春秋世论》《读四书大全说》《张子正蒙注》《思问录》《老子衍》《庄子通》《相宗络索》《黄书》《噩梦》《读通鉴论》《宋论》《永历实录》等，散佚著作约有20种。

王夫之的研究，包罗万象，甚至对社会经济、商业功能、货币流通等都有着独到的见解，提出了"通天下以相灌输，上下自无交困"（《船山全书》第十二册《噩梦》）的主张。

两百多年后，清廷内忧外患，从岳麓书院走出的一批文人儒士，得益于王船山的学说影响，书生报国，整兵救国，成为最后的胜利者。

晚清重臣曾国藩、郭嵩焘、刘蓉等，极为推崇王夫之及其著作，曾于攻克太平天国都城后，在金陵大批刊刻《船山遗书》。船山学说不仅内化为湘军诸儒将的文化底蕴，也成为湖湘文化崛起的重要文化资源。

岳麓书社曾几度搜集、修订、再版、重印，将王夫之的著作编为《船山全书》16册，于今日得以广为流传。

近现代湖湘文化的代表人物谭嗣同、毛泽东等，皆深受船山思想之熏陶。

谭嗣同说："五百年来，真能通天人之故者，船山一人也。"

王船山作为中国朴素唯物主义思想的集大成者、中国启蒙主义思想的先导者，与黑格尔并称东西方哲学双子星座。船山精神，成为湖湘文化的一个精神源头。

王夫之主张经世致用，也坚持实事求是。作为岳麓书院的学生、"道以朱张为宗"的吴道行的弟子，他既充分肯定程朱理学正统的学术地位，又在众多理论学术问题上进行质疑甚至否定，比如他认为周敦颐的《太极图说》着重阐释了"天人合一"的问题，却没有清晰地将人与万物的关系区分开来，即便二程与朱熹在辨明"理一分殊之义"时做了详细说明，却没把人的发展及其主观能动性予以阐发。他又强调远在陕西的另一位理学创始人张载解决了这个问题。

他大胆地批评前辈先师的理论缺陷，推动了儒学的发展，契合了韩愈所言"弟子不必不如师，师不必不如弟子，闻道有先后，术业有专攻"的传道精神。唯有如此，方能推陈出新，使湖湘文化得以更好地发展，而非始终端着老祖宗的那碗饭，拾人牙慧，固步自封。这也与岳麓书院一直强调传承的实事求是精神，是一脉相承的。王夫之之后的岳麓书院，秉持着这种精神，培养了一批经邦济世的改良名臣与改革大才，成就了岳麓书院在中国近现代教育史上的高峰地位。

张载"为天地立心，为生民立命，为往圣继绝学，为万世开太平"的横渠思想，也影响了王夫之，他兼容并蓄，将传统的朱张理学发扬光大，宏开新局。

可以说，王夫之是湖湘文化的高峰，在中国学术史上足以与周敦颐、朱熹、张栻相媲美。虽然他仅仅是一个从岳麓书院走出来的学生，却以煌煌成就照亮了千年传承不息的岳麓书院。他的人生和传奇，是岳麓书院成就人才、传道济民的最好案例。

后学与先贤同祀，学问暗含忠义

王夫之躲在瑶峒著书立说时，是否想过他跳出小我、经世致用的思想会在将来影响了一大批士子合力拯救了他曾武力反抗的大清王朝，且不好说。

但是，晚清光绪三十三年（1907）二月，曾入岳麓书院读书的江苏道监察御史赵启霖，向慈禧太后与光绪皇帝陈情报告，称："王夫之于六经皆有纂注，其推勘义理，往往独造精复，发前贤所未发。"并说他是曾国藩"服膺"之人，更为可贵的是"立身行己，皆于坚苦卓绝之中，具忠贞笃诚之操，毅然以扶世翼教、守先待后为己任。其于圣贤之道，非但多所阐明，皆能躬行实践，深入堂奥，为后来儒者所不能及。其论著之关于政治者，多具运量千载、开物成务之识，于今日变通损益之宜，往往悬合事理"。（赵启霖《请三大儒从祀折》）最终，皇帝责成军机大臣会议讨论，由礼部行文，王夫之"从祀文庙"。

赵启霖应该知道王夫之曾经反清的一面，却以其学术独到，而推崇备至。

从祀文庙，这是官方以国家名义，对王夫之的最高嘉奖。客观地说，王夫之归隐后，深究天人之道，著述人文之书，影响后来之学，激励报国之心，还是契合人心的。不仅赵启霖呈请，署礼部左侍郎郭嵩焘、湖北学政孔祥霖也曾先后奏请王氏从祀。

于是乎，在岳麓书院的文庙中，专门辟出一间船山祠，祭祀曾经的反清分子王夫之。

王夫之是继周敦颐之后，从祀岳麓书院文庙的第二人。周氏从祀，是因为其开启湘学一脉，为张栻的前辈祖师，而王夫之却只是岳麓书院的一介肄业学子。但是，王氏却以其幸与不幸，成就了他伟大的传道人生和爱国情怀。

文庙，最初是供奉、祭祀"至圣先师"孔子的殿堂。

尊重孔子，礼遇孔子，理所当然。孔子在诸子争鸣的春秋时代是当仁不让的首席教育家，在中国古代教育史上是最伟大的教育哲人和思想家，对中国文化发展卓有贡献。

尤其在多元文化时代，孔子学说必然占据重要一席。孔子以伦理教育为张扬主体，精当分解哲学、历史、社会、经济、军事、文化、艺术、教育、宗教等方面的儒家思辨，以"仁义"为精神内核，融会忠恕孝悌、宽信敏惠、智勇刚毅、温良恭俭等道德规范，朴素的自然法则中演绎着生命的大智慧，其特有的高度和水准于今日仍不失借鉴意义与实用价值。

我们尊孔祭孔，需要以理性重温他关于政治体制、思想主张、教育方式、社会风俗、心理习惯以及日常言行的学说，把他的思想和实践作为文化遗产进行认真研究，赋予其时代内涵，以契合当下全国培育和践行社会主义核心价值观的时代需要。

岳麓书院即便在历史的烟云中曾经不幸地七毁，但又涅槃重生地七建，虔诚地修建文庙，恢复了其特殊的祭祀功能。

这样的祭祀，与讲学、藏书联系在一起，就是完美的传道济民。

纪录片《岳麓书院》以一集《传道》，专门表现王夫之，穿插其婚姻、师承、交友、科考、仕途等，来突出他最后的坚守，蔚成大道，影响深远。继而又在展现晚清名士曾国藩、魏源和郭嵩焘的《经世》中，再次提及王夫之爱国思想对他们的影响，有故事，有内涵，有情爱，有情义，充满着浓厚的人情味。即便后来与降清的老友重逢，也让人感叹唏嘘。

家国何在？天下何在？在明清之际社会秩序断裂与重建中，王夫之追寻与践行，一生无悔、不改初心，这是他的人生之旅，也是船山之道。

船山之道，即是爱国之道、忠义之道、清廉之道和大学之道。这种由王夫之所代表的传道精神、经世情怀，在岳麓书院被继承、被丰满，在潇湘大地被弘扬、被吸收，塑造了新时代的文化高地岳麓书院，影响了一大批有志于改变民族命运的中国人。

屡败屡战的曾国藩输给了一次教案外交

一

曾国藩进岳麓书院时，是带着冲击乡试的考前演习任务而来的。不出所望，他成功地考取了湖南乡试第三十六名，成为举人，获得了进京参加会试的准考证。

道光十五年（1835），已从岳麓书院肄业一年的曾国藩会试未中，次年恩科会试再次落第，但他仍不服输，终于在道光十八年，第三次参加会试中试，殿试位列三甲第四十二名，赐同进士出身。朝考，曾国藩列一等第三名，被道光帝亲拔为第二，选为翰林院庶吉士，后升为检讨。

曾国藩入翰林院后，正式成为掌院学士、首席军机大臣、文华殿大学士穆彰阿的门生。穆彰阿最初也是遇到了道光皇帝最亲信的"巧官"曹振镛，从做翰林院庶吉士、检讨干起，一路升迁，担任军机大臣二十余年，善于揣摩上意，备受宠信，权倾内外。穆彰阿执政乏术，但弄权有方，多番提点曾国藩，使之十年间累迁内阁学士、礼部侍郎，署兵、工、刑、吏部左、右侍郎。

虽说穆彰阿对皇帝的治绩出力甚少，被咸丰帝骂过："穆彰阿身任大学士，受累朝知遇之恩，保位贪荣，妨贤病国。小忠小信，阴柔以售其奸；伪学伪才，揣摩以逢主意。从前夷务之兴，倾排异己，深堪痛恨！"但他给清廷举荐和培育了曾国藩这个中兴奇才，可谓他一生最大的功绩，不负道光帝特下诏夸奖他有识人之明、荐才之功。

穆彰阿这个著名的权臣，对其他有能力的干臣，不是排挤，就是谗杀，杀人无痕，还得褒奖。林则徐就横遭其诬陷，惨遭流放。但他待曾国藩如亲生儿子，循循善诱，让曾国藩醍醐灌顶、茅塞顿开，感动得泪眼婆娑，当即表忠心，将永不忘恩师大恩大德，立志做一个对国家有用之人。

穆彰阿对曾国藩的悉心提携，类似曹振镛当年培育穆彰阿一样，也是想弄一个巧官体系接班人。故而，曾国藩在帝都十年七迁，连跃十级，混到了二品大员，甚至多次在实权衙门当值，却一直碌碌无为，有许多闲暇与人谈道论学。而到了咸丰朝，新皇帝厌恶穆彰阿，因而对穆彰阿的得意门生也没什么好感。

二

咸丰元年（1851），洪秀全、杨秀清等人在广西金田村起事。

二年，曾国藩因母丧回老家丁忧，响应朝廷号召在湘组织团练。三年八月，曾国藩才获准在衡州招兵买马，打刀买枪，严肃军纪，组建湘勇。

书生治兵，难免失利。

曾国藩首战长沙铜官渚，遇到太平军悍将、石达开的哥哥石祥祯，结果一对阵败局已定，曾国藩羞愧得连番跳水。

后来，在湖口，当44岁的曾国藩遇到24岁的石达开，也是一败涂地，跳水被救。石家兄弟是曾大帅的克星，也是他"屡败屡战"的试金石。

曾国藩"长于策略，短于指挥"，但他处理得很好，连续给不信任他的皇帝上了两份奏折：一份是《内河水师三获胜仗折》，一份是《水师三胜两挫外江老营被袭文案全失自请严处折》，改"屡战屡败"为"屡败屡战"，无疑是一种军事战略上的完胜之道。

经过12年铁血征战，曾国藩攻破天京，成为这场旷日持久的战争的最大胜利者，名列晚清"四大中兴名臣"之首。他尽其所能和李鸿章、左宗棠、张之洞等人为日益衰朽的大清延续了数十年寿命。

咸丰帝始终对曾国藩存有戒心，到了他驾崩的那一年才给了曾国藩较为匹配的身份和权力：奉旨督办四省（苏、皖、浙、赣）军务，巡抚、提镇以下悉归其节制。直至同治年间，改由慈禧掌权，曾国藩才算真正受到了重用，官至太子太保、两江总督、直隶总督、武英殿大学士，封一等毅勇侯。

他死后，朝廷闻讯，辍朝三日，追赠太傅，谥以最高等级的"文正"，祀京师昭忠、贤良祠。他的儿子曾纪泽、孙子曾广銮也先后承袭一等毅勇侯爵位。

三

但，对天津教案的处理，却成了曾国藩政治荣耀史上的一个败笔。

1860年，英法联军侵占天津时，法国侵略者将作为英法联军议约总部的望海楼行宫强占为领事馆。

1862年，法国传教士在与望海楼隔河相望的天津城东关小洋货街建造仁慈堂一所，专门收养中国孤儿。

1869年，法国人又在望海楼旁强占土地建造望海楼教堂。不久，法国驻津领事丰大业又拆毁了望海楼行宫，盖起了法国领事馆。

1870年夏，仁慈堂疫病流行，数十婴孩相继染病死亡。教会人员便将几具尸体装入一个洋货箱中于夜间埋入坟地。不料却被野狗扒出，"死人皆由内先腐，此独由外先腐，胸腹皆烂，肠肚外露"。人们又挖出不少货箱，均一棺数尸，胸腹皆烂，肠肚外露。

与此同时，天津不断发生用药迷拐幼孩的事件，乡民拿获用药迷拐幼童之匪犯三人，其中一人为法国天主堂教徒，被天主堂方面经三口通商大臣崇厚要去。民众愤怒，怀疑教堂虐杀儿童，"挖眼剖心"，且与迷拐儿童有关。

6月18日，民众又抓获一名迷拐儿童的案犯武兰珍，其供认系受教堂门丁王三指使，"令其出外迷拐男女。前在穆庄子拐得行路一人，曾得洋银五元"。

消息传开，民情汹汹，士绅集会，书院停课，反洋教情绪高涨，全城笼罩在仇教的激愤之中。

6月21日，天津数千名群众聚集在教堂前面。法国领事丰大业认为官方没有认真弹压，持枪在街上碰到天津知县刘杰，发生争执，开枪射击，当场击杀刘杰随从一人。

民众激愤，先杀死了丰大业及其秘书，之后又杀死了十名修女、两名神父、两名法国领事馆人员、两名法国侨民、三名俄国侨民和三十多名中国信徒，焚毁了法国领事馆、望海楼天主堂及当地英美传教士开办的四座基督教堂。

教案发生后，中外震惊。英、美、法、德、俄、比、西七国驻京公使联合向总理衙门提出抗议，要求惩办教案人犯，随即调派军舰到天津海口和烟台进行武力恫吓。

23日，清政府急派两年前由两江总督改任直隶总督的曾国藩前往查办。当时，曾国藩正在休病假，尚未痊愈。临行前，"阻者、劝者、上言者、条陈者纷起沓进"，多数主张不可前往，幕僚史念祖认为赴天津办案"略一失足，千古无底"。

曾国藩涉足政治多年，对其中的利害关系不会不知。然而他并没有犹豫，一方面在于朝廷倚重，职责所在；另一方面他也希望通过自己的努力使教案以最稳妥的方式得到解决。

赴津前,他给两个儿子留下了带有遗嘱性质的书信:"余此行反复筹思,殊无良策。余自咸丰三年募勇以来,即自誓效命疆场,今老年病躯,危难之际,断不肯吝于一死,以自负其初心。"

曾国藩到天津后,知道此案曲在洋人。丰大业率先寻衅,数次开枪,激起众怒,理应持平办理。然他深知外国强盛如故,而中国遭遇了两次鸦片战争均以失败割地赔款而告终,又经历了太平天国、捻军十多年内乱,兵力和财力损耗巨大。津案又涉及法国、英国、美国、俄国、比利时和意大利等多个列强,"万一牵动各国同时推波助澜","中国此时之力何能遽与开衅"?他权衡再三,终于决定"不欲以百姓一朝之忿,启国家无穷之祸",遂奏明"立意不开兵端"。

于是,曾国藩发布告示《谕天津士民》,对天津人民多方指责,诫其勿再起事端,随后释放犯法教民和涉案拐犯,引起天津人民的不满。至于结案之法,"终不外诛凶手以雪其冤,赔巨款以餍其欲"。

7月17日,法国驻华公使罗淑亚抵达天津,与曾国藩会晤。在厚葬死者、重修教堂、追究地方官责任方面,他均无异议。但他强调,在确认凶手方面,该案有其特殊性,"常例群殴毙命,以最后下手伤重者当其重罪。此案则当时群忿齐发,聚若云屯,去如鸟散,断不能判其孰先孰后，孰致命，孰不致命……"

于是，曾国藩说，"拟一命抵一命"，既然洋人被殴毙命二十人，那么，中国官府也处决二十名案犯好了。最后，商议决定处死为首杀人者二十人，充军流放二十五人，并将法方要求处死的天津知府张光藻、知县刘杰革职充军发配到黑龙江"效力赎罪"，赔偿外国人的损失四十九万两银。

清廷决定，由三口通商大臣、代理直隶总督崇厚为专使，率使团至法国道歉，以示与法国"实心交好"。

当时正遇普法战争爆发，法国无暇东顾。法国第三共和国首任总统梯也尔接见崇厚，崇厚把同治帝的道歉书呈递，并希望法国对中方惩凶与赔款感到满意，梯也尔回答："法国所要的，并非（中国人的）头颅，而是秩序的维持与条约的信守。"

对于曾国藩的交涉结果，朝廷人士及民众舆论均甚为不满，全国舆论大哗，"自京师及各省皆斥为谬论，坚不肯信"，"诟詈之声大作，卖国贼之徽号竟加于国藩。京师湖南同乡尤引为乡人之大耻"。京师湖广会馆因此将原来引为湘人骄傲的曾国藩题匾拔除烧毁。

朝廷让李鸿章接替曾国藩处理天津教案。交接当年，曾问李："你与洋人交涉，准备怎么办？"李答："我想与洋人交涉，不管什么只同他打痞子腔。"

李鸿章最后判决将判处死刑者由二十人减至十六人、四人缓刑，其余不变。

曾国藩被痛骂,"外惭清议,内疚神明",一年后郁郁而终。

这位在中国近代外交史上,算得上洋务外交的拓荒者、道义外交的名家、军事外交的大家的湘军大佬,却在教案外交上很难满足排外民众甚至同僚们的政治需求。他成了一个无可奈何的输家,却留下了可贵的外交思想和实践经验,启迪后来。

左宗棠："五百年以来的第一伟人"

一

左宗棠曾是八股文考试的积极参与者，十五岁参加长沙府联考，拿了亚军，信心百倍，先后进长沙城南书院、湘水校经堂苦读，又是七次蝉联第一。但没想到，有这样好成绩的学霸，在湖南省联考以"搜遗"入选，三次全国统考都是不及格，成就了他"屡试不第"的无奈。在此期间，他成为岳麓书院的弟子。

左宗棠终究不是考场上的斗士，也没有范进那种不中举誓不休的毅力和恒心。

他是一个典型的经世致用的实践者，在攻读儒家经典之余，留意农事，遍读群书，将那些涉及中国历史、舆地、兵法、经济、水利等内容的名著视为至宝，刻苦钻研，为他后来带兵打仗、施政理财做好了充分的准备。

考场失意，却同样可以一跃登天。左宗棠十八岁时拜访长沙学界翘楚贺长龄，贺氏即"以国士见待"。

贺家兄弟熙龄先生本是左宗棠的老师，对其非常喜爱，称其"卓然能自立，叩其学则确然有所得"，后来师生还结成了儿女亲家。

首倡商品经济的政界大佬陶澍,欣然以一代名臣之尊,主动提议让他唯一的儿子与左宗棠的长女订婚。

像曾国藩一样,左宗棠也是因为镇压太平天国起义而起家。他先后给湖南巡抚张亮基、骆秉章做大秘,出佐湘幕,出力甚勤,得座主言听计从,从而名动全国,一些高官显贵在皇帝面前竞相举荐,咸丰帝亦给予了极大的关注。

但也因此引起了一些人的忌恨和诽谤,湖南零陵总兵樊燮构陷,险些使左宗棠性命不保。

二

事情是这样的,樊燮是湖广总督官文五姨太的娘家亲戚,被远房姐夫官文推举接任零陵总兵。因为慵懒,偏生又脑满肠肥,体重接近二百五,虽为武官却几乎不骑马,只坐八抬大轿,被讥讽为"轿子总兵",甚至连阅兵都坐轿子。

永州人消遣他说:"樊总兵阅兵——坐着看。"

咸丰九年(1859),左宗棠正在给骆秉章做幕友。

某日,樊燮来访,认为左宗棠只是个不在编的秘书,故拒绝叩拜行礼。

左素来心高气傲,自认为是骆省长的秘书,相当有气焰,对轻慢于他的军分区司令员樊燮非常不悦,举脚便踢，大骂："王八蛋，滚出去！"

樊燮一状告到京城，说左宗棠是"劣幕"。

咸丰帝下令湖广总督官文处理，若属实则将左宗棠"就地正法"，幸得胡林翼、郭嵩焘等人的仗义执言，潘祖荫、肃顺等大臣的披沥上陈，才使一场轩然大波得以平息。

但这件事似乎对左宗棠打击很大，何况人到四十还屈居幕僚，无所作为。时人虽说出"天下不可一日无湖南，湖南不可一日无左宗棠"之语，但那都是一句没用的废话。

他得另谋出路。

因而有了黄小配在《洪秀全演义》中的描述：太平军打到湖南，左宗棠正隐身东山白水洞，原因不光是避乱，而是久取科名不第，意图另寻建功立业途径。各种缘由发酵，左宗棠与洪秀全见了面，密谋反清。

所以，当湖南巡抚请他出山时，左氏反复拒绝，从而引起咸丰帝的怀疑，询问郭嵩焘："左宗棠不肯出山，系何缘故？"还正告说："当出来为我办事！"左宗棠心里清楚，如令清政府得知必有灭族之罪；从太平军中逃走，洪秀全也不会善罢甘休。左宗棠深夜逃离，洪秀全曾派一队人马追赶，追赶不到而入山搜捕。脱身成功的左氏，马上离开白水洞，辗转去了湘潭。

这桩历史秘闻，现代史书也有记述，并非空穴来风。

范文澜《中国近代史》中写道，"当太平军围长沙时，左宗棠曾去见洪秀全，论攻略建国策略"，秀全不听，宗棠夜间逃去。

简又文《太平天国全史》中说："左宗棠尝投奔太平军，劝勿倡上帝教，勿毁儒释，以收人心。……不听，左乃离去，卒为清廷效力。"

萧一山《清代通史》、张家昀《左宗棠：近代陆防海防战略的实行家》、稻叶君山《清朝全史》等，皆有类似记载。

后来湘军崛起，左宗棠看到代表汉人和湖南的曾国藩很有希望，才为之筹饷、筹械。因接济曾国藩部军饷，以夺取被太平军所占武昌之功，朝廷才命以兵部郎中用，"外援五省，内安四境"，为湘军的斗争，为镇压太平军出了大力气。

再后来，他自立门户，收编英年早逝的王鑫的余部为新楚军，和法国舰队司令勒伯勒东组织中法混成的常捷军，一路杀将过去，结果封侯拜相，成为东阁大学士、军机大臣、二等恪靖侯。

随着曾国藩研究的逐步深入，湘军将领拥立曾自立的谜底渐被揭开。曾氏久受压抑，周围大将为集团着想，趁乱谋划让曾国藩黄袍加身，这种可能性是存在的。而同样久受压制、险被咸丰砍头的左宗棠，是不是也积极谋划和行动，不得而知。

三

梁启超称赞左宗棠："五百年以来的第一伟人。"

道光二十八年（1848），胡林翼向时任云贵总督林则徐推荐左宗棠，但左宗棠因事未赴任。第二年，林则徐返乡，约左宗棠于长沙舟中相见。

二人彻夜长谈，关于西北军政的见解不谋而合。林则徐认定将来"西定新疆"，舍左君莫属，特地将自己在新疆整理的宝贵资料全部交付给左宗棠，临终前还命次子代写遗折，一再推荐左宗棠人才难得，称其为"非凡之才""绝世奇才"。左氏不负林公厚望，最后成为比林更有历史分量的民族英雄。

同治六年（1867），阿古柏在新疆自封为王，自立国号为"哲德沙尔汗国"，宣布脱离清廷。俄国乘机占据了伊犁，英国也虎视眈眈，意图瓜分西北。

在这种局势下，清廷内部爆发"海防"与"塞防"之争。权倾朝野的直隶总督兼北洋大臣李鸿章认为两者"力难兼顾"，主张放弃塞防，将"停撤之饷，即匀作海防之饷"。

陕甘总督左宗棠正在进军平定陕甘，对新疆的情况了解很多，他认为新疆自古以来物产富饶，说：天山南北两路粮产丰富，瓜果累累，牛羊遍野，牧马成群。煤、铁、金、银、玉石藏量极为丰富。所谓千里荒漠，实为聚宝之盆。新疆在战略上也非常重要，应该趁英国、俄国还没有完全介入的时候,及时地收复新疆。"若此时即拟停兵节饷,自撤藩篱,则我退寸,而寇进尺",收复新疆,势在必行。他主张用战争换和平,用战争维护国家的统一。

慈禧看到两大重臣两份不同意见的奏折后,进行了严格的平衡分析。左宗棠长期在西北用兵,对西北的形势了解多,慈禧感觉到左宗棠的意见是有道理的。同时,她也很想收复新疆,新疆是大清版图中很大的一部分,失去这样大的领土,她是要背上千古骂名的。

光绪元年三月二十八日(1875年5月3日),左宗棠以钦差大臣督办新疆军务,拥有筹兵、筹饷和指挥全权,清廷把收复新疆的大权完全交给了左宗棠。在慈禧的大力支持下,朝廷给予左宗棠收复新疆的军饷是比较充分的。

次年,左宗棠率六万湖湘子弟从兰州出发,抬棺西行,移驻肃州,就近指挥新疆战事,各路大军陆续西行出关。

左宗棠将战略目标定在攻克北疆的乌鲁木齐,任命部下大将刘锦棠作为主力,并且给他订了一个指导思想——"师克在和",以及一个战略方针——"取其要害"。

在"先北后南,缓进急战"策略的指导下,开始军事行动。刘锦棠等夜袭黄田,继而攻克古牧地,1876年8月18日一举收复了乌鲁木齐。后来打到11月,收复玛纳斯,天山北路全部收复。第二年,左宗棠乘胜追击,分兵三路挥师南下,齐头并进,先后拿下达坂、吐鲁番等城,肃清和田之敌,取得完全胜利。1878年1月2日,清朝军队收复了除沙俄侵占的伊犁外的全部新疆地区。

就在曾纪泽赴俄重开谈判伊犁归属时，左宗棠在新疆备战，威逼对方签署《中俄修订条约》（即《中俄伊犁条约》），收回了伊犁和特克斯河上游两岸领土。

一年多时间，新疆全境收复。这是晚清历史上最扬眉吐气的一件大事，是晚清夕照图中最光彩的一笔。左宗棠最伟大的贡献为收复新疆，巩固边防，使中国六分之一的大好河山不沦丧他国。

左宗棠在新疆注意兴修水利、筑路、屯田、植树等，建议以新疆建省，意义深远。后人曾写诗称赞："大将筹边尚未还，湖湘子弟满天山。新栽杨柳三千里，引得春风渡玉关。"

曾国藩有一次和曾国荃聊起左宗棠，说："论兵战吾不如左宗棠；为国尽忠，亦以季高为冠，国幸有左宗棠也。"

著名历史学家缪凤林先生说："唐太宗以后，对于国家领土贡献最大的人物，当首推左宗棠，实非过誉。"就连美国前副总统华莱士也这样评价他："左宗棠是近百年史上世界伟大人物之一，他将中国人的勇武精神展现给俄罗斯，给整个世界。"

时至今日，新疆人民还在盛传左公威名，那左公柳绿荫依旧，惠及天山下的儿女。

同为湘中之人、同为造福新疆的王震将军，在1983年8月把左宗棠曾孙左景伊约至家中，评价说："左宗棠在帝国主义瓜分中国的历史情况下，力排投降派的非议，毅然率部西征，收复新疆，符合中华民族的长远利益，是爱国主义的表现，左公的爱国主义精神，是值得我们后人发扬的。解放初，我进军新疆的路线，就是当年左公西征走过的路线。在那条路上，我还看到当年种的'左公柳'。走那条路非常艰苦，可以想象，左公走那条路就更艰苦了。左宗棠西征是有功的，否则，祖国西北大好河山很难设想。"

临别时，王震将自己珍藏的钤有本人印章、签名和红笔批语的《左宗棠年谱》送给左景伊做纪念。可见王震对左宗棠的评价是在深入研究的前提下做出的。

中国第一位驻外使节郭嵩焘

一

晚清湖湘多俊才，但大都年轻时遭际不幸，洪杨一役成就了许多大人物，如鼎鼎大名的曾国藩、左宗棠。

湘阴人郭嵩焘却要算一个特例。他和曾国藩一样，都是在考中举人之后进入岳麓书院的，都经历了两次会试不中，后考取进士，不同的是：曾国藩在多个部级衙门干过副职，但一直不为皇帝待见，甚至在太平天国运动爆发后，竟上了一份《敬陈圣德三端预防流弊疏》批评朝政，咸丰帝没有读完，就愤怒地将奏折摔到地上，立刻召见军机大臣要定他的罪。

郭嵩焘则不然，他拿到仕途入场券后，出任翰林院编修，被权柄赫赫的肃顺推荐给咸丰帝，被皇帝多次召见单谈。

咸丰帝颇为赏识郭嵩焘，命他入值南书房当顾问。

咸丰帝对他说："南斋司笔墨事却无多，然所以命汝入南斋，却不在办笔墨，多读有用书，勉力为有用人，他日仍当出办军务。"

不久，咸丰帝派他到天津前线随僧格林沁帮办防务。僧格林沁是蒙古王爷、皇家亲贵，但郭嵩焘是皇帝派来的，算是监军。

僧格林沁是咸丰朝最受倚重的大将。皇帝把郭嵩焘派给僧王，无疑想给郭一个最高档次的镀金机会。但郭嵩焘书生意气，不知通权达变，导致整顿山东沿海税务失败，被僧格林沁上书弹劾，受"降二级调用"处分，但仍回南书房。

此时郭嵩焘已是闲人，但咸丰帝仍让他回到身边，就是想再给他机会。

二

同治五年（1866），署理广东巡抚的郭嵩焘，同两广总督瑞麟不合，罢官回籍，在长沙城南学院、思贤讲舍讲学。

九年后，即光绪元年（1875），军机大臣文祥举荐郭嵩焘，朝廷授他福建按察使。此时，最高统治者是慈禧，她是真正的一个人说了算。她原来的权力盟友慈安和奕䜣，都已靠边站。

此时，清廷筹议兴办洋务方略。郭嵩焘上书《条陈海防事宜》，陈述自己的主张和观点，认为将西方强盛归结于船坚炮利是非常错误的，中国如果单纯学习西方兵学"末技"，是不能够起到富国强兵作用的。只有学习西方的政治和经济，发展中国的工商业才是出路。

郭嵩焘因此名噪朝野。

凑巧，云南发生马嘉理案，英国借此要挟中国，要求中国派遣大员亲往伦敦道歉。

无疑，郭嵩焘临危受命，赴英"通好谢罪"。但对于清朝统治者而言，派人出使敌国，必然要选有真本事和不辱使命的人物担纲，断然不会找个替罪羊。谈得好，可以减轻丧权辱国的程度。慈禧选择郭嵩焘，自是深思熟虑，几经权衡。

光绪元年八月，清廷任命郭嵩焘为出使英国大臣。他是中国历史上第一位驻外使节。

三

郭嵩焘使英，消息传开，朝野沸腾，群情汹汹。

亲友为他出洋"有辱名节"深感惋惜，甚至认为出洋即"事鬼"，与汉奸一般。

同乡好友、著名文人王闿运撰写一副对联，讽刺："出乎其类，拔乎其萃，不容于尧舜之世；未能事人，焉能事鬼，何必去父母之邦。"

王闿运还在日记中写道："湖南人至耻与为伍。"

在长沙准备乡试的考生，集会声讨他，不仅烧毁了他修复的玉泉山唐代名刹上林寺，还扬言要捣毁他的住宅，开除他的湖南省籍。

满朝文武中，他曾力荐的曾国藩已死，左宗棠虽是姻亲但因旧怨而不和，只有李鸿章为他撑腰。

由于中英尚未就马嘉理案谈妥，郭嵩焘出使延期。光绪元年十一月四日，郭嵩焘署理兵部侍郎，上《请将滇抚岑毓英交部议处疏》，要求将对马嘉理案负有直接责任的云南巡抚岑毓英交部严处，抨击了那些盲目自大、封闭守旧的官僚士大夫。

郭嵩焘出使前夕，慈禧曾数次召见他，多加勉励，当面保证："旁人说汝闲话，你不要管他。他们局外人，随便瞎说，全不顾事理……你只一味替国家办事，不要顾别人说闲话。横直皇上总是知道你的心事。"

这，足见慈禧对郭嵩焘寄予了厚望。

四

光绪二年冬，郭嵩焘率随员三十余人启程赴英，在伦敦设立了使馆。光绪四年，郭嵩焘兼任驻法公使。

郭嵩焘非常留意英国的政治体制、教育和科学状况，访问了学校、博物馆、图书馆、报社等，结识了众多专家学者，并以六十岁高龄潜心学习外语。

郭嵩焘将沿途见闻记入日记《使西纪程》，盛赞西方的民主政治制度，主张中国应研究、学习。

他给李鸿章写信，说：我们必须把风俗敦厚、人民家给户足作为基石，然后才可以谈到富强……船坚炮利是最末微的小事，政治制度才是立国的根本。

李鸿章作为郭嵩焘最坚定的同情者和支持者，说："当世所识英豪，与洋务相近而知政体者，以筠仙为最。"筠仙，即郭嵩焘的号。

行前，朝廷应总理衙门之奏请，诏命郭嵩焘将沿途所记日记等咨送总署，也正合郭嵩焘之意。书稿寄到总理衙门，被同文馆刻印出版。

李鸿章先睹为快，大加称赞："总署钞寄行海日记一本，循览再四，议论事实，多未经人道及者，如置身红海、欧洲间，一拓眼界也。"

洋务派在朝廷中的代表奕䜣，对其甚是激赏。

孰料，顽固派攻击蜂拥，漫骂不止。

王闿运说："殆已中洋毒，无可采者。"

张佩纶称："今民间阅《使西纪程》，既无不以为悖。"

就连主张"筹洋""变法"的早期维新派代表人物薛福成，也在日记中追忆："昔郭筠仙侍郎，每叹羡西洋国政民风之美，至为清议之士所诋排，余亦稍讶其言之过当。"

而最有代表性的，当属翰林院编修何金寿参劾他"有二心于英国，想对英国称臣"。

何金寿上书曰："奏为使臣立言悖谬，失体辱国，请旨立饬毁禁其书，以维国体而靖人心，恭折仰祈圣鉴事。窃臣近见兵部侍郎郭嵩焘所撰《使西纪程》一书，侈言俄、英诸国富强，礼义信让，文字之美；又谓该国足称二霸，高掌远跖，鹰扬虎视，犹复持重而发，不似中国虚骄自张。一再称扬,种种取媚,丧心失体,已堪骇异。其中尤谬者,至谓西洋立国二千年,政教修明,与辽、金崛起情形绝异,逼处凭陵,智力兼胜,并不得以和论等语。我国与各国和议之成也,内外臣工痛念庚申之变,皆思卧薪尝胆,以国家自强为期,为异日复仇雪耻之地。今郭嵩焘敢于创为不得言和之论,岂止损国体而生敌心,直将瘝忠臣匡济之谋,摧天下义愤之气。至祈天永命等语,更属狂悖。夫所谓祈天永命者,谓当敬天修德,以图立国保民。即所谓自强之说,并非克抑贬损,委屈事敌,苟且以求旦夕之安。诛其立言之隐,我大清无此臣子也。窃思古人使于四方,原在不辱君命。今郭嵩焘奉使之后,痛哭登舟,畏葸情状,久为敌人所笑。又自知清议难容,故为此张大恫吓之词,以自文其短,而挟以震骇朝廷,为将来见功地步。此等居心,已不可问。乃复著为书篇,摇惑天下人心。其书中立言,尚恇怯如此,安望其抗节敌庭,正论不屈乎?臣愚以为中外情形,人人所知,但在努力自强,无待反复多论。即确有所见,只当密疏上陈,不应著书彰暴。况其中委屈情事,有谋国者所宜言,而断非使臣宜言者。相应请旨,立将其《使西纪程》一书严行毁禁,庶于世道人心尚堪补救。臣愚昧之见,是否有当,伏祈皇太后、皇上圣鉴。谨奏。光绪三年五月初六日。"

两派争论不休,闹到慈禧那里。慈禧迫于舆情,只好给总理衙门发下谕旨,同意将郭嵩焘的《使西纪程》毁版!

"'本日翰林院编修何金寿奏请毁《使西纪程》一书折,军机大臣面奉谕旨:该衙门知道。'钦此。'相应钞录原奏,传知贵衙门钦遵办理可也。'钦此。"

《清史稿》评论:"中国遣使,始于光绪初。嵩焘首膺其选,论交涉独具远识。"

今日所见岳麓书社版郭嵩焘《伦敦与巴黎日记》,即为《使西纪程》。岳麓还出版了皇皇十五卷本的《郭嵩焘全集》,蔚为大观。

五

祸不单行。

光绪三年(1877)七月,郭嵩焘的副使兼驻德公使刘锡鸿暗中对郭多加诋毁,指责郭有"三大罪":"游甲敦炮台披洋人衣,即令冻死亦不当披";"见巴西国主擅自起立,堂堂天朝,何至为小国主致敬";"柏金宫殿听音乐屡取阅音乐单,仿效洋人之所为"。

刘锡鸿公然在使馆中扬言:"这个京师之内都指名为汉奸的人,我肯定不能容下他。"并又密劾郭嵩焘罪责"十款",极尽罗织诬陷之能事。

刘锡鸿指责郭嵩焘的罪状,不仅是鸡毛蒜皮,且都合乎国际礼仪。英人说郭为"所见东方最有教养者",却成为刘弹劾郭的一大罪证。

光绪五年,郭嵩焘与继任公使曾纪泽交接后,黯然回国，称病回籍。而乡党传言要烧了他的坐船。

光绪十七年（1891），郭嵩焘病逝，终年73岁。李鸿章上奏请宣付国史馆为郭嵩焘立传，并请赐谥号，但未获准。

清廷上谕再次强调：郭嵩焘出使外洋，所著的书籍，颇受外界争议，所以不为其追赠谥号。

他逝世九年后，还有京官上奏要求对他开棺鞭尸。

功过千秋事，自有历史说。郭嵩焘曾说："流传百代千龄后，定识人间有此人。"

蔡锷：民国国葬第一人

一

1916年11月8日，蔡锷因喉癌恶化医治无效，在日本福冈长逝，年仅34岁。蔡锷在遗嘱中写道："我统率滇之护国军第一军在川战阵亡及出力人员，恳饬罗佩金等核实呈请恤奖，以昭公允；锷以短命，未能尽力为民国，应为薄葬。"

第二年4月12日，蔡锷魂归故里，民国政府在长沙岳麓山为他举行国葬。出殡当天，大雨滂沱，行止不便，送葬队伍仍有千余人。

湖南都督谭延闿领首，冒雨徒步护灵上山安葬。

"民国之有国葬，实自松坡始。"

蔡锷的墓地离岳麓书院很近。其实，他也算是岳麓书院的弟子，只是没有直接就读于书院，而是15岁考取秀才后，考进了岳麓书院山长王先谦聘请梁启超担任中文总教习的长沙时务学堂。

长沙时务学堂为岳麓书院的附属学校。

故而，蔡锷魂归麓山，也算是瞩望着母校这座千年学府的百年巨变。

而在七年前，武昌起义后的第二十天——1911年10月30日，新军第十九镇三十七协协统（相当于旅长）、临时革命总司令蔡锷与革命党人李根源，在昆明率领新军响应武昌起义。

当年农历二月，蔡锷抵达昆明。武昌成功的消息传到云南后，蔡秘密约集同志刘云峰、刘存厚、唐继尧、韩凤楼等计划响应，预定11月2日发动起义，蔡为总指挥。不料事机泄露，云南总督衙门总文案熊范舆、刘显冶把新军不稳的消息密告云贵总督李经羲和统制钟麟，李、钟会商后拟下令解散新军以杜绝乱源。

事机迫切，千钧一发。

蔡锷遂同李根源约定，李率讲武堂学生自西北攻城，蔡率三十七协一部分进攻东南门。

第二天，革命军攻占昆明全城，军政学商各界集会公推蔡锷为大汉军政府云南都督，设都督府于昆明城内的五华山。

云南是全国第五个独立的省份。

二

"南北议和"后，袁世凯当上民国大总统。

他对手握重兵、威望极高的蔡锷极不放心，将蔡调至北京，名义上重用，实则解除其权力，加以笼络与监视。

蔡锷颇有士为知己者死的意气。他任全国经界局督办，同蒋方震、阎锡山等十一人组织军事研究会。他不断上书袁世凯，为国防建设和军队建设献计献策，表达建设一支强大武装力量的强烈愿望。

袁世凯虽与英美关系密切，但为了权力最大化，又与宿敌日本搅在一起，接受了丧权辱国的"二十一条"。随后，袁克定的《顺天时报》、杨度的筹安会，以及形形色色的"联合会""请愿团"，纷纷粉墨登场。

孙中山让出临时大总统的位置，袁世凯接任但还是怕被国会选掉。他想稳坐江山，于是，紧锣密鼓地筹备复辟帝制，他要当皇帝。这下，很有斗士精神的湖南人蔡锷不干了，他义愤填膺地要以武力"为四万万人争人格"，造老袁的反。

曾经的朋友，变成了政敌！

气愤归气愤，蔡锷纵有翻天的本事，也翻不起大浪。

怎么办？他表面上欣然接受袁皇帝的封赏，在为复辟帝制制造舆论的筹安会成立不久，高兴地在将军府领衔签名拥护帝制。不仅如此，蔡锷干脆装出不关心政治的样子，天天出入八大胡同，与京城名妓小凤仙玩起了绝恋。

蔡锷和小凤仙的情史，被炒了一百多年，炒成了爱情的知音，但有人提出了反对意见，称蔡锷虽涉足花台，但并不常去。

蔡锷长子蔡端回忆，其生母潘夫人给他讲过，有一次蔡锷陪家眷去看戏，开场前指着包厢里一个年轻女子对潘夫人说：她就是小凤仙。

从这个细节里至少可以得出两个信息：一是蔡锷看戏是和家人在一起而不是和小凤仙出双入对，说明他俩的关系并不怎么亲密；二是蔡锷和小凤仙的交往并不背着家人。

蔡端还说，蔡锷将母亲和两位夫人遣送回籍的理由是，潘夫人身怀六甲，想回娘家生育；老母不习惯京城生活，要回乡下住，当然，要由刘夫人陪护，几个孩子也分别回到昆明和邵阳。

三

风流是一个好幌子。

蔡将军醉迷烟花女，袁皇帝放松警惕心。

蔡锷多次潜赴天津，与老师梁启超商量讨袁计划，并初步拟定了赴云南发动武装起义的战略设想："云南于袁氏下令称帝后即独立，贵州则越一月后响应，广西则越两月后响应，然后以云贵之力下四川，以广西之力下广东，约三四个月后，可以会师湖北，底定中原。"

计划已定，但如何出走？

蔡锷虚与委蛇，欣然接受了袁皇帝的封赏。

有影视剧还安排蔡锷和袁世凯的妹妹谈了一场轰轰烈烈的恋爱。有了这重重迷雾，加之八大胡同的乌烟瘴气，蔡锷遁逃，离京赴津，旋以治病为名东渡日本，后经台湾，辗转香港、越南，抵达昆明。

此前，蔡锷旧部以唐继尧为首的团以上军官，已多次举行秘密会议，确立了护国讨袁的战略决策，并着手进行战争准备工作。

蔡锷的到来，加速了云南反袁武装起义的爆发。

1915年12月，袁世凯称帝，取消民国，改用"中华帝国"和洪宪年号。25日，蔡锷师出有名，云南通电宣布独立，众推唐继尧为云南军政府都督，组成护国军三个军，分别从四川、湘西和广西三个方向出师讨袁。

在起义前的军事会议上，唐继尧表示："我愿意带兵出征，蔡公远道而来，十分辛苦，就在云南留守吧！"蔡锷则说："为了国家民族的利益，我愿意效命疆场！"双方都言辞诚恳，最后商定：蔡锷统兵征川，唐继尧留守云南。并定名：出征者为总司令，留守者为都督，都督和总司令地位平等。

蔡锷为第一军总司令，率四个梯团（旅）约八千人入川。他组织指挥的四川战役，在整个护国战争中，堪称精彩的一幕。右翼赵又新梯团自白节滩经双合场进攻纳溪侧背，为主攻；中路顾品珍梯团一部由渠坝驿沿叙永河向纳溪正面佯攻；朱德、张煦两个支队从侧翼向兰田坝迂回前进，阻击泸州援纳之敌；刘存厚师进驻牛滚场，威胁江安守敌，掩护主力攻纳。

护国军以弱于敌人的兵力，在饷弹两缺、后方接济时断的情况下，与号称精锐的北洋军奋战数月，虽没有夺占泸州，却牵制住了敌军主力，阻止了敌军的推进，有力地配合了其他方向军队的行动，推动了全国反帝制运动的发展壮大。

3月22日，袁世凯被迫宣布取消帝制。

6月6日，袁世凯忧郁死去。黎元洪继任民国大总统，任命蔡锷为四川督军兼省长。

后来，史家评论：蔡锷打响了护国反袁第一枪。

这一枪，让蔡锷当之无愧地成为民国史上"国葬第一人"。

杨度：说不清的"旷代逸才"

一

杨度，一个随历史潮流而动，但又极具争议的风云人物。

他只活了57岁，但在他身上，可以看到中国近现代史演进的真实轨迹。作家唐浩明为之写了一部三卷本历史小说《杨度》，很值得一读。

杨度之所以了不起，而且值得研究，在于其一生的追求和坚定的选择。

他出身湖南湘潭农家，祖上世代务农。洪杨一役，太平天国运动席卷江南，曾国藩奉旨在湘组织团练，杨度祖父杨礼堂带着大儿子即杨度大伯杨瑞生，投入湘军大佬李续宾部下，一是为了在乱世混口饭吃，二是冀图赚些军功改变命运。

当时，连曾国藩、罗泽南一众书生，都有着后人所感叹的"何等扎硬寨、打死仗"的气魄，更遑论杨氏父子要拼命改变家族命运的决心。杨礼堂作战冲锋在前，因军功做了哨长，正四品都司衔。

哨长，在今天看来就是巡逻警戒、察觉敌情之类的低级军职。但在清末绿营中，也是有地位的军队干部。同光年间做过刑部员外郎、江苏昭文知县的陈康祺在《郎潜纪闻》卷十二中写道："营官有亲兵，有什长。其亲兵分六队，每队设什长一名，率亲兵十名，伙勇一名，计六队，凡七十二人。哨官有哨长一名，有护长五名，其外有什长，有正勇，有伙勇。"有人说杨礼堂的级别相当于今天的师级干部，按实际规模还是差了一点意思。

杨家父子死里逃生、几番晋级，杨瑞生做到了归德镇、朝阳镇总兵。虽然杨度生父杨懿生在家务农，兼做吹鼓手，在杨度幼年时病逝，但杨瑞生的荣升，彻底改变了杨度的命运。

他被过继给伯父杨瑞生，得其抚养，随往总兵府读书。几年努力，杨度精通诗书画印，17岁考秀才，第二年中举，参加过两次恩科会试，却不幸均落第。

虽名落孙山，但1895年他在北京参加了康有为、梁启超发起的公车上书，联名上书光绪皇帝，反对在甲午战争中战败的清廷签订丧权辱国的《马关条约》。这件事，出名的是康梁，附和之人拿来说事，不能名垂青史。此时20岁的杨度，接受了康梁改良的维新思想，反抗帝国主义的欺辱。有人说他反对帝国主义，这还是有失客观的，尽管当时中国为半殖民地半封建社会，但国家还是大清帝国。此时的他，还是像湘军前辈曾国藩、左宗棠、彭玉麟一样，希望中兴强国。

中兴无望，强国失策。然而，杨度在此钓鱼，钓到了一只"大猿"——袁世凯，他们慢慢走到了一起，为一场开历史倒车但惊天动地的后戏埋下了伏笔。

二

杨度开始走运，归乡不久，衡阳船山书院山长王闿运亲登杨家，招他为弟子。

王闿运，湘学巨儒，闻名天下！最出名的莫过于，曾国藩率湘军攻陷天京，王闿运隆重出场，向曾大帅兜售帝王术，差点儿成功。

做不了帝王师，王闿运曲线培育帝王师。在他门下，有著名的夏寿田、八指头陀、杨锐、刘光第、刘揆一、齐白石。

杨度深受王师看重，王师在《湘绮楼日记》中常称杨皙子（杨度）为"杨贤子"。王师曾与友人说："余诚不足为帝王师，然有王者起，必来取法，道或然与？"不仅如此，王师还将杨家妹妹杨庄收作四儿媳。

王闿运可谓下足了本钱，得意弟子兼儿媳兄长杨度不负师望，后来终于成为帝王师，还带动了鸡犬升天。袁世凯当上大总统后，任命王闿运为国史馆馆长，容许他带陪睡保姆周妈上座。袁世凯称帝后，颁令："凡我旧侣及耆硕、故人，均勿称臣。""耆硕"仅二人，首席为王闿运。

王师很有个性，也很霸气，同时是一个行事极其矛盾的道德理想主义者。

他与郭嵩焘是好朋友，赞许郭的诗文"才华翰林伯"，并接受了郭氏托请，接掌湘军名将彭玉麟捐银12000两请旨重修的船山书院。彭玉麟建成书院时，想请当世大儒王闿运前来掌教，但几次盛情邀请，这位曾在曾国藩幕中常相见，也对彭氏多有"刚介绝俗""功绩昭著""行谊可敦薄立懦，嘉言奇行，不可胜记"等赞誉的王夫子，却正主讲四川尊经书院，未能到任。彭玉麟去世一年后，船山书院无人主持，郭嵩焘力荐在自己主持的长沙思贤讲舍兼课的王闿运赴任衡阳，王氏欣然领受，此去一任便是25年。

王氏长期执掌船山书院，也值得玩味。他在思贤讲舍看到郭嵩焘设立船山祠，讪笑"力推船山，真可怪也"，但他任船山山长时，却在平日教学中，不课八股，而以实学造士，引导院生诵读王夫之遗著，还亲自带领诸生定期祭拜先贤，以船山精神培育年轻士子的民族精神和爱国情怀。他成了船山之学的代表人物，与王夫之并称"二王"。

他不认同郭嵩焘的洋务思想，在《湘绮楼日记》中多次嘲笑之，称他远赴西洋、出使英国，"实以马嘉理之死往彼谢罪，尤志士所不忍言也"。当他读到郭氏海外日记《使西纪程》时，称"殆已中洋毒"，说郭氏支持传教士在长沙建天主教堂，激起民愤，群情汹汹，不但要焚其家，还要集体罢考，"凡有血气者，无不切齿"。他甚至在日记中写道："近传骂筠仙一联云'出乎其类，拔乎其萃，不容于尧舜之世；未能事人，焉能事鬼，何必去父母之邦'。"

辱人也来得霸气强横,就如其留在岳麓书院的联语"吾道南来,原是濂溪一脉;大江东去,无非湘水余波",那样引据磅礴,那样痛快淋漓、霸气侧漏。

久受如此一个奇异大儒熏染授教,继承其思想衣钵的主要传承人杨度,难免也是执念一生地寻求自己的信仰。

三

杨度读书,涉学甚广。他在师事王闿运怀抱经世之学时,又在梁启超、谭嗣同举办的长沙时务学堂接受维新学说的教育,与后来捍卫共和、反对帝制的蔡锷大将军同窗,都是传承岳麓书院千年文脉的同学少年。

戊戌变法以谭嗣同等人牺牲,作为新政惨败的血色注脚。受维新思想深刻影响的青年学子们,如岳麓书院肄业生杨昌济等,内心从未气馁,纷纷出国寻求救国真理,希望自己有一天能为国家寻找到一条出路。杨度不顾王闿运的劝阻,自费留学日本,同黄兴同学于东京弘文学院速成师范科,和杨笃生等创办《游学译编》。

创办弘文学院的日本东京高等师范学校校长嘉纳治五郎,发表贬低清国人的言论,杨度当场和他就国民性和教育问题激烈辩论。

1903年,杨度被保荐入京参加新开的经济特科进士考试,初取一等第二名。复试前,一等第一名梁士诒因名字和康有为（原名祖诒）、梁启超的姓名各同一字，有人在慈禧面前说他是"梁头康尾"，被认为是康梁同党，不予录取。此事牵连到时务学子杨度，他是"湖南师范生"，又被查出留日期间有不满朝廷的言论，被疑为唐才常同党和革命党，也被除名，并受到通缉。

杨度避居家乡成婚，再赴东京求学，感于"国事伤心不可知"，作《湖南少年歌》，写出著名的"若道中华国果亡，除非湖南人尽死"。此歌与梁启超的《少年中国说》，激励当时，影响至今。

杨度转入日本法政大学速成科，集中研究各国宪政，与汪精卫同学。时务学堂的老同学蔡锷在留日期间"与杨度最善"，休假日必到杨度居所吃饭。

杨度在东京创办《中国新报》月刊，任总编撰，在刊物上宣传"不谈革命，只言宪政"。他在办刊宗旨中宣扬主张，还发表十四万字的《金铁主义说》，宣传君主立宪，主张成立政党，召开国会。他撰写的《中国宪政大纲应吸收东西各国之所长》和《实施宪政程序》两文，与梁启超的《东西各国宪政之比较》，还被一起上奏朝廷。

杨度回国，成立湖南宪政公会，为会长，起草《湖南全体人民民选议院请愿书》，并联络不少湖南名流联名上奏，开清末国会请愿运动之先河。

光绪三十三年（1907），清廷改政治考察馆为宪政编查馆，袁世凯、张之洞联合保荐杨度，"精通宪法，才堪大用"。杨度离湘进京，出任候补四品行走，并参与管理京师法律学堂事务大臣沈家本主持的修律工作。

沈家本兼任资政院副总裁，受命为法部右侍郎，负责中国古代法律资料的整理和考订，并以修律大臣的身份主持修订法律，建议废止凌迟、枭首、戮尸等酷刑，用修订的《大清现行刑律》取代《大清刑律》。他主持召开资政院会议，杨度与会，直言不讳：中国须在法律上消除家族各种特权，明确国家和人民之间直接的权利义务关系，国家对人民要有"教之之法"和"养之之法"，国家要给人民以"营业、居住、言论等等自由"，人民"对于国家担负责任"。

他用一种寻求法律支持的国家主义，宣传他一直宣扬的"金铁主义"。在他看来，世界体系由对内文明而对外野蛮的国家所组成，而中国受制于家族制度和宗法传统等，未能建立起以经济（金）和军事（铁）为中心的国家体制，中国因帝制传统也未能形成现代国家。

立宪运动高涨，曾与杨度一同参加维新活动的老相识袁世凯，以倡导者的身份成为朝中君主立宪主张的领袖。他安排杨度在颐和园向皇族亲贵演说立宪精义，极力主张开设民选议院。

此时，清廷立宪文件多出于杨度之手。

清廷搞宪政法治没搞成，但杨度和袁世凯搞到了一起。

1914年，中华民国大总统袁世凯解散国会后，杨度任参政院参政。

杨度更加不安分了,他要帮袁世凯改总统为皇帝。他给袁世凯写了一篇《君宪救国论》,说:中国如不废共和,立君主,则强国无望,富国无望,立宪无望,终归于亡国而已,"故以专制之权,成立宪之业,乃圣君英辟建立大功之极好机会"。袁世凯大为赞许,称之"真是一个旷代逸才"。

既要玩帝制,杨度甘当首席吹鼓手,还组建吹鼓队。他先后找到约法会议议长孙毓筠、国民党元老胡瑛、京师大学堂监督严复、国学大家刘师培和南方革命悍将李燮和,组织筹安会,杨任理事长,公开为袁世凯鼓吹帝制。

袁世凯称帝,改元洪宪,做了83天皇帝梦。全国公愤,革命胜地湖南再起汹汹群情,怒骂杨度为汉奸。前好友梁启超称其为"下贱无耻、蠕蠕而动的壁人"。

1916年6月,袁世凯在临死前,大呼"杨度误我"。各地报刊刊登了不少怒斥和讽刺袁世凯的挽联,其中一联既俏皮幽默,又语带双关:"起病六君子,送命二陈汤。""六君子"中的要角,便是杨晳子杨度。

而杨度也写下挽联:"共和误中国,中国不误共和;千载而还,再评此狱。明公负洪宪,洪宪不负明公;九原可作,三复斯言。"

黎元洪继任总统,发布惩办通缉帝制祸首令,杨度列第一名。

王闿运也在日记中发表看法:"弟子杨度,书痴自谓不痴,徒挨一顿骂耳。"当年王师口中的"贤子",太过冥顽，或为极端，极尽执着，使一直将其引以为傲的老先生终老之时，感叹唏嘘。

四

杨度策动袁世凯称帝，很是热心，但也有自己的原则。

1917年，张勋借府院之争，发动兵变，和康有为搞宣统复辟，邀请杨度入京参加。杨度通电张、康："所可痛者，神圣之君宪主义，经此牺牲，永无再见之日。度伤心绝望，更无救国之方。从此披发入山，不愿再闻世事。"

他修禅归隐，做佛门居士，坚持思考，政治主张逐渐转向民主共和。1922年，陈炯明兵变，杨度受邀作为孙中山特使，通过同门夏寿田游说直系军阀老大曹锟，令阻止吴佩孚驰援陈炯明，帮助孙中山渡过危机。

孙中山说："杨度可人，能履行政治家诺言。"

当年，杨度在上海加入中国国民党。孙中山特电告全党，称杨度"此次来归，志坚金石，幸勿以往见疑"。此后杨度在山东军阀张宗昌处策应过北伐。

此前在日期间，杨度和孙中山就中国革命问题辩论数次。章太炎在《与黄克强交恶始末》中写道："聚议三日夜不歇，满汉中外，靡不备论；革保利弊，畅言无隐。"杨度不赞成孙的革命思想，但他将黄兴介绍给孙中山，促成孙黄合作。

中国同盟会成立,孙中山力邀杨度参加。他拒绝参加,愿各行其是,表示:"吾主君主立宪,吾事成,愿先生助我;先生号召民族革命,先生成,度当尽弃其主张,以助先生。努力国事,斯在今日,勿相妨也。"

后来,中国国民党组建,黄兴邀请加入,杨度谢绝。胡瑛等又力邀,杨度提出要其放弃政党组阁,方可考虑。他坚持君主立宪。

杨度晚年根据孙中山的建议,计划撰写的《中国通史》,他做了许多准备,并写好了大纲,然岁不与人,未完成。

孙中山死后,杨度移居沪上。名震上海滩的青帮老大杜月笙,崇拜杨度,礼遇崇隆,除了每月送去两百大洋帮助改善生活外,知他鸦片瘾奇大,还特嘱人预备一副烟具、一张烟榻,好让其忙中过瘾。

1931年6月,杜月笙在浦东的家祠落成,杨度应邀撰写《杜氏家祠记》和《杜氏家祠落成颂》,勒石立碑。

杨度认为杜月笙是亦侠亦儒的人物:"予初闻杜君名,意为其人必武健壮烈,意气甚盛;及与之交,则谦抑山下,恂恂如儒者,不矜其善,不伐其能。人向往之,其德量使然也。"(《杜氏家祠记》)

五

在历史小说《杨度》中,唐浩明在开卷语中揭秘一件事：

1931年9月下旬，上海法租界薛华立路，杨宅家主过世。

当日《申报》报道：帝制余孽潦倒沪上，风流荡子魂归佛国。

丧家更加伤心，此时，一个叫伍豪的年轻人登门吊丧，杨宅遗孀抓住伍豪的手说："你是他生前最信赖的人，你要替他说句公道话呀！"

伍豪对灵堂遗照，坚定地说："皙子先生，你放心去吧，历史会替你说公道话的！"

这个伍豪，就是大名鼎鼎的周恩来，而"皙子先生"即杨度。

杨度曾为援救新闻记者林白水，向张宗昌求情，但张当面答应而背后使坏。杨度与一些共产党员交往，接触到马克思主义，在上海时通过孙中山认识了李大钊。《杨度》对此场景，给了很长一段笔墨。

1927年，张作霖捕获李大钊、成舍我，杨度在北京设法营救，未果。杨度离京寓沪，佯以卖字画为生，为杜月笙门下"清客"，为共产党提供过不少情报。

1929年秋，白色恐怖之时，杨度申请加入中国共产党，由潘汉年介绍，伍豪（周恩来）批准秘密入党，与周单线联系。周离沪后，由夏衍同他单线联系。曾有人讥讽他投机，他驳道："方今白色恐怖，云何投机？"（何汉文、杜迈之编著《杨度传》，湖南人民出版社1979年8月版）

他的党员身份鲜有人知,直到40多年后周恩来病危时才公之于世。

1975年冬,周恩来重病,和王冶秋谈话,指示重新修订《辞海》时要对中国近代历史人物做客观公正的评价。他特别提到杨度:"他晚年参加了党,是我领导的,直到他死。"(王冶秋《难忘的记忆》,《人民日报》1978年7月30日)

2006年央视一台首播的电视剧《陈赓大将》第5集中,还较为详细地叙述了陈赓介绍杨度入党的前前后后。

葛洪《抱朴子·外篇》中说,一个真正的士,不能"违情以趋时",亦不能"蹑径以取容"。看似杨度一生有很多政治投机,但从其最初力主君主立宪,到投身三民主义,到最后坚定选择信仰共产主义,成为隐蔽战线上的一名秘密共产党员,无数的时势说不清,太多的不幸与幸交织,尤可见他为了改变中国命运,不惜以身试苦酒,到无悔奔赴光明。在他身上,活脱体现了湖湘儿女为经世致用的果敢和坚守,同时兼具霸蛮与灵泛的鲜明特征。

湖大红楼见证的长沙受降日

一

1945年9月15日上午。

长沙，岳麓山下。

湖南大学科学馆二楼东侧一间教室。

满目疮痍、墙体斑驳，却被精心装饰了一番。

"室内正面排悬中美英苏四国国旗及红色木质V字，左面悬有四大领袖画像。右面后面则为窗户，射进来和煦的阳光，照耀满室，充满了光明、欢欣、胜利的气象。室中正面横排三席，准备着受降主官及将领们坐的，对面约距二公尺处，亦设有一席，此系为日本投降主官所坐者。两侧排有两行靠椅，后边亦有三行靠椅，此系为观礼的中外来宾及长沙市各界领袖而设的。各席上均铺盖白色桌布，四边均镶有红白蓝三色布条，受降主官及投降代表席上，均置放有大铜墨盒、毛笔及印泥盒各一件，上面均刻有'日军投降纪念'字样。"（中央通讯社记者张弓《长衡区受降记》，原载《南京受降记》，1945年11月）

庄严肃穆的会场，是第四方面军外事处处长董宗山少将指导设计的。这里将举行一场抗日战争中国战区陆军第四方面军长衡岳地区受降仪式。

11时许，中美军方代表、地方官员和媒体记者陆续入场——

右边座席上，有湖南省府委员萧训、专员罗醒，三青团湖南支团书记齐德修，长沙市市长王秉丞、市党部书记长齐寿崑（湖南大学1939届毕业生，学校保送奔赴长沙第九战区前线参加抗战），湖南省警察局局长邓如灿，以及受降主官王耀武麾下的第四方面军高级幕僚，计50余人。

左边前排为美军专席，坐着第18军联络官雷克上校及其僚属、第100军联络官几阿德上校等，也有50多人。他们大多带着照相机，不时摆弄镜头，准备抓拍期待已久的历史瞬间。

两侧后面坐着一个庞大的新闻记者群体，30多人。其中有长沙日报社社长周之舞及记者王象尧、龚慕陶，中兴日报社社长甘复初及记者姚秉凡、皮坚，上报社社长黄性一及记者黄天予，中央社记者萧宏宇。张弓也是记者代表，亲历现场。

上首正中主席王耀武尚未到达。而其座席两边，右边依次坐着第18军军长胡琏中将、别动军副指挥官陶一珊少将、第15师师长梁化中少将、第118师师长戴朴；左侧为第四方面军副参谋长罗幸理少将、美军东线指挥官金武德准将。

在一阵军乐声中,代表中国国民革命军总司令部受降的主官、第四方面军司令官王耀武中将入场就座。

受降仪式开始。第四方面军第一处第一科科长王重之上校导引日方投降代表、日军第 20 军司令官坂西一良中将,及其参谋长伊知川庸治少将、参谋西乡从吾大佐、副官凌边诚夫中佐和一名翻译等入场。坂西等穿军礼服,立定脱帽,对四国领导人肖像行礼,继对王耀武鞠躬致敬。

王耀武欠身示意,即命坂西就座至指定席次,呈验身份证明文件,继而在《指示日军投降缴械办法之武字第一号训令》文件上签名,交由罗幸理宣读中文。

中方日文翻译为湖南大学机械系教授陈孝祖,他早年毕业于东京帝国大学。董宗山负责将文件做英文翻译。三轮宣读完毕,中方代表将训令交向坂西一良。坂西起立,双手接受,表示谨遵奉行,并在受领证上签字盖章,由伊知川庸治两手捧呈王耀武。王耀武接过后,即命坂西一良为首的日方一干人等退出。

短短数十分钟,紧张有序的典礼,标志着在日寇炮火下屈辱地生活、抗争了八年的湖南人,真正取得了湖南抗战的彻底胜利。

此时距日本天皇裕仁于 8 月 15 日宣布无条件投降已有一个整月。迟来的喜悦,让与会人员及室外长沙城里的男女老少鼓掌欢呼、额手称庆。

岳麓山下,燕然勒石,成为不屈的中华民族的一处精神图腾。

二

尽管此刻的王耀武——国民党抗战中最能打的虎将之一——再也抑制不住内心"无上愉快"（张弓《长衡区受降记》），向记者们宣示蒋介石通过全国电台广播的训令"不念旧恶""与人为善"，寄望湘人多"对敌军过去暴行，予以宽恕，表示我大国民仁厚之传统风度，须知真正战胜敌人，不在残酷武器，而在和平感化，今后吾人对世界所负之责任"，但是，日军对中国人和中华民族所实施的十多年暴行，绝不能因为几句轻描淡写的宽恕豪言而被遗忘。

第一次长沙会战前，日军就盯上了扼守中国西南门户的湖南省会长沙，于1937年11月24日始，即对长沙进行轰炸，遂使这座有着4000年历史的楚汉名城成为湖南受害时间最早和最长之所在。

千年学府湖南大学，一方宁静的书香之地，文教遐昌，潇湘洙泗，亦不能幸免于战火，在长达八年时间里饱受痛苦和摧残。

1938年4月10日午后两点左右，日军出动三队27架飞机，对长沙再一次狂轰滥炸。

一场震惊中外的文化浩劫就此发生。湖大校园遭受了近半个小时的轰炸，在50多颗燃烧弹、40多颗炸弹的摧残下，中南地区最大的图书馆全部被毁，湖南省内公共建筑规模最大的科学馆毁坏三分之二，学生宿舍毁坏三栋，残存者也是败壁残垣，"全校精华，付之一炬"（《川大周刊》第6卷29期《湖南大学来函》）。

54091册古籍善本和外文新书，惨遭浩大火劫。

刚投入使用的图书馆，仅存四根爱奥尼克石柱。

据统计，直接物质损失200多万银圆，相当于今日三四亿元人民币，还有师生死伤上百人。

湖南大学在当天下午的《被敌机炸毁后正告中外文化界宣言》中，正气凛然地声讨："强敌以二十分钟内之暴行，一举而焚烧炸毁之，古迹碎为瓦砾，典籍变为灰烬，科学仪器标本毁成碎金坏木，于吾人之损失为如何！世界文化之损失为如何！利用文化风景区域之无防空设备，尽量低飞择准目标而炸毁，一度炸毁之不足，复再度投以烧夷弹。少数弹偶中不足，复继以密集投弹，一图书馆、一科学馆之本身与附近，共投百余弹。处心积虑之集恨于文化，明眼者目能辨之。同人等痛定思痛，不敢以人类之损失，私为一地方及少数人之损失，故缕陈本末，正告中外文化界。"

湖大科学馆为1933年6月胡庶华校长任内兴建，由1919年从东京高等工业学校建筑科毕业归国的土木系教授蔡泽奉按西洋古典主义风格设计建造，占地8666.67平方米，建筑面积6550平方米，有大小房间41间，红砖清水外墙。1935年6月竣工，耗资14万银圆。

经历飞来横祸、劫后余生的化学系教授谭云鹤，激愤地写道："四月十日，余在科学馆，觉敌人之轰炸，并不足畏，故未惊惶出走。是日面部虽受伤流血，而研究科学之人，其血流在科学馆，是流得其所，虽死亦无愧恨。"

炮火烈烈。壮志殷殷。残垣斑斑。血债累累。

一连串炮火与硝烟里，再也放不下一张安静的书桌。好不容易进入国立大学序列的湖南大学，被迫西迁。

新任校长皮宗石、教务长任凯南及老校长黄士衡等，于1938年7月筹划迁校至怀化芷江。国民政府在芷江秘密修建一个大型空军基地，被日军发现，派出日机轰炸芷江城。芷江不再是湖大西迁的理想地。

在长沙炮火中幸存的图书、仪器，由水路提前运至沅陵。皮宗石、任凯南在押运途中，遇到新任湖南省立桃源女中校长的老友向绍轩。

他们早年几乎同期留学英伦，皮、任二人在伦敦大学攻读经济学，向绍轩在爱丁堡大学学习政治经济学。他们先后取得硕士、博士学位归国，被湖南公立商业专门学校校长黄士衡聘为兼职教授。向绍轩同时被明德学堂校长胡元倓聘为专门部主任，1919年春始任汉口明德大学副校长主持校务。黄士衡等推动湖南商专、工专和法专于1926年在岳麓书院的基础上合组，定名为湖南大学。私立明德大学由于经费和师资等原因，并入湖南大学，向绍轩由湖大筹备委员出任教授，同任凯南、黄士衡再度同事。1928年4月，任凯南被公选为湖大校长，由于此前湖大商科被省府并入长沙（第四）中山大学，但他任命经济学教授向绍轩为文学院院长，个中富有深意，即将涵盖商学的经济系纳入文学院。时势变迁，向绍轩东行赴任江苏省教育厅科长；任凯南赴武汉参与国立武汉大学筹建，与皮宗石重逢，于1937年一同应黄士衡力邀，回湘促成湖大国立。

抗战爆发，企盼国立已久的湖大师生，不由得乐极生悲。沅水岸边，劫后重逢，感时伤怀，唏嘘不已。

无力救时于家国，也要储能兴教育。

向绍轩建议：湖大迁校辰溪！

他是从辰溪走出来的著名学者，其家族在当地有一定的资源和势力。大家认真分析辰溪地理环境和资源优势后，达成一致意见。

是年10月，46名教授，535名学生，携工人家属及图书仪器设备，一路跋山涉水，历尽艰辛，先后抵达辰溪，受到历来倡导耕读传家的辰溪人民的热忱欢迎和积极支持。各界人士纷纷捐资解囊，重建校址。当地百姓积极腾房换地，出工出力。

为防止日机空袭轰炸，学校大部分房屋都建在偏僻的龙头垴村四周的山谷里。任凯南作为迁校负责人，带领大家利用当地木石繁多的优势，采用鱼鳞板的形式，安置所有教室、办公室和宿舍，在短短几个月内建成湖南大学战时校区。

湖大辰溪校区建成初期，有教室、食堂、宿舍、礼堂、图书室、实验室等各种用房，挖防空洞20多个。随着时间推移，不断发展壮大，到1945年3月，拥有教员160人、学生1345人，建设校舍新式木板平房104栋。

薪火炽盛，旨在强国。

身处危难，志在救国。

赓续千年文脉、传承岳麓精神的湖大校史上，始终保持着传道济民、经世致用、书生报国的传统。

南宋德祐二年（1276），元军围攻潭州（长沙），岳麓学子先是放弃院舍撤入城内，"聚居州学，犹不废业"（《宋史·尹谷传》），继而潭州保卫战进入危难之际，师生放下书本，拿起武器，与军民同仇敌忾，"诸生荷戈登陴，死者十九"，绝大多数以身殉国，用热血在中华文明史上写下了浓墨重彩的一笔。

明清之际的王夫之，一介书生，一度屡败屡战地加入南明反清的武装队伍。其爱国思想和学说，被后世子孙小心翼翼保藏，深层次地影响了清末民初几代岳麓学子。时至抗战，国家蒙辱，人民蒙难，文明蒙尘。

闻日机轰炸湖大惨况，老校长曹典球愤然赋诗："吾华清胄四千载，礼义涵濡迄无改。诗书虽毁心尚存，人人敌忾今何待。嗟余衰老闻恶声，枕戈待旦思群英。誓扑此獠度东海，再集铅椠起百城！"

手无寸铁的书生，发出了倔强不屈的抗日怒吼。千年学府的命运，再一次与国家危难融为一体。

校长皮宗石，教授伍薏农、杨卓新、皮名振以及部分校友同仇敌忾，发起成立湖南文化界抗敌后援会，利用湖大校友遍布全省的优势，在衡阳、湘潭、邵阳、常德、岳阳、桃源等地设立分会，大范围宣传抗战。

一批中共地下党员、中共外围组织民族解放先锋队员，随着华北、华东大学纷纷内迁，进入湖大，成立进步组织"明日社"，组建抗日救国会，带动湖大抗日救亡运动。湖大校方积极组织师生参与，先后推荐100多名热血青年报名参军。

诚如湖南大学在《被敌机炸毁后正告中外文化界宣言》中所迸发的呼告："本大学虽罹此浩劫，却以血染为荣；虽不在前方，却以与前方将士及我民众分受牺牲为幸。全体师生决本百折不回之精神，誓与倭寇相周旋，不迁校，不辍课，使我华中仅存之国立大学，不因暴力而炸毁，湖南之高等教育，不因暴力而中断！"

即便西迁，也威武不屈。永保薪火，为家国愤起。湖大在辰溪建校办学七年，并未因地处偏远山区，而免遭日机轰炸袭扰。据史料记载，抗战期间，日军轰炸辰溪22次，投弹1047枚，其中4次将目标直接对准了湖南大学。

"若道中华国果亡，除非湖南人尽死。"（杨度《湖南少年歌》）

湖大师生坚持抗战中办学、办学中抗战，最终等来坚持了14年的中华民族抗战的全面胜利。

三

雪百年耻辱，复万里河山，汉唐无此雄，宋明无此壮；
写三楚文章，吊九原将士，风雨为之泣，草木为之悲。

为于盛斯

——这是1945年9月3日长沙人在湖大被轰炸的校区原址上举行庆祝抗战胜利及追悼阵亡将士大会，悬挂于会场大门上的一副挽联。

12天后，长衡岳地区受降仪式，在湖大科学馆举行。三个月前在雪峰山一役歼灭日寇坂西一良所部三万人的抗战名将王耀武，以最后胜利者的姿态，接受重要战犯坂西一良呈递的投降书。

王耀武会带兵，有指挥才能，擅长阵地战、反包围、歼灭战等，杀伐果断，敢打硬仗。这个山东人统兵湖南，颇契合"扎硬寨""打死战"的湖南人精神。

湖南大学作为唯一一所举行抗战胜利受降仪式的中国大学，同样被写进了伟大的中华民族抗战史。

当时尚未复校的湖南大学，尚需从城内坐船渡江几度跋涉方能抵达，为何被选中作为受降仪式会场？

其一，昔日繁华的长沙城内，几乎找不到两层以上的高大建筑。1938年11月12日，湖南省政府主席张治中遵蒋介石令，以"焦土抗战"为名火烧长沙，毁灭了长沙城几乎所有地面文物建筑。据来长沙调查的两湖监察使高一涵勘查，经此文夕大火后的长沙，"环城马路以内所有繁盛之区，如南正街、八角亭一带，凡属巨大商店几乎百无一存，其他各大街市之中，残存者亦仅各有三五家或十余家不等……统计长沙的房屋，除浏阳门一带早被敌机轰炸燃烧而外，仅北外、南外、东外各处房屋所存较多，余则大都被毁。通盘估计，全存及残存者，恐怕不及百分之二十"。周边幸存者皆为民居。此后数年几经会战，大型建筑基本毁坏殆尽。

其二，湖大科学馆残存三分之一，建筑主体犹在，庄严肃穆依旧，是受降会场的不二选择。文夕大火留给了奋力挥军抗日的第九战区司令长官薛岳满城焦土，而在1939年9月到1944年8月间，薛岳组织中国军队以长沙为中心，与日军进行了四次大规模攻防战，三次获得保卫战大捷。艰难的胜利是建立在惨痛代价之上的，长沙城内仅有建筑接连遭到炮火焚毁。湖南一师、长沙一中、明德中学等片瓦无存。

其三，它临近岳麓山，正可告慰万千为国战死的抗战将士的英灵。长沙保卫战前后历经五年，二十余万名铁血儿郎捐躯殉国。岳麓山上埋葬了不少成建制的将士的骸骨，如陆军第73军抗战阵亡将士公墓、陆军第73军第77师抗日阵亡将士纪念碑、陆军第10军三次长沙会战抗战阵亡将士纪念碑、长沙会战碑，以及昭示民众投身抗日运动的岳王亭、忠烈祠等，巍巍屹立，昭示青史。在长沙与日寇顽强战斗了五年的薛岳，于1941年12月为就近指挥第三次长沙保卫战，将作战指挥所设于距离湖南大学不远、爱晚亭后清风峡的山洞内。中国军队依托岳麓山有利地势，沉重打击了日军，有力地支援了战区各部队的作战，为抗战立下了奇勋。青山埋忠骨，碧血染长英。选择邻近岳麓山的湖大科学馆作为受降仪式会场，既是对先烈的及时告慰，也是对强敌的威武宣示。

其四，岳麓书院传承千年，滋养湖湘，影响全国，是湖南最耀眼、最厚重的文化名片，湖大师生与民族同命运誓死而战，其世代相传的忠孝廉节与麓山忠魂的守望家国相得益彰，选择此地燕然勒石，见证湘中日军无条件投降的历史性一刻，足以显耀中华薪火不灭、弦歌不绝。

1945年8月26日，根据当时的具体情况和战区统帅部的安排，第四受降区的办理仪式地点被定在长沙，以王耀武为受降主官。9月14日上午11点半，王耀武偕美军联络官金武德从芷江乘机飞抵长沙，即将司令部设在湖南大学。

满是弹痕的湖大科学馆，在零星校舍和一片废墟中展现着苍凉的、令人感伤的情景，但经过精心设计变身临时会场后，勃发神采。是年10月，湖大师生从辰溪陆续乘坐车船返回长沙，于岳麓山原址重建复课。科学馆建筑整体外观保持原貌，外部门窗和内走廊墙壁、门框等都保留原物，1948年由亦曾就读于东京高等工业学校建筑科的湖大土木系教授柳士英主持加建一层，保留了原有塔楼和女儿墙及檐口，将原有的平屋顶作为第三层楼板并加上了琉璃瓦的西洋式坡屋顶，与原有建筑的风格和气质，浑然一体。

此处现为湖大一座办公楼，又称湖大红楼，毛泽东主席1950年8月手书的"湖南大学"匾额悬于北面拱券形大门入口处，成为广大游客拍照留影的打卡胜地。而205室，作为抗日战争中国战区陆军第四方面军长衡岳地区受降旧址，被保留了下来，成为湖大广大师生每天途经红楼东侧，总会驻足仰望的历史遗迹。

惟楚有材，于斯为盛。

楚材蔚起，奋志安攘。

形式古典而内容现代的湖大红楼，见证了近百年湖湘变迁史与十四年中华抗战不屈史，也见证着传承中华文化与红色基因的一代代青春学子集群，自卑登高、修学储能，敢为人先、只争朝夕，蔚起新时代强国建设、民族复兴的楚材胜景、赫曦归来。

于斯为盛

风雨话湖湘

湘文化与齐鲁、吴越、岭南等区域文化一样，有着爱国忧民、务实经世的共同基因，但受历史机遇、地域环境和经济条件影响，又有自己鲜明的特质及根基。

湖湘文化从何而来，源流何处，有何特质特征、精神气质、历史闪光点、性格弱点，经历了怎样的嬗变、衍化和发展，如何同区外文化交流和互动，何谓湖湘文化精神与湖南人精神……这些疑问，在岳麓书院院长朱汉民总编五卷本《湖湘文化通史》（岳麓书社2015年5月版）中，都有鲜明的解读。皇皇三百万言，把人们一步步引向湖湘文化深处。

《湖湘文化通史》作为一部湖湘地域文化通史类的大型学术专著，以现代湖南省行政区为研究空间，系统梳理先秦迄新中国成立湖湘文化的萌芽、发展和成形、兴盛的历程，考量文化形态的连续性与差异性，即上古的部族文化、方国文化与中古、近古、近现代的连续与演变，以及诸多因子文化在不同时代的成就和特性。

湖湘文化源远流长而博大精深，显学持久而璀璨绝伦。研究者们置身于中华文化发展史大背景下，深度观照湖湘文化的存在与发展，从文源深、文脉广、文气足三方面阐发其特色与优势，又结合挖掘传统与现代建设来诠释当代价值和意义。研究重在精神文化，既包括思想观念形态的学术、文学、艺术、道德、宗教等，也包括民俗风情层面的礼俗、风习、工艺、社会心理等，相互影响，涉及时代物质文化，期冀参与推动传统湖湘文化向现代湖湘文化的转型与重构。

王兴国、万里、肖永明、向桃初、吴仰湘、陈松长、陈先初、王勇诸名家主编分卷，从探源屈骚精神与湖湘文统、湘学旨趣与学统、士人的精神气质与文化基因、民间信仰的多元建构，析理不断嬗变的湖湘文化本土化特殊性与"天下"普遍性，指向湖湘文化现代化中的实用理性、价值理性与中国文化主体性重建。

上古卷结合湖南自然地理及先秦生态环境，远绍蚩尤、炎帝、三苗与舜禹的远古传说，旁搜旧石器、新石器、青铜器和楚等时代特征与结构动因、宇宙观念与宗教信仰、生活习俗与科技艺术，彰显其同中原等区外文化的交流及其在先秦文明中的地位和影响。

中古卷审视秦汉至隋唐时期湖湘文化的发展，涵括社会变迁与人口迁徙视域中、多元文化背景下的文化特征，胪列史学、文学、科技、教育、科技、工艺、书画、习俗与佛道文化等具体内容和历史价值，揭示此时文化发展略显停滞而宗教独放异彩的不均衡发展。湖南偏居一隅，三面环山，一面临湖，乃四塞之地，素为汉民族与少数民族杂处之地，属远离中原的化外之地。古代人才稀少，忧国忧民的屈原，研发造纸术的蔡伦，怀才不遇的贾谊，唐代书家欧阳询、怀素，为此期寥寥可数的代表人物。晚清学者皮锡瑞曾说："湖南人物，罕见史传。三国时，如蒋琬者只一二人。唐开科三百年，长沙刘蜕始举进士，时谓之破天荒。"民风保守，交往甚少，经济落后于中原，也与江浙、岭南存有明显差异。山民有刻苦强悍的习性，移民有开拓进取的精神，寻找出路，忍辱负重，艰难困苦，玉汝于成。

近古卷重点考量宋元明清经济文化重心的南移，带动移民涌入、外力倾注，促进湖湘文化繁荣。周敦颐开宋明理学之先河，奠定湖湘文化的底蕴。胡安国、胡寅、胡宏及其弟子数代努力，以碧泉书院作为主要据点创立、壮大湖湘学派。朱熹数度来湘，与张栻会讲于岳麓书院，催动湖湘学派兴盛，创造了大道南移、道南正脉的湘学极致。湘学注重经世致用，主张理欲同体、体用合一、内圣外王并重，与二程的洛学、朱熹的闽学、陆象山的心学、吕祖谦的婺学，同为南宋地域文化的奇葩。迄王夫之抗清失败后坚守瑶峒四十载，"六经责我开生面，七尺从天乞活埋"，从事学术研究，推出数百万字的皇皇大书，集湖湘文化之大成，承前启后，影响后世至今。此期民族纷争，家国情重，虽南宋德祐二年，元军攻陷长沙，湖湘弟子"荷戈登陴，十亡其九"，湖湘学派不复存在，但湖湘文化薪火传承，诗文辞赋、文献整理、戏曲书画、科技教育、民俗风情和宗教文化都在乱世中得到了空前发展，相继出现了有名的茶陵诗派、文学世家、"湘中七子"、闺秀诗人，还在儒释道同生共荣的狭缝里，引入基督教、伊斯兰教。尤其是教育发展加快，全国四大书院中湖南有岳麓、石鼓，为中国政治、经济、军事、文化等事业都贡献了斐然成就。岳麓书院创立伊始，即以办学和传播学术文化而闻名于世。北宋真宗召见山长周式，颁书赐额，闻于天下，有"潇湘洙泗"之誉。明世宗御题"敬一箴"，清康熙、乾隆二帝分赐"学达性天"和"道南正脉"匾额。湖湘文化在当时，不仅为士人所推崇，亦被朝廷最高统治者看重。

近代卷分为两册。前册重在观照清末民初以儒家思想为核心的理学型湖湘文化的崛起、发展，涉及政治经济、科教文卫、宗教民俗诸方面，但最大亮色，莫过于二：一是孕育了数代很具文化气质的湖南人才群体，内圣外王被糅入性理哲学与经世学说，滋养诸多湘人把小我修养和大我事功统一起来，实现以天下为己任的抱负。岳麓书院培养了数以万计的士人学子，其中邓显鹤、胡林翼、曾国藩、左宗棠、郭嵩焘、谭嗣同等，更是近代史上的显赫人物，接连推动湘系经世派乘势崛起。二是以史经世，睁眼看世界，在宣扬爱国御侮思想的同时，重视外国史地研究。近代湖湘的民族主义和爱国主义思想对近代中国影响极深，而继魏源最早"睁眼看世界"后，多有湖南人走在中国现代化转型前列：陶澍把商品经济引入体制改革并首倡海运，曾国藩首倡办洋务，郭嵩焘首任驻外使节……他们从洋务运动到戊戌变法、从辛亥革命到新民主主义革命，堪称杰出。

湖南人在精神创造、学术追求上，"无所依傍，浩然独往"。杨毓麟在《新湖南》中激赏："我湖南有特别独立之根性……岸异之处，颇能自振于他省之外。"湖湘文化精神激励人们"有独立自由之思想，有坚强不磨之志节"；蔡锷声称"我湖南一变，则中国随之矣"；杨度高唱"若道中华国果亡，除非湖南人尽死"；钱基博赞叹湖湘文化"义以淑群，行必厉己，以开一代之风气，盖地理使之然也"。陈独秀更是热情洋溢地写出《欢迎湖南人底精神》，鼓励时人和世人"欢迎湖南人底精神，是欢迎他们的奋斗精神，欢迎他们奋斗造桥的精神，欢迎他们造的桥比王船山、曾国藩、罗泽南、黄克强、蔡松坡所造的还要雄大精美得多"。

湖湘文化精神激励湖南人不怕牺牲流血、不惧艰难险阻，为中国和世界建设出更多更美的"桥"，从而为近代卷后册（当为现代卷），即从五四新文化运动至新中国成立前，托起了许多在湖湘哲学与史学、经学与诸子学、语言文字学与版本目录学、文艺与教育、公共文化与社会习俗等领域竞秀异彩的"维周之桢"。此册以发展与展望为主题，揭示现代湖湘文化崛起原因、发展阶段、主要特征，以及影响中国现代文化发展的贡献。20世纪初，杨昌济说："湘省士风，云兴雷震，咸同以还，人才辈出，为各省所难能，古来所未有。"新文化运动前后，湖湘文化对推进中国现代化进程，作出了不同于其他区域文化的贡献。从黄兴到毛泽东，湖南士人著书论文，又用兵打仗，书生意气与刚毅志气集于一身，济世勇气与横绝正气融为一体，成为湖湘人才的一大特色。湖南人以自己的方式、自己的文化精神，支援了五四运动。毛泽东为了民族的前途，果敢提出"枪杆子里面出政权"，直至胜利而坚持不懈，以崭新的中国面貌，塑造了湖南人的潇洒形象。新文化运动中涌现出一种超越旧民主主义文化的新思潮——马克思主义思潮，湖南涌现出一批重要的马克思主义者，使湖湘文化向着最新、最高的层次发展。

"吾道南来，原是濂溪一脉；大江东去，无非湘水余波。"千百年来，湖湘士人果敢自负，胸襟博大。真德秀在《劝学文》中谈及湘学源流，称"窃惟方今学术源流之盛，未有出湖湘之右者"。黄宗羲《宋元学案》对湖湘数十人列传论说，赞誉："湖南一派，当时为最盛。"晚清大学者梁启超的《儒家哲学》、现代思想史家侯外庐的《宋明理学史》，对湖湘学人及其学术思想，亦多有赞扬。

而今学者和专研机构，对于湖湘文化的研究，力度增益，眼界开阔，抓住了研究重心与主要实体，在继承和创新之间，成果迭出。他们有明确的思考对象，掌握了丰富的探索内容，立足于传统文化的弘扬，着眼于经济全球化态势，深入观照湖湘文化现况，认真审视其现代价值，努力为当代中国文化建设、经济建设、道德建设，提供传统文化上的营养，为生态伦理、和谐人居、时代特征、内在涵蕴以及市场经济条件下的道德激励、伦理教化等方面做了理性的思辨。

他们不局限于此,对于源自农耕文化的湖湘文化,没有忽视近世精神中的负面效应与消极影响,对湖湘人才群体保守、轻商、封闭、虚骄等一系列不足,展开了理据充分的剖析与批判,且从文化、经济诸方面,思考湖湘文化的得与失,如须由政治文化向经济社会转换、由革命文化向建设社会转换、由封闭文化向开放社会转换、由计划文化向市场社会转换、由重农文化向重工社会转换、由崇官文化向崇商社会转换等,警醒湖南人在自豪于敢为天下先时,多一些创新和包容。

《湖湘文化通史》反映的角度、表现的尺度,既有丰富性,又有可读性,使人读有所获。对于湖湘文化专业知识,《湖湘文库》已做充分的推介;而《湖湘文化通史》追求湖湘文化普及化,注重学术性考虑,对湖湘文化性质、品位与价值是最大补充,于当下研究有鲜明的代表性,对日后的思考也是印证的正知正见。

对湖湘文化进行发展史研究,既审视过去,又看重未来,对于湖湘文化的再发展来说,是一件富有意义的事情。《湖湘文化通史》注意发掘、研究、展示湖南区域文化的风貌、渊源及新时代的发展,梳理和反思湖湘文化的不同时代特征和历史演化,理性研究或预见会对当时的社会或日后的历史产生一定的影响,不避具体,多有灼见,对纵深发展湖湘文化很有裨益,也有助于唤起民众保护中华文化遗产，丰富社会主义核心价值观。我多揣谫陋，难以邃断其对于湖湘文化再成显学的推力有多大多强劲，但其系统架构全面，或能进一步导引更多的人很好地走近湖湘文化，正确把握湖湘文化的意义，认识湖湘人物的价值。

于斯为盛

中国古文人的精神追寻

我曾固执地认为,"南岳周围八百里,回雁为首,岳麓为足"(《南岳记》),但站在岳麓之巅,所见要比祝融顶上看得远。此言自地理上看来,有井蛙矜夸之嫌,然从人文的角度看,岳麓可谓儒释道融合的中和大美:下有千年学府修学储能,中是佛门古刹始建魏晋,上为云麓福地道法自然。三教共荣,和谐发展,走出了王船山、陶澍、曾国藩、黄兴、毛泽东等时代大才,也吸引朱熹、真德秀、吴澄、王阳明等学界名宿来此传道。此中很多情景,无疑在诸子争鸣、三教争衡的中国传统文化史上,都是最美的一方胜境,绝非三山五岳所能超越。

中国古代文人,虽有形形色色的学说争持、人生使命,因客观的、主观的意识,或隐逸于江湖啸傲自许,或疲命在朝堂挣扎经济,然都是一种明道证己的方式。但因特殊的意识形态而有不同选择,其精神世界却不免印证"道冠儒履释袈裟"的选择与洒脱。久居岳麓的张松辉,怡然自得地沉潜于中国传统文化思想史中,得出一本富有学术意味又通俗耐读的《道冠儒履释袈裟》(岳麓书社 2015 年 9 月版),希望在满是现代化陷阱的经济社会,重温中国古代文人，也是他谨终如始的精神世界与思想真义。

人生儒释道是一种境界。明显地或潜在地接受儒释道者，大都进退有据、左右逢源，也有进退维谷者常在矛盾博弈中遍体鳞伤。这些人性格使然，人生释然，无所畏惧，大有古希腊西绪弗斯的斗士精神。西绪弗斯不倦地轮回推动巨石，长年累月，不屈不挠，增添了不少凝重的色彩。有人喜欢把他看作执着的榜样，然他始终没有感受到选择的乐趣。楚国的屈原大夫也是拥有此种信念之人，自任满腹经纶，独清于天下，到头来只带着经济雄图和睿智，独赴水府同汨水清月长做伴。

西绪弗斯和屈原，因为执着，出了煌煌大名。而对他们自身而言，面对的只有艰难和死亡。他们也有许多追随者，张扬于名利场，打开牢笼，挣脱缰绳，不是接连遭遇坎坷，就是不断面对磕碰。他们是否真的活得称心如意，难有一个真实的答案。哪怕是满面春意的美女奇才，抑或是一生布衣的壮士豪客，在他们留下的、我们读到的诗文辞章中，总会有不少失意落寞的痕迹。

这不是一本严格意义上的学术书，但探微那些古人的卓越才华、敏锐思想与醇厚情趣，让人窥知他们的学风三昧与七情六欲：什么是孔孟之道，哪些有老庄风格，也不忘记苏轼越贬越远的积极心态和曾国藩屡败屡战的激越情怀。至于佛家有云、菩提无恨的偈语，默念几回也觉清心……让我读到了想来想去也没有想清楚的内容，轻松、平静而忧乐，激励我去发现儒释道的人生，实在的生活与人性。

或忧乐，或隐逸，或出世，或入世，庄严不屈，桀骜不驯。张松辉抓住了古人之魂。儒释道的人生观各有特色，儒家追求"穷则独善其身，达则兼善天下"，道家为"逍遥适意"而"铸造天梯"，佛教"磨砖成镜"普度众生。"道冠儒履释袈裟"，寥寥数字，已把古文人的心态勾画了了。儒家讲求修齐治平，佛门慈悲普度欲色，道学痴迷修炼逍遥，各自独立，又有着几分相似。

无论比较渐修与顿悟、杀生与惜生、禁欲与纵欲、爱情与婚姻、大度与狭隘、自然与人工、人力与命运、内圣外王与不执着等人生命题，还是阐析不同思想流派、不同人生选择的因和果、源与流，张松辉缕析分明，内容丰富，生发出生活的情趣，没有枯燥的学术气息，对读者知晓古人人生态度和帮助自身做出人生选择，很有裨益。其中有对古代思想言论和诗文的通俗解读，也有综观儒、释、道不同文化体系的对比评说，对传统的修养、处世、交际、婚姻等观念提出了独特的见解。

庄子面对高官不喜，东坡连遭贬谪不悲，陶渊明自祭写满悲凉而不忧，袁枚、李贽狎妓断袖而不耻，李白、白居易、韩愈炼丹吞药想修仙长生，于今都是鲜活的影像。许多文人处世不喜不悲、不卑不亢，择善学习，辨恶远离，总会成就自己不拘束的时机。在儒释道多家思想之间走自己的路，定有柳暗花明，不会哀叹什么莫由追悔、无可如何。倘接受某流派思想，分外虔诚，枯燥乏味，久而久之，事过境迁，时不我待，不过扮演了一回在歧路的屈大夫、贾太傅的好学生。

张松辉对袁枚之流的情感泛滥，没有明确的批判。他推崇陶渊明有了束缚，就想逃到世外桃源。袁氏宁狎雏妓、同性恋而罔顾婚姻、夫妻、家庭的存在，在道德观念下，未必有真操守。陶渊明种豆南山下，但只为自己，而缺失为民造福的官家责任。张松辉将自己对人生的看法和传统人生观融为一体，自成特色，将中国古文人旷达洒脱的风格与风范，伴随着带有鲜明主题的古代诗文掌故，清晰而清新地漫刻到我的记忆中，轻松自然，有深沉和慰藉，也有朴实与信仰。

中国古代曾出现过多个不愉快的时段。孔子周游列国宣扬仁政，"上则干济政治，下则主持教育"（钱穆语），但他始终没有要求朝廷或诸侯将儒学奉为国学，强行独尊。孔子死后，却被帝制中国的统治者们继往开来地推到"至圣先师"的位置，不厌其烦地加谥封爵，长期为权势者利用，受统治术摆布，如汉代独尊儒术、隋唐科举取士、明清八股求才，孔子和儒学都是专制统治术的工具。至唐代，儒释道再次遭遇厚此薄彼，出现了家天下里对一种学术的不同态度。早年玄奘西去天竺，求得佛经东归，太宗礼遇甚隆。百余年后，韩愈上表谏迎佛骨，触怒宪宗，险被处死，贬黜出京。武宗崇信道教，下令废佛，除长安、洛阳及诸道保留规定的少数佛寺外，其余寺院一律拆毁，毁废寺院庙宇数万处，勒令僧尼二十余万众还俗，解放寺院奴婢十五万人，皆充两税户，没收寺院良田数千万顷。一个以礼待佛，一个盲目信佛，一个疯狂灭佛，这是不同阶段对待学说与政治需要的和谐与矛盾。这是儒释道主导的中国传统文化变迁的悲哀，也是特定政治利害关系的非理性选择，更有宗法制社会士大夫结合政治实际的利益推崇。

在那些文人中，特别是后来的文人中，很难找到纯粹的儒家人物，或道家人物，或其他各家人物。绝大多数文人，兼收并蓄地会通前辈思想，灵活运用，巧妙发展，在不同的生活环境中采用不同的思想来指导、调节自己的生活和心态。慢慢地，也就有了中国文化史、思想史上一个个著名的故事，这些都是偶然的，非常个体化的，但传承下来，梳理清楚，却会发现古代中国的儒、释、道兼容的往事，虽已浸染在黄卷之中，但依然是实在的，让张松辉读到了意思与意义，让他期盼中国能够出现儒、释、道三家鼎立的局面，使得中国文人在生活中进退自如，游刃有余，找到安身立命之所。

张松辉讲求善待自然，热爱自然，引人看清各式各样的激进与冷漠、感伤与苍凉、温柔与慰藉、钟情与爱恋，还有儒释道共生共容的人生。大自然不时出现的灾害，如台风、冰冻、旱灾、地震、海啸，大面积、强威力，总让人难以预防，倘不加以警觉，更难堪的事实也许就在和风细雨之后。同处一个地球村，共容之心态的营造、共生之生态的创造，以及尤为重要的时代意义与社会价值，使得心态和生态成为人类文明始终存在的两大问题。心态关乎共容，生态关乎共生，共容方能共存，共存方能共生，我们应当学会同他人共容，同自然共生。

《道冠儒履释袈裟》勾勒出了看似中庸之道却是和谐之路的发展历程。中国传统文化，源远流长，多姿多彩，无论儒释道经典，还是其他思想，绝大多数都是以和谐作为存在的精魂，而且经久不衰、传承不息。《礼记·中庸》说："喜怒哀乐之未发，谓之中；发而皆中节，谓之和；中也者，天下之大本也；和也者，天下之达道也。致中和，天地位焉，万物育焉。"人生儒释道所显示的即为一种中和思想，一种把和谐思想上升到自然的原则，在人与自然共生共荣的大环境中，寻找到哲学的根源，这是具有更大的权威性与更强的说服力的。这是一种有核心价值的生活，而不是简单的生存状态，它包含着人与自然的和谐、人与人（民族与民族、国家与国家）之间的和谐、个人自身的心灵和谐。作者由此解读古人洒脱的精神思想，是在为逐步远离自然、蚕食自然的人们敲警钟。生存在现代工业社会日益发达、城乡建设趋近一体化的时期，能有如此的认识和理解，不能不说是一种境界、一种追求、一种厚重。书中没有凌虚蹈空的掌故编造，但带有突出的象征性和隐喻性，尤其对古人淡泊名利、知足常乐、不存害人之心、以良好心态对待逆境、正确看待衰老和死亡等心灵修炼方法，都有独特的看法。

于盛斯 为

中国书院文化是怎么炼成的？

书院于我而言，最初的记忆是犹可追的。幼时就听来过长沙的父亲说，到过岳麓山下的岳麓书院。后来，我来到长沙读书，尚未毕业就进入出版社实习，独立写的第一篇书评，就是关于书院文化的。我清楚地记得那本书，叫作《书院中国》，我在其中，品读作者江堤的诗人灵感，悟读他的作家才情，研读他的学者性格，读他的热烈如灼，读他的剔透如脂，读他那苍劲有力的务实翅膀滑过中国书院传统文化海洋带出的每一道带着火花的轨迹。遗憾的是，江堤英华早逝，在重疴中成就了"大都好物不坚牢，彩云易散琉璃脆"，让我二十年来每每在书架上看到这本书，不由得感伤他本如脆弱琉璃的生命，而又期待重温那流利的文字和谨严的思路，对接其不老的才思与不悔的精魂。

江堤有一种古希腊神话中西绪弗斯不倦地推动巨石的精神，无怨地用青春和生命，观照古代书院遗址及其相关文物，悉心阐释中国书院传统文化，以物质形态的书院作为"阿基米德支点"，撑起了精神形态的中国书院文化研究品牌，咏叹出一曲书院文化的生命绝唱。同时，他也让我在后来的文字人生中，多次写到岳麓书院这座足以代表中国书院发展历程与菁华的千年学府。

站在千年学府讲堂前，犹能听见张栻、朱熹开坛会讲、辩说精义的论道；犹能看见近代以来，从洋务运动到戊戌变法，从辛亥革命到新民主主义革命，一拨又一拨的岳麓学子，经世致用，心忧天下，敢为人先，与时俱进，创造了多个中国史上的第一：陶澍第一个把商品经济引入体制改革并首倡海运，魏源第一个"睁眼看世界"写出《海国图志》，曾国藩第一个倡办洋务，郭嵩焘第一个出任驻外使节，谭嗣同第一个为变法维新流血……青年毛泽东曾多次寓居岳麓书院，"实事求是"深深地印在他的心里，故而此处成了今日继续传承红色基因的思想策源地。

沧海桑田，白云苍狗，故人已去，留下了风涛万里的历史印记。岳麓书院依旧作为创建越千年、唯一还"活着"的古老书院，办学不辍，文脉不断。书院中的传道者群体，以一种更加开放的姿态和胸怀，研究中国书院文化的起始、流变，研究中国这一独特的教育胜地、文化息壤、精神家园，是如何启智民众的。

湖南大学岳麓书院二级教授、中国书院研究中心主任邓洪波，是这一领域的扛旗人物。纵观其数十年来的研究成果，著书立说，写得最多的，还是以岳麓书院为依托的中国书院文化。他主编的中国书院文化建设丛书，分作五卷，即：《千年弦歌：书院简史》（邓洪波著）、《教学相长：书院教育概要》（兰军、邓洪波著）、《教养相资：书院经费研究》（张劲松著）、《价值追求：书院精神初探》（曾欢欢著）、《礼乐相成：书院建筑述略》（柳肃、柳思勉著），专一而论，自成体系，相得益彰。

我在这里，重点要谈论的是人称"邓书院"的邓洪波的《千年弦歌：书院简史》（海天出版社2021年3月版）。要想知道中国书院文化是怎么发展的，我们就得追根溯源，同历史修好，沿着文献中的纵横脉络，探寻传统国情下书院文化的现场与背后、生存与盛衰。

清人袁枚在《随园随笔》卷十四中说："书院之名，起唐玄宗时丽正书院、集贤书院，皆建于朝省，为修书之地，非士子肄业之所也。"这段文字，传达出三重意义，一是书院在唐玄宗（712—756年在位）时存在，二是书院为朝廷建置，三是书院乃中央政府的修书机构。然而，在邓洪波看来，书院在玄宗之前业已出现，但建于民间。若在民间，即为教育教学场所。

最初的书院，起源于官、民两途，是"新生于唐代的中国士人的文化教育组织"。民间私人治学，官方编修典籍。形态各异，但当事人有着形形色色的诗句，表达着对书院文化所产生的各种各样的钟情、爱恋、期待、思考与执着。

不论是藏书刻书，还是读书讲书，书院都是以书作为直观的文化载体，推动着中国书院文化建设与书院教育的发展。时事变迁，书院的地域分布日渐分明，功能状态日臻成熟，教学功能日益凸显。最初的建设者们，择胜地，起精舍，在初期的书院文化传播中，自成品牌，锻造个性凸显的文化品格，积极反叛束缚人性的官本位文化，熔铸出一种济世昌明的自由主义。

经历了纷争离乱的唐末五代之后，到了开放繁荣的宋朝，政治教化与文化教育，随着经济的发展可以提供丰实的物质保证之后，也开始了相互剥离，各自发展。经济发达地区，书院发展迅速，自觉的、有追求和主张的士人，纷纷聚书山林、建院讲学，推动着地方特色的书院替代官学的角色。因此，以岳麓书院为首的四大书院应运而生。虽然在表述上，各成其说，相互竞秀，但足以看出此时的书院文化，已经强化教育功能，影响深远。

书院教育成了文化传承、学术研究、为国育才的主要载体。书院文化则是传统教育、碰撞思想、弘扬学说的精神内核。理学兴起，确立制度，宋元成为中国书院文化的昌隆时期。推动者们在艰难挣扎中，续谱自由文化的精神建构与新学重构，让一些有着深刻思想背景和文化价值的理学颗粒，融会成一种革命性的思维方式与话语体系，创造了文化的多维时空。诸多大师纷纷出场，登台讲学，赓续传统文化，在历史远去的长河中，泛起许多貌似冷寂却又耐人咀嚼的史诗般的理论光彩。张栻、朱熹发生激情的碰撞，不因时光潮汐的洗刷和涤荡而分外清晰，显现出一种思想迥异、品格独立但捐弃对立的超然风骨。当然，不同流派的学者、风骨、学术和个性所导致的学术争端，流于锋芒消失的时代，将维系在学术上的零星自由性湮灭于迷惘之中。

蒙古武力政权入主汉地，前宋遗民兴学，深层次地浸染了元代书院政策：带有鲜明的政治色彩，如保护书院、宣扬理学、崇圣重儒，意图以学术自由来纾解坚守儒家治统与道统的士大夫的反抗情绪，并将山长纳入官制、以功名招揽民心，故而有了书院推广的官学化，元明继踵，明代一度出现了书院文化的灿烂辉煌。只是迄至晚明，朝堂缠斗不休的党争，导致了嘉靖、万历、天启三次禁毁书院，而东林党等学派此起彼伏，挣扎勃兴。

嘉靖年间的圣人王阳明，"正人心，息邪说"，一度动摇了宋元以来官定的程朱理学的主流地位。但是，坚持"致良知"的王阳明，个性独立，虚怀若谷，两次率弟子到岳麓书院追慕朱张先贤，传道讲学，从而推动了湖湘学派学人的崛起。我们沿着邓洪波融会历史文献、政治分析、教育梳理的脉络，照鉴特殊时代书院文化内蕴的历史遗存。不论是满汉文化博弈，还是中西文化交流，或者传统书院改革与新兴书院改制，邓洪波都是微观中国书院史上的宏大文化格局。他本着勤于考据与乐于思考的立场方法，在深究细研浩繁厚重的文化历史积淀中，精炼史料的发现与历史的辩证、当下的临场感与久远的穿透力、文化的历史烟云与个体的生命感悟等，贯通融会。

对于一个国家的文化传承而言，任何一段历史，任何一个场所，任何一种教育形态，都是那个时期知识分子的创造与选择。我们没有任何理由，去遗忘、去拒绝、去漠视那种一度成功甚至如岳麓书院一样传承千年的尝试和发展。虽然《千年弦歌：书院简史》是简说中国书院文化是如何炼造成功的，是如何薪火相传的，是如何照亮今天的文化传承的，我们还是有必要深读其中每一个历史记载的涵蕴，了解书写者、研究者费时费力而乐此不疲的价值呈现。

可以说，这是一本记录中国书院发展变迁的研究性作品，观照李唐以来1300多年的书院建设各个瞬间，全景式展现了千年书院的辉煌苦难、文化状态和精神面貌。此书融史料性与研究性为一体，贯知识性与思想性于一册，旁征博引、深入浅出地解读了中国书院的发展之路，为我们了解中国书院文化的根与魂，重构多元文化下的传统与现代的对接，都提供了内容丰富、形态独特、继往开来的文本，同时学术梳理与信史分析融为一体，对于我们研究和重塑中国特色的书院精神、文化自信，具有重要的历史价值与时代意义。

为于
盛斯

新山乡巨变中的心灵放歌

在每个人的精神版图上，大都有一处核心区域属于故乡。乡土难离，乡梦不休，这不只是对过去的回忆，还有对当下的思考与对明天的梦想。真诚、炽烈、浓郁、滚烫……各种各样的情思，或有一定的感伤和苍凉、唏嘘与忧思，但更多的是无尽的期待和憧憬、钟情和爱恋。贺永强青春年少求学时，开始离开故土，然其乡情是清晰、完整而深切的。在他的心灵中、魂梦里、精神上，"家"始终在情感的最深处，随着他的成长与成熟，给他的思绪烙上时代的印记。

诗集《家在心灵故乡》（湖南大学出版社2021年1月版）精选他于2018年至2021年1月写作的104首作品，在8辑不同题材归属中，深入故乡变迁深处，探寻乡村振兴的智慧人生，导航思乡底色的精神家园，紧扣家国情怀的时代脉动，以淳朴的笔触、多元的方式、迥异的风格，赤诚放歌身历目睹的新时代山乡巨变。

他没有把故乡简单地融入思念的月光如水、星河浩瀚和天涯海角，而是利用紧张忙碌的工作空隙，选择从千里之外回归故土，零距离地感受生养他的土地的温度与厚重。一砖一瓦，一草一木，父亲稻田里的一把谷穗，母亲白发中的一根青丝，都强烈地触发他诗性的思考。现实的抵达与精神的回归完美结合，诗意地表达扑下身子深切相拥的土地，相拥推动故土变迁的时代与发展。

很多人写故乡，聚焦残垣破壁、枯木断桥。回不去的村庄成了撕裂的爱与疼痛，挥不走的花香燃烧着遥远的土地。乡愁被阻隔在千里万里，美好被想象中的老石磨碾得支离破碎。贺永强跳出了传统模式，融合写实主义与写意手法，写自己每一天魂牵梦绕的心灵故乡，接续传递出他所熟悉的湘中一处小村庄的美丽。

以少年作家身份特招进吉林大学深造的贺永强，老家距离周立波故乡益阳清溪村不远，从而使他对共同故土的历史人文与变迁有着跨越时空的相似认知。周氏"山乡巨变"，展现了新中国农民翻身当主人的新面貌，而经历了70多年变迁的新农村，从过去的开天辟地进入了翻天覆地。2013年11月，习近平总书记在湖南十八洞首倡"精准扶贫"，贺永强敏锐地想到，彻底消灭贫困只是一个新起点，而提前进入小康生活的其他地区，提前进入乡村振兴的新时代中国山乡，人们在思想层面、文化境界上的飞跃与追寻，成为时代的鲜明主题，是新山乡巨变的显著特征。他积极贯彻习近平文化思想，把目光聚集于这里的土地和人民，撷取熟悉的农时变换与农事更替的不同切面，率先用诗歌形式，多角度、深层次、全方位地谱写新山乡巨变的火热现场与激情旋律，讴歌中国乡村振兴的时代进程与广阔天地。

新时代"诗歌何为,诗人何为",不同的诗人有不同的切入和表达。贺永强选择自己最熟悉的故乡生活场景切入,在《这个夏天火热的生活》《"双抢"日记》《我行进在层峦叠嶂的水稻中央》《发现江河的奥秘》等一大批优秀诗歌中,巧妙而丰富地揭示他的思考刻度。生产、生活、生态,以及个体生命轨迹,随着时代高质量发展,呈现出让诗人刻骨铭心的生活感悟与精神体验。树丫上的一只花喜鹊,树干上一群蚂蚁的来回,远望中一道崎岖的山岭,或用思绪为父亲总结的三张照片与自己葵花般的脸的对影……看似不经意的观察与体会,却在微观新时代乡村生活中展现山乡巨变的宏大格局。

贺永强善于遴选鲜活的画面。强烈的生活气息,被化入鲜明的情理之中,有铺陈,有排比,有巧喻,凝练的长短句勾勒出他那着力于故乡表达、折射着山乡巨变的诗意长卷。在其中,可以听见蛙鼓蝉鸣的和鸣,可以看见莲雾绽开的田园,可以闻见邻里夜话的家长里短,一切都是美好、祥和、幸福的。灵动而有质感的诗句,雄浑气势中的宁静,让我不由得想到:如果中国每一处村落、每一片山乡,都是如此地温暖与和谐,难道不就是我们期待久远的中国梦的一种体现,不正是我们为之奋斗的乡村振兴的一方剪影吗?

对于故乡的诗性表达,尤其是面对山乡变迁后的思索,大多停留于表层诱因的罗列,局限在"情"与"势"

之间的纠缠与挣扎。贺永强在回归心灵故土时，从家乡生活的场景、情境、感悟中，结合与时俱进的社会文化背景，不断地剥离其曾经有过的内在心理困惑，切身观照新山乡巨变所带来的真实图景。诚如他在《河流经故里的时候，绝大多数乡亲正酣然入睡》中写的那样，"历史是时间写的，河流呈现了历史／活着，就好／谁都不过是／时间波浪上一场起伏的睡眠"。故乡，不论岁月和青春流失在那一片土地，还是在预置的视野里固化成景，已然成为一段回不去但要向前看的历史，其中流走奔波的熟悉的、陌生的人与事、情与理、意象与意境，消融成生活的时空与属于自己的历史文化。

历史文化的厚重感，是诗集《家在心灵故乡》的一大亮点。这与他长久以来的诗歌写作风格是一脉相承的。2020年9月17日，习近平总书记在湖南大学岳麓书院考察调研时，对文化传承等发表重要论述，嘱托更好地弘扬经世致用精神，让身为湖南大学教授的贺永强深有感触。作为一个归来的诗想者，故乡的农耕文明的理想与现实、传统与现代，需要他去发掘、弘扬与阐释。双重文化的使命，激励他贯注文化自信的理念，更坚定地勾画缩写中国新乡村巨变的心灵史诗。

他保持着一份紧贴故土的温情与坦诚，保持着对党、故乡和亲人的真诚感恩。"感恩，就是一首主题歌"，萦绕他的脚步，敲击他的心腔，联系他的诗与远方、情与故乡，在从心脏源头流淌的外流河里，在时光与视线拐角处的家园里，在把爱的篱笆插满的心灵故乡，在抵达故乡生活的某一天和某一处……独特的主题表现、文字提炼、韵律安排和节奏凸显，自然地表达诗人情感的淳朴和炽热。在他的诗歌中，有共产党人的精神，有血性文人的性情，有湖湘男儿的灵泛和霸蛮，不倦且无悔地坚守着一个执爱人的风采。虽然其中有强烈的城市文明与农业文明的冲突与碰撞，有在梦想与现实冲突中流露的焦灼不安和心理平衡，但他对乡土、时代、人民和亲情倍加珍惜，喷涌出一股阳刚大气，塑造出一种清新明快的风韵与绚丽多姿的格调，给读者一种真切与真挚的生活感、真实和真诚的生命体悟。

勃勃的冲击力和殷殷的赤子情高度融合，诚恳地运用艺术手段和文化信仰，为新山乡巨变素描着真实与恢宏。贺永强不断地凭借对传统文化的理解和掌握，赋予新时代中国山乡新的精神内涵，以一种独特的精神写作和深情抵达，准确地反映时代高度与社会厚度，为自己所接触和熟悉的亲人、邻里和乡亲进行诗意画像，描画这一个日新月异、无限美好的伟大时代，刻画那一群努力创造、越发幸福的可爱人民。

"实事求是"的音乐力量

庭院深深，我每次走进岳麓书院，感触最深的，还是诸多镌刻历史风云、蕴藏思想温度的门联与匾额，它们使我产生了各种各样的感叹和遐思、敬畏和疑惑、钟情和爱恋……千年文脉，传道济民，朱张会讲，赫曦如来。历史的天空，见证着岳麓书院的时势沧桑，而今日英才蔚起，已然是新时代跃飞风举的精彩和气度。

书院育人，在于大师云集的薪火相传，在于人文精神的血脉赓续，在于内涵思想的深远影响。岳麓书院，除了不断延续经世致用、传道济民的湖湘文化精神外，还是党的实事求是思想路线的重要策源地。实事求是，最早出自《汉书·景十三王传》，谈的是河间献王刘德"修学好古"的治学方式。两千多年后，青年毛泽东寓居岳麓书院时，将此转化为更为博大、更为广阔、更为丰富的治世思想。

先贤张栻"少年留心经济之学"，成为一代理学大儒，成就湖湘文化特色。经济之学与实事求是碰撞，熔铸一种治理国家、救济人民的红色精神影响全党，汇流一种融会社会责任、时代使命的大学之道激励青年。2021年9月15日，湖南大学推出、全网迅速传播的"实事求是"主题系列原创音乐MV,以多样化的音乐形式、多色彩的艺术表达、多角度的文化观照,全景式将湖大气质与风貌展现在观众面前,散发出一种青春的力量和人文的味道。

这是一组由湖大师生策划、创作、演唱和制作的原创歌曲,集中反映学校在实事求是思想的滋养下,实现现代与历史、传统与未来、本土与世界的对接与联通,在时光中走向世界,在求变中争创一流,始终坚持实事求是、敢为人先、经世致用的湖大风骨,持续孕育具有专业素养、家国情怀、国际视野、创新能力和社会责任的栋梁之材。

惟楚有材,于斯为盛,那是千年学府、百年名校镌刻在历史中的精彩。楚材斯盛,蔚成大观,更是以史为鉴、开创未来,竞放成时代风采砥砺前行。这样的丰采,这样的精神,化入实事求是的思想温度,融入了不同形式的歌曲,如领唱+合唱版艺术歌曲《一块匾额》,如男女合唱版民通歌曲《有一扇窗向雨而开》,以及学生群体说唱版的《湘潮》《这里是湖大》,风味各异,而主题鲜明。

《一块匾额》即指岳麓书院里那块"实事求是"的匾额。麓山巍巍,书院苍苍,文脉偾张,千年隆昌。实事求是的精神内涵,滋养了湖湘文化的精彩纷呈,影响了以青年毛泽东为代表的湖湘赤子、湖大学子,修学储能,登高望远,为国家担负重任。匾额斑驳,任风雨吹刷,历经沧桑;而思想浸染,为家国富强,历久弥坚。

《有一扇窗向雨而开》用意象说话,说千年书院的胜境奇缘,唱百年巨变的机遇期待,词句满满真情,旋律潺潺清心，激励着年轻学子不负青春、不负韶华、不负时代。书院博文约礼，时代日新月异，但大家一直记得那个在书院中撑着雨伞、迎来晴空的身影，矫健的步伐，追索的目光，深切的寄望。

湖南大学岳麓书院，是湖湘文化的核心区，也是红色思想的重要策源地。《湘潮》《这里是湖大》，以学生的视角、说唱的形式，传递着湖南大学青年学子对建党百年的礼赞，对国家发展的祝愿，对湖大文明的展示，展示着一种继往开来、奋发向上的青春力量。

音乐的力量，饱含着深广的文化与厚重的思想。虽然围绕着党的实事求是思想路线的宏大主题，但歌曲以微观的笔触切入，铺展开和而不同的艺术表达，写出了湖大人的坚守与梦想、境界与格局、决心与行动。

行文至此，我不由得思考，湖南大学此时为何能产生这个"实事求是"主题性原创音乐系列？

怀古壮士志，忧时君子心。朱张遗韵，激励着一代代湖南人才群体风华蔚起，也延伸在中国近代以来波澜壮阔的历史进程中。"湖南大学蓝图设计第一人"杨昌济曾说："湘省士风，云兴雷震，咸同以还，人才辈出，为各省所难能，古来所未有。"湖南人以自己的方式、传承的精神，引领时代潮流。当年青年毛泽东在岳麓书院，深刻地受到湖湘文化思想内核的影响，其中就包括实事求是思想，这就有了他多次在文章中提到，并结合中国实际加以创造性地改造，而且在1945年推动党的七大正式将"实事求是"

确立为全党的思想路线。

2020年9月17日,习近平总书记来湖南大学考察调研,明确指出,岳麓书院是党的实事求是思想路线的一个策源地和有重要影响的地方。这,把岳麓书院的历史地位提升到新的高度。岳麓书院是中国高等教育发展历史的缩影,是世界高等教育史上罕见的、延续千年办学的古老学府,更是中国湖湘文化传承、红色革命发展的耀眼地标,对于湖南大学鉴往知来,朝着世界一流发展建设,有着鲜明的时代意义。

诚如系列原创音乐策划人,湖南大学党委常委、宣传部部长唐珍名所言,长期以来,湖南大学坚持继承和弘扬以"传道济民"为宗旨的书院文化、以"经世致用"为核心的湖湘文化、以"实事求是"为核心的革命文化,努力将丰富的文化资源转化为特色教育资源,以优秀历史文化产品供给提升文化育人实效。

湖南大学此时推出"实事求是"主题系列原创音乐,用音乐诠释实事求是思想内涵,有决心在人才培养、科学研究、文化传承、社会服务和国际交流中,担当使命,放眼全球,将实事求是思想落到实处。用音乐文化的形式,对思想路线进行分析、探讨,既审视过去,又看重未来,对于新时代高等教育立德树人、培根铸魂来说,是一件富有意义的事情。歌曲立足自身特色,有内容,有内涵,在移动课堂对大学生进行党史教育。湖南大学一向注意发掘、研究、展示湖湘文化与红色文化的风貌、渊源及其融合发展，有助于唤起当代大学生传承和践行实事求是思想，建设着力于中华民族伟大复兴的社会主义精神文明。

用合唱点亮"美好的远方"

2023年5月,我在一篇谈论中国交响乐本土化、民族化的文章中,专门谈到国人在主动拥抱音乐会,国家和地方政府也在大力推动交响乐团的发展,形成了中国式现代化交响乐事业,就连没有专业音乐院系、课程的高校、中小学也在纷纷组建自己的交响乐团。像湖南大学高水平艺术团交响乐团、合唱团,虽然没有湖南师大那样齐整的专业学生队伍,也不像工商大学有肖鸣这样带出过著名的长沙交响乐团的指挥大家引领,但努力实践,积极推动,充分运用以岳麓书院联系的千年学府丰富的历史文化资源,深刻领悟马克思主义中国化的内在道理,进一步坚定文化自信。我们的广大学生都在急切地期待高雅艺术的审美文化熏陶。

早在新文化运动中,蔡元培接任北大校长时,就明确提出要重视美育育人的功能。而在同时期的湖南,致力于创建湖南大学的杨昌济,在湖南商业专门学校的课堂上,开辟艺术教育阵地,延聘古乐名家来校执教,把古乐引进教室,开设古琴一科作为正式功课记分。他本人亦精于此道,常为学生弹奏古曲,陶冶性情,激扬志气。

100多年过去，1926年由湖南商专、工专和法专在岳麓书院的基础上合并组建的湖南大学，虽然没有专门的音乐学院、美术学院，但专门成立了学校直接管理的艺术教育中心，积极推动审美教育在校园里发芽生长、发展壮大。这与党中央加快建设教育强国为中华民族伟大复兴提供有力支撑，培育德智体美劳全面发展的社会主义建设者和接班人的方针大略是完全契合的。

5月28日晚，我应邀和近千名师生共同观看了"美好的远方"湖南大学2023年毕业季合唱音乐会，感触很深。在回家的路上，我专门给担当音乐会全场指挥的合唱团艺术总监与常任指挥、中国合唱协会理事唐德发了一条微信：一群非专业的，甚至只是爱好的孩子，被您带成了高水平的专业合唱团！了不起！

看音乐会，我一直很挑剔，认为艺术创作要有鲜明的价值主张和精神追求，既要有敢为人先的创新精神，也要有实事求是的实践智慧。只有优秀作品与精彩演绎高度融合，才能较为完美地实现艺术审美双向赴约。

音乐会在悠扬的混声合唱《送别》中拉开序幕，共演出18首作品，分为混声合唱、男声合唱、女声合唱等形式，有传唱百年的经典作品，也有脍炙人口的校园歌曲。《思念》中大家同唱的"蝴蝶"表达离别的不舍；《蒙古人》展现了辽阔的大草原上天、地、人合而为一的情景；《同桌的你》聚焦教室小我情感却感染力极强，勾起了大家对校园的美好回忆；小型声乐套曲《竹林深处》表现出超然的意境美；《飞来的花瓣》讲述了纯真美好的师生情；《写给爸妈的日记》《美好的远方》等表现了毕业生依依惜别之情和对未来的憧憬。音乐会特别邀请湖南大学老年合唱团参加，带来了艺术作品《桃花红，杏花白》《奔驰在祖国的大地上》。校园十佳歌手联袂演唱的小型合唱《海阔天空》，以及携手合唱团全体团员演绎的《毕业歌》，把音乐会的气氛推向高潮。

值得一提的合唱团委约作品《太阳出来》，是作曲家曹光平根据湖南桑植民族音乐素材改编而成的四声部混声合唱作品。作品旋律有着鲜明的地方民族特色，作曲家运用复调等手法表现自由的山歌风格，勾勒出一幅优美的风景画，表现出劳动人民对美好生活的期盼。进而从舒展的期盼到明朗流畅的小快板，节奏欢快、淋漓尽致地展现劳动人民生活的热情与美好。最后转入欢乐轻快的快板，从活泼的对歌转向高亢的歌唱，音乐在奔放热情的氛围中结束。

这些学生来自湖南大学各个学院、不同年级，他们在加入合唱团之前，大都没有经历过专业的音乐训练，更不要说系统性的合唱技巧培育了。然而，仅因为对合唱艺术强烈的热爱，他们走进了合唱团，并且在讲究协同合作的声响中坚持了下来。即便是用中文演唱外国歌曲，他们依旧用情用力用心，乐此不疲。

音乐会的同名歌曲《美好的远方》（又叫《最美好的前途》），是一首经典的苏联童声大合唱曲目，略带忧郁气息的轻快织体上，流动着充满俄罗斯民族风格的旋律。大小调式的并置与交替，使乐曲在悲凉的色彩下又充满着勃勃向上的生机。其中既有离别的伤感和对未知未来的不安，又有乐观豪迈的自信与对远方征途的期待。以"美好的远方"作为一年一度的毕业音乐会主题，表达了对同学、对学长、对自己、对母校"愿此去繁花似锦，再相见依然如故"的无限祝福。

混声合唱《雪花》，不是 2022 年北京冬奥会开幕式主题歌，而是英国近代作曲家爱德华·埃尔加爵士根据其夫人爱丽丝的诗 *The Snow* 所谱的合唱曲。歌曲以"雪"为名，音乐本身却给人以温暖。空灵纯净的四部和声为引，把听众带入雪花纷飞的冬季，将希望灵魂似雪纯洁的愿望娓娓道来。略显悲伤、黯淡的色彩渐渐由柔美变得坚定，情绪层层推进，到"心地坚强不渝"达到高潮，与开头的轻柔诉说形成鲜明对比。酣畅淋漓的高潮过后，音乐迅速平静下来，再现部转回开头的温柔纯净，像是风雪过境后，留下一片纯白，雪花与渐渐远去的声音一起融化消逝。

多元化的音乐题材，充满丰富性的合唱表达，偶有加以律动性动作呈现，不断将合唱音乐会推向高潮。整场音乐会近 100 分钟，就只以钢琴伴奏为主题，穿插二胡、小提琴和三角铁和鸣，一直吸引着听众静心感受。

高超的合唱艺术，没有大编制的交响伴奏，一样可以成为影响深远的心灵音乐。毕业生唐巧灵在微信朋友圈写道:"当大礼堂再次响起《美好的远方》时,我也将与湖南大学说再见了。感谢合唱团陪伴了我大学四年,带给我的不只是对艺术有了真正理解和思考,更是合唱使人内心柔软的力量。'铁打的唐老师,流水的团员',感谢唐德、王美虹、王玮、阙烁、刘奕君等老师悉心指导,希望合唱团越来越好,在追求艺术的道路上闪耀着光芒。"

对于这些热爱音乐、热爱舞台、热爱合唱的孩子而言,湖大合唱团的每一位家人带给他们的,是荣耀,是鼓励,是幸福!即便因为毕业而离别得太久太久,也一直把合唱团视作一生温暖的港湾,他们怀念东楼、老教工、天马排练厅加排的日子,他们的青春歌声此起彼伏地回荡在麓山南路。

在现场,2009级校友刘俊飞回顾了他2010年有幸加入大学生合唱团的情景,动情地说:"今年我毕业10年了,这次作为合唱团毕业生代表,回来参加'美好的远方'毕业合唱音乐会,看到学校日新月异的变化,非常地激动和高兴!艺术教育是潜移默化、润物无声的,毕业多年以后才能体现出艺术教育对我们工作和生活的影响,它是埋在我们心里的种子,让我们积极向上、一往无前。"

而作为已经坚持了七届的合唱音乐会的灵魂人物——指挥唐德,是一个对合唱艺术有着大情怀的人,一个对音乐十分挑剔但对人万分热忱的人。他对合唱作品的选择,从不敷衍,即便是好友的作品也是认真挑刺。而对于他一手扶持壮大的合唱团,却是倾注了全部的心力和感情。

合唱团成立之初，唐德就确定了"业余的团队、专业的水准"的立团理念。合唱团的同学们来自全校各个专业，有的是出于对音乐的热爱，有的是出于好奇，大部分都没有任何音乐基础。为了让这个有几百个孩子参加的合唱团高质量演出，丰富校园文化艺术，他面向大一招新成员开设"合唱艺术"通识选修课，每学期一个学分，共计两个学分，从最基本的音准节奏、乐理知识、发声要领等教起，培养大家的基本功，并对同学们进行好几轮考核，在合格后才正式成为合唱团团员。这门课程于2020年被评为湖南省一流本科线下课程。他坚持每周至少一次日常排练，风雨无阻，排练时执着地细抠节奏、强弱处理以及声音融合度等细节。为了让每个同学都找准节拍、音准，先分声部，再进行和声训练，并用一些音乐App辅助训练。他说："合唱是合作的艺术，不能有分秒的误差。"

千年学府，弦歌不辍。今天，不负青春韶华的同学们从这里起航，再次唱起《毕业歌》，再次唱起那烽火动荡的年代由田汉作词、聂耳作曲、湖南大学艺术教育中心青年教师黄文编配的《毕业歌》，迈开豪迈步伐，到各行各业成为经世致用的领军人才，为实现中华民族伟大复兴贡献聪明才智，不负时代重托。

人生没有那么多天赋异禀，但需要有更多的翻山越岭，方有更美好的兴趣发展为事业，影响人生。正因为有着唐德这样"铁打的老师"，有着自卑登高的"流动的团员"，不时相约，携手前行，怀着"继续和同学们一起唱歌，一起用歌声追寻诗和远方"的艺术追求，已成立14年的湖南大学大学生艺术团合唱团，曾荣获第五届全国大学生艺术展演活动艺术表演类二等奖、第六届湖南省大学生艺术展演活动艺术表演类一等奖等奖项，成功举办专场音乐会数十场。两度受邀在长沙音乐厅举办专场音乐会。合唱团秉持"提升与完善自我，科学与艺术并重"的宗旨，以在校园文化生活中传播高雅音乐为己任。近年来，合唱团演唱了包含文艺复兴、巴洛克、古典、浪漫、现代、世界各地民歌、校园原创歌曲等不同风格的优秀作品，同时致力于改编、创作自中国民族音乐的名作的传唱和版权保护。

某次朋友小聚，唐德突然问我能不能写一首表现岳麓书院千年文脉的合唱曲歌词。我说试试，这就有了后来在他的坚持下，一直在打磨的《赫曦，赫曦》。

文脉遐昌，赫曦归来。对于用心热爱合唱艺术的青春大学生，他们为时代、为青春、为母校，在祖国的大地上自由歌唱，闪亮光芒，看见了万千"美丽的远方"。

思政课堂里的青春锋芒

初心筑梦，青春开讲，讲述湖湘青年故事，探寻百年来无数改变中国与时代的信仰和力量。2022年5月4日晚8时，湖南教育电视台推出大型原创实景式移动思政节目《为时代育新人》第一集《青春之歌》，以重温历史的追寻目光，聚焦千年学府湖南大学百年青春路上，几代青春人才群体身上所怒放的青春锋芒，以及涵蕴的家国情怀和天下担当。

短短的30多分钟，涵盖一座千年学府、百年名校的青春史，无疑是很难做到包容全局的。但是，节目采取师者说、学生讲、同学问等多种方式，穿插历史回顾、影像重现、照片寻踪、实物鉴证和实景演绎等，将极具代表性的革命者青春、救亡者青春、建设者青春和新时代青春，艺术而不乏历史意义地展现在观众面前，以强烈的冲击力感染着更多的青年人。

作为千年学府，湖南大学及其定名前的岳麓书院、诸多前身学校，自然有着一代代、一批批杰出青年师生，以不同的人生选择，改变和推动家国天下的发展。《青春之歌》以五四前后的青年毛泽东，在"湖南大学蓝图设计第一人"杨昌济先生的支持下,几度寓居岳麓书院、感悟湖湘文化精髓的情景,开启湖南大学百年青春史。节目内容以千年书院传承中的诸多前贤,如湖湘学派创始人胡宏、南宋大儒朱熹和张栻、明清之际的王夫之、晚清中兴名臣曾国藩和左宗棠,以及清末民初投身民主革命的黄兴、蔡锷等人的学说思想、行动实践,深刻影响毛泽东、蔡和森等湖南第三代人才集群应时出世,并以毛泽东作为革命文化的主要代表集中表现,突出其寓居半学斋时深受书院讲堂匾额上"实事求是"的思想浸染,在国家离乱积贫积弱之际,修学储能,志存高远,敢为人先,积极地寻找彻底改变中国和世界的革命之路。

青年毛泽东在书院内外,与同志们创办新民学会和《湘江评论》,借五四怒潮在长沙开展声势浩大的驱张运动,还属于青年知识分子关心社会的救国救民运动,但是,坚定与执着,理想和信念,现实与担负,直接影响了这一批优秀青年勇敢地向共产主义革命者发生根本性的转变。千年书院,其命维新,岳麓书院讲堂匾额"实事求是"四个大字,在寻路中国的革命者心里和使命里,最后成为激励他们为人民谋幸福、为国家谋独立的思想路线,影响着后来的追寻者。

日本军国主义凌辱中华,毛泽东领导的中国共产党和人民武装,坚持全民抗战。岳麓山下的湖南大学,历尽艰辛迎来国立之喜,却因日寇无情炮火,被迫西迁。坚持教育救国的湖大人,即便一路流离,也不改救亡者坚持抗战的青春姿态。节目中并没有平铺直叙历史的现场，而是以当时被日军一枚重磅炸弹和七枚燃烧弹摧残成废墟前的图书馆的模型，以及今日残存的图书馆遗址，教育青年学生铭记历史，铭记那一代青年为救亡而战斗不屈的青春。

战火纷飞，日机轰炸，无数中国优秀青年身历目睹同胞惨遭杀戮的悲剧，积极投身抗日救亡运动。安徽桐城人慈云桂，因学校内迁至湖南，最初胸怀抗战决心，报考西南联合大学航空系，因突然患病，而借读于湖南大学机电系。时势变迁，改变了很多人的命运。慈云桂的求学之路多有变数，但在北平解放前夕，他毅然决然地放弃公费留美的机会，投身革命，参加新中国建设，以不懈的努力和探索的精神，带领团队为中国成功研制出第一台亿次级巨型计算机，使中国计算机事业进入国际巨型计算机的研制行列。在慈云桂这一代建设者身上，我们看到了他们为国争光、青春无悔的锋芒。

千年学府，弦歌不绝。经历千年变迁的岳麓书院，以传承岳麓书院千年文脉为使命的湖南大学，在新时代不断弘扬书院文化和大学之道，以独特的文化、厚重的文脉、悠久的文明赓续，成为中华优秀传统文化中和融合的最佳典范。一代代青年俊才，在经历近百年来的革命、救亡、建设，一路走来，更多的时代青年重温历史，在多元化的思政课堂中，培根铸魂，立德成才，主动担负民族复兴的重责大任，践行着不负青春、不负韶华的新时代使命。

斯为胜境，亦为时代。从千年书院不同时代走出的青年俊杰，恰同学少年，感染千年风华，胸怀"国之大者"，担负时代和历史使命，为民族复兴而殚精竭虑，在中华大地上勇毅激越，书写青春华章。

我们可以通过将湖南大学百年青春影像化的《青春之歌》，重温波澜壮阔的历史，聚焦历久弥坚的今时，又展望未来可期的愿景。尤其是开篇，以湖南大学著名思政课教授龙兵在课堂上对学生们发出人生方程式"青春^2×（理想＋奋斗）＝X"的时代提问，而在结尾时又以龙兵同众多青年师生对青春变量和信仰的探讨，前后呼应，巧妙融合，以一种独特的方式，将课堂教学与实践教学结合起来，形成一个富有历史文化传承的移动思政课堂，将千年文脉赓续中的湖大青春，做了直观而生动、精要而集中的诠解。

在建团一百周年、迎接党的二十大之际，湖南教育融媒体中心、湖南教育电视台在中共湖南省委宣传部、中共湖南省委教育工委和湖南省教育厅全力支持下，联合湖南所有高校，拍摄和制作一堂思政大课，深入解析革命故事、百年党史、时代案例与校本文化中所蕴含的信仰内涵与价值谱系，激励新时代青年大学生传承红色基因，赓续红色血脉，为高校学生群体及社会青年群体提供生动全面的思政内涵，帮助其增强使命意识，树立青春理想，争做堪当民族复兴重任的时代新人。

国家的希望在青年，民族的未来在青年。为实现中华民族伟大复兴的中国梦而奋斗，是中国青年运动的时代主题。《为时代育新人》创造性地采取了时空对接、创意视频等手段相融合的沉浸式实景授课、走读式移动讲述,彰显出鲜明的原创性与艺术性、历史性和文化性、传统性和时代性,潜在地传递出强烈的思政教育意义和价值。此次推出的五集,在思政主题下,各自独立,如第一集解读"青春"的信仰传承与时代使命内涵,第二集探讨毕业青年应当具有的价值取向与人生追求,第三集解读"中国梦"的丰富内涵,第四集展望新征程的壮阔前景,第五集号召青年学生立志"做一颗永不生锈的螺丝钉",全方位、多层次、多角度地对新时代的中国青年进行"强国有我"的思政教育。这,为当代大学生理解中华优秀传统文化的历史精髓、时代内涵和自身使命,打开了一条精彩纷呈、光影逼真的文化通道,从而激励广大青年在矢志奋斗中谱写时代的"青春之歌"。

下篇

实事求是,经世致用。

引领风尚的湖大商学

一

2021年10月，湖南大学工商管理学院迎来了她的110岁生日。

虽然她定名较晚，但湖大商学的历史，则可追溯至风雨飘摇的辛亥革命前夜。

清宣统三年（1911），武冈人刘希刚自日本东京商业学校毕业归来，接受湖南省巡抚衙门委任，在长沙荷花池的求忠学堂校址，开办湖南商业教员养成所。

躲在列强重重凌辱的狭缝里，中国人也在探索洋务自强，小范围地实验商科办学。由署理湖广总督转代两江总督的端方，赴任江宁，下车伊始，创办新式教育的江南高等商业学堂，试点商业专科，聘湘潭人胡元倓任庶务长。庶务长，提调庶务，管理教务、学生范围之外的事情。也就是说，湖南人主持了中国第一所官立高等商业学堂的日常管理。

不久，端方调任湖南巡抚，胡元倓回到长沙，创立明德学堂办商科，后在端方及前任抚台赵尔巽等人支持下，私立明德大学,设高等商科。

胡元倓把教育事业比喻成"磨血事业",为之殚精竭虑。他说:"中国私立学校开办商业专门,自明德始。中国官立学校之有商业专门,亦自南京始也。"

湖南商业教员养成所晚于胡元倓的明德商科,却是湖南官办商学的新起点。

白云苍狗,时势多变。清朝很快覆灭,湖南商业教员养成所进入民国。前三年里,该校相继改名为湖南公立高等商业学校(1912)、湖南商业专科学校(1913)和湖南省立甲种商业学校(1914)。两年后,又改名为湖南公立商业专门学校,历时十年,五任校长如汤松、任凯南、黄士衡等,都是留学归来、闻名当时的经济学家。

这是湖大商学的前身。

敢为人先的湖南志士的果敢开创,使得以湖湘商学为主体的湖大商学,走在中国前列,引领商学风尚。

北京大学前身京师大学堂,是戊戌变法的"新政"产物。康梁改良失败,勇士难逃血色的宿命,京师大学堂则被保留下来,先设有经济学课程,后在预备科所辖之政科内设立商学科。长沙人张百熙出任管学大臣,与湖广总督张之洞等筹划教育"新政",推出壬寅版《钦定学堂章程》和癸卯版《钦定大学堂章程》,将商学教育纳入教育法规之中,计划成立商科大学。八国联军入侵,大学堂停办,中国人的商学院事业中断。复校后设立商科,为分科大学之一科。遇爆发辛亥革命,直至1916年才于改名后的北京大学正式成立商科。

北大重新设立商科的第二年，复旦建成工商管理教育体系，学制四年，以培养近代工商业急需的管理人才。

南开设立商科，则是1918年严修、张伯苓访美归来后，于次年将南开学校升格为大学，设立文、理、商、矿四个学科，擘画"文以治国，理以强国，商以富国"的宏图。而清华之商学，根源于1926年成立的经济学系。

武汉大学商学院前身，可溯源至1893年张之洞创办自强学堂时设立的商务门，然其实体根基，则为1916年设立的国立武昌商业专门学校。

民国时期学科最全、规模最大的最高学府中央大学，其前身三江师范学堂的建立，也与张之洞有关。光绪二十八年（1902）四月，曾总督两江的张之洞与时任两江总督刘坤一联名上奏《筹办学堂折》，呈请在江宁筹建三江师范学堂，创办南京现代意义的第一所高等学府。第二年，张之洞上《创建三江师范学堂折》，拟"先办一大师范学堂，以为学务全局之纲领"，招收江苏、安徽、江西三省生员，以培养中小学堂教员。中央大学的商科，源于其前身国立南京高等师范学校于1917年9月创办的商业专修科。

新兴的商学，已然成为20世纪中国高等教育重要的分科之一。湖南商业教员养成所发展为湖南大学商科，发展到今日之湖南大学工商管理学院，虽然因为时势变化，而几度更名，数易其址，但是，实事求是、经世致用的湖湘精神，一直激励着湖大商学人立商报国，薪火相传，实事求是，知行合一。

二

1926年2月1日，湖南商业、工业、法政三个专门学校，以千年学府岳麓书院为校址，合并成立省立湖南大学，同时确立商科。首任学长黄士衡，最早在胡适主编的《留美学生季报》上发文讨论人口问题，1936年出任湖大校长；第一任系主任张浑则是湖南最早留学美国的经济管理学家之一，此前为胡元倓的明德大学商科教授。

1931年，湖南省教育厅厅长曹典球，出任湖大校长。他上任伊始，就旗帜鲜明地招收商科学生，使前一年恢复的商学系实至名归，且将商科新学的初心落地践行。

早在19世纪末，刚刚二十出头的曹典球，还是湖南时务学堂的学生，就在《湘报》撰写商学文论，提出"兵战不如商战，商战不如学战"。他发出此惊人之论前，郑观应在《盛世危言》中就强调过商战重于兵战。然而，曹典球最终把商学融入大学体系，把培育商学人才当作教育使命。

曹氏敢为天下先，对于此时的他而言，难度并不大。他是省教育厅厅长，做过北伐军第八军秘书长，位高势重，还有着丰富的办学经验，掌管湖南高等实业学堂时佳绩斐然，被学部评价为"中国自北洋大学而外，工程学科未有如湖南高等实业学堂之完善者",同时还主持过湘雅医学会董事会。

曹典球能将商学初心落地践行,得益于老校长胡元倓打下坚实的物质基础,前任杨卓新代理校长时及时催生商科重建。三人接力推进,齐襄盛举,举起了湖大商学这一面大旗。

即便后来,曹典球代掌省府,因为反蒋,被强令免去诸多要职,然其始终坚持"教育救国",疾呼"要的是科学,要的是经济,要的是人才"。

他和胡元倓一样,既是湖湘商学的开创者,也是中国最早呼唤并实践商学的先行者,更是对湖大商学的萌芽、肇建、定型和发展,厥功至伟。

正是以曹典球、胡元倓为首的湖南开明志士的磨血开创,湖大商学日见茁壮,哪怕因为战火迁往湘西,亦是在艰难中坚持,顽强发展,为恢复社会经济、逆转国家命运,储备各种各样的商业俊彦。

三

最初的湖南商业教员养成所,旨在培养湖南商科师资力量,修业年限为1—3年不等,带有速成性质。

按当时清廷《钦定学堂章程》的规定,实业教员讲习所"属高等教育程度"。此后的商专,设置本科和预科。

湖南高等商科第一代优秀学员谢觉哉,在养成所建成当年，来此读书，读了两年多。他曾于1905年考中末科秀才。当年科考废止，但他的求知路却没有戛然而止，而是努力寻求学习新知识，冀改变"十数年笔舞墨歌，赢得一张倒票；两三月打躬作揖，赚来几串现钱"的腐儒生存状态，在湖南新式商业学校接受了"高等教育"（《奏定学堂章程》）。

1913年，他从湖南公立高等商业学校毕业后，回到老家云山学校任教，和姜梦周、王凌波推行教育改革，带领学生积极学习新思想，并走出校园进行社会实践，体会民众疾苦。他积极响应五四运动，创办《宁乡旬刊》，宣传进步思想。由于种种原因，他并未延续最初商学救国的梦想，而是选择了寻求改造社会的革命道路。

1912年春，青年毛泽东曾看到湖南公立高等商业学校招生广告，入校学习，成为湖南高等商科第二届学生。他曾为此专门给父亲写信。因为学校"一大半课程都是用英文教的，而我和一般同学一样，英文程度很坏，简直只认识字母……就在月底退学"，"我进了这个学校而且留在那里——有一个月"。（埃德加·斯诺笔录，汪衡译《毛泽东自传》第二章"在动乱中成长起来"，中国青年出版社2014年版）

商学这一新事物，对当时的有志青年有着强烈的吸引力，而他们在岳麓书院的前辈，很早就对商道有着深刻的体会。

四

湖大商学百余年来的矻矻探索、煌煌成就，得益于千年岳麓的湖湘文化滋养。所以，她把传承岳麓书院的千年文脉当作使命根本。

张栻身体力行，且激励"弟子多留心经济之学"（《宋元学案·岳麓诸儒学案》），形成湖湘文化的一大特色。张南轩志在治理国家、救济人民，但"经济之学"的深层意蕴，影响后世深入思考社会问题，担当社会责任。

王夫之处"离合治乱"的明清之际，曾以激进的反清义士的身份出现在历史镜头中。后来，他隐居瑶峒，以"六经责我开生面，七尺从天乞活埋"的气概，从哲学、政治、历史诸多方面展开纵深研究，也对社会经济、商业功能、货币流通等有着独到的见解，提出了"通天下以相灌输，上下自无交困"（《船山全书》第十二册《噩梦》）的主张。

陶澍率先重视商品经济与价值规律，以经世思想和实践开洋务运动之先河。《清史稿》陶澍本传评价其"治水利、漕运、盐政，垂百年之利"。

1840年鸦片战争后百余年，国家蒙辱，人民蒙难，文明蒙尘。但是，一批批奋斗在风口浪尖的三湘子弟，在湖湘文化的滋养下长大，于觉醒时代奋起，从省会长沙出发，血性跃然纸上，既霸蛮又灵泛。他们赤情满怀，勇于拼搏，"敢教日月换新天"，为中华民族的复兴大业浴血奋战，写下了不朽的壮烈篇章，也为湖大商学110余年的历史书写了浓墨重彩的长卷。

大国崛起，呼唤民族复兴，经济繁荣，再度璀璨。当我们循着足迹，重返岳麓书院，仰视那古色古香的门联"惟楚有材，于斯为盛"，可以想到这个地方、这个时代，托起了"吾道南来，原是濂溪一脉；大江东去，无非湘水余波"的湖湘胜景。

魏源在岳麓书院时间不长，但受经世致用的湖湘精神影响，第一个"睁眼看世界"，写出皇皇巨著《海国图志》。而岳麓书院的"学霸"曾国藩，作为清末湘军崛起与洋务自强的代表人物，有着鲜明的经济思想和金钱观。

岳麓文脉，千年流长。湖大商学，佰拾遐昌。秉敢为人先之精髓，续实事求是之风光。近代史上，最早呼唤商学的两大巨子，一个曹典球，一个胡元倓，身体力行，以现代商学文明之风，唤醒湖湘蛮荒之地，让岳麓书院催发的人才集群中，走出了一代代赓续商学血脉的赤子。

湖南古称"三苗"，偏居一隅，三面环山，一面临湖，山高路远，地老天荒，历来是汉民族与少数民族的杂处之地，属于远离中原的化外之地。

湖南古代人才稀少，晚清学者皮锡瑞说："湖南人物，罕见史传。三国时，如蒋琬者只一二人。唐开科三百年，长沙刘蜕始举进士，时谓之破天荒。"（《师伏堂未刊日记》）

长时期内，湖南居民风气保守，交往甚少，经济落后于中原及黄河流域，与沿海的江浙、岭南等存有明显差异。但，山民有刻苦强悍的习性，移民有开拓进取的精神。他们寻找出路，筚路蓝缕，忍辱负重，都得霸蛮。

不霸蛮，活不下去。

艰难困苦，玉汝于成。

近代海洋文明，从此通江达海。

现代商学大道，在此走向世界。

成就人才，传道济民，实事求是，经世致用。站在千年学府讲堂前，犹能听见张栻、朱熹开坛会讲、互相辩说的论道；犹能看见近代以来，从洋务运动到戊戌变法，从辛亥革命到新民主主义革命，从商学救国到商学强国，一拨又一拨的岳麓学子，心忧天下，敢为人先，创造了一系列在中华商学史上引领风尚的骄人成绩：陈为镒最早在《湘学报》开辟"商学"专栏，曹典球创办了中国第一本《实业杂志》，汤松为中国最早的商学、经济学博士之一，胡庶华是中国工厂管理科学化的最早倡导者，丁馨伯编译出版国内最早的《市场学原理》，林和成编著国内最早、最详细的《科学管理》教材，全国唯一独立的国立商学院，全国首批、湖南首家开办 MBA、EMBA、MPAcc（会计硕士专业学位）学位教育的学院……胡元倓、曹典球两位湖大老校长，更是中华商学的引领者和实践者。

与胡、曹颇有渊源的青年毛泽东，曾两次寓居岳麓书院，"实事求是"深深地印在他的心里，经世致用的湖湘精神也一直激励着他理论联系实际。

于斯为盛

进入新时代以来,湖大商学开阔国际视野,更新全球理念,扎根本土,走向世界,培养引领时代的业界领袖,创造融贯中西的管理新知,推动经济社会的持续发展,探索实现富有历史文化传承、中国特色世界一流的商学院愿景,将百年商学的新商科探索和千年学府的湖湘文化精髓,融入办学治校全过程各方面,踔厉向前,开智强国。

杨昌济：欲栽大木柱长天

一

岁月不居，时光荏苒。十多年前热播的一部电视剧《恰同学少年》，迄今仍不失传承红色基因、彰显青春励志的历史价值和时代意义。

其中杨昌济出场的一幕，追忆之下，犹有热火燃烧之感。

湖南一师招生放榜当日，名单由后浪推前浪，待到前三名如何公布，老师们因为两篇作文发生激烈的争执。评卷总负责袁大胡子（袁吉六）看不上毛泽东豪放的新闻文风，认为蔡和森的文章应列第一，而黎锦熙等老师均以毛文当为第一。

双方僵持，据理力争。

一个是杏坛名宿，一个是新学少壮。

校长孔昭绶左右为难，不敢贸然拍板。

艺术设计巧妙，著名的板仓先生登场了。他来一师，是准备退回孔昭绶给他的聘书。

他的到来，让孔昭绶看到了天平——请他做评判。对于杨昌济，袁吉六礼敬有加，黎锦熙执师礼以待。

杨昌济先看过蔡和森的文章，惊叹水平之高。待看到毛泽东的文章，先是一阵称其海阔天空的谈笑，说文章结构、论理严密、遣词造句等稍微不及前篇，旋即话锋陡转，连连感叹此文越读越有一种压不住的勃勃生气，谈小学教育的优劣，论战争之成败、国家之兴衰，纵横驰骋间豪气冲天，立意高远而胆识过人，乃天纵奇才之征兆，当成非凡大器。

一语定先后。

这样两篇文章，改变了杨昌济辞任的初衷。

从剧中看来，杨昌济是第一次知道毛、蔡，而事实上不然。蔡和森1913年考入省立一师，杨氏可能不知；而毛泽东于1914年2月随省立四师并入一师前，已在杨昌济兼任修身、心理课程的四师读了一年书。

不仅如此，毛泽东于1913年春以作文满分考入湖南省立四师，进入预科一班学习。校长陈润霖称赞："这样的文章，我辈同事中有几个作得出来！"毛泽东在四师时，曾记下了万余言的"讲堂录"，其中主要有杨昌济执教的修身课笔记。

他在考入四师前，曾于1912年6月写过一篇《商鞅徙木立信论》，获评湖南全省高等中学校作文比赛优胜作品。其中忧国忧民的思想情怀和利国富民的改革抱负，令阅卷老师柳潜拍案叫绝，情不自禁地在这篇400多字的作文上做了六个眉批，还破例在文章最后写了一个总评，断言作者为"伟大之器"。

四师课堂上的交集，以及毛泽东在作文上的卓越表现，特别爱才且平易近人的杨昌济应该是熟悉的。他作为四师兼职老师，在二校合并时，被一师一同聘任。

二

杨昌济在一师，先是兼任修身、教育学两课教员，后来只教修身课。

同时，他还是湖南高等师范学校教授，任教伦理学、心理学和教育学，极力维护高师的地位。

民国肇建，教育部出台《壬子学制》，改学堂为学校。湖南都督谭延闿成立筹备处，"拟就岳麓书院旧基创办湖南大学"，但因"军事倥偬，学款未集，议定而事未卒行"（1929 年《湖南大学一览》），只好改名湖南高等师范学校，"拨定岳麓高等学校为高等师范学校校舍"（《长沙日报》1912 年 9 月 10 日）。

湖南高师以继承岳麓朱张学统自任。民国四年（1915）12 月刊印的《湖南高等师范学校志》，明确该校历史可溯源至北宋开宝九年（976）创建的岳麓书院。

千年书院，文脉遐昌。

俊彦辈出，嘉树苍苍。

1898 年曾读于岳麓书院的肄业生杨昌济在海外学习考察十年归来，积极推动筹建湖南大学事宜。

事与愿违。1917年，北洋政府又改学制，调整全国高等师范布局，只保留北京、南京、武昌、广州、成都五校（1917年10月，教育部同意筹设东三省高等师范学校；第二年5月，国立沈阳高等师范学校正式成立，始有民国六大高师）。教育部责令湖南高等师范学校停办，并入武昌国立高等师范学校。

这样的布局，源于教育总长范源濂于1912年继蔡元培辞职后接掌赵秉钧内阁教育部时提出的高师教育计划："拟将全国高等师范教育，统计划分六大区域，而更以各附近省份之师范教育行政，合并办理。"初时计划受阻，他愤然辞职，其弟范旭东称他"为实行其教育计划而服官"，并"不以服官而稍易其所守也"。

1916年，洪宪帝制闹剧仓促收场，做了83天皇帝梦的袁世凯因患尿毒症不治而亡。曾反对袁世凯称帝且绝不参与闹剧的段祺瑞，组织内阁，范源濂再任教育总长。杨昌济作为范源濂曾读于日本东京高等师范学校、弘文学院的学弟，称赞"天佑中国，政局更新日，公主持教育，尤庆得人"。

范源濂重新执掌全国教育行政，上任伊始，废除《预备学校令》，删除中小学读经规定……他对袁世凯当政期间的封建教育大加改造，推行自己既定新政，其中包括所谓振兴教育计划的核心内容——高师分区制。

他要求在华中地区，将鄂、湘、赣等地的高等师范师生，集中到国立武昌高等师范学校。

湘省名流特别是教育界人士，对这位时务学堂走出去的湘籍总长很是不满，认为他将异日能扩充为大学的一点基础破坏殆尽，令千年学府岳麓书院一时停顿，加强竞争对手国立武昌高等师范学校建设，毫不顾及家乡文教事业的发展。

杨昌济此次毫不客气地给学长写信，指责范源濂"反夺湘而偏重于鄂"，生怕其他省说他"徇私"照顾湖南，有些迂腐，希望他于公、于私、于历史、于现实、于将来，能够"续办高师"。

杨昌济在信中还表达了创办湖南综合性大学的强烈愿望：岳麓书院为风水宝地，人杰地灵，"千古犹新"，适合兴办高等教育，如果放弃大好基业，是一件非常可惜的事情。

范源濂志在必行，也不回复。即便杨昌济是闻达全国的湘中名宿，与他在东京同为日本教育家嘉纳治五郎的学生，也丝毫不改其强力推行教育计划的初衷。

断了办学经费，湖南高师只能停办。

杨昌济改变策略，旗帜鲜明地主张将高师改为大学，并联系高师校长刘忠向、教务长杨树达和教授朱剑凡、易培基，以及曾在北京、武昌成功创办私立明德大学的胡元倓等，联名呈请湖南省政府就高师改设湖南大学预科。

谭延闿在财力、人力两难的情势下，同意开办省立湖南大学预科，计划慢慢筹集经费，筹划建校。

于是乎，省政府公开行文省长公署令，成立第二届湖南大学筹备处，设于岳麓书院内，聘杨昌济任主任，孔昭绶、胡元倓、易培基任委员。

此届筹备处虽然最终没有实现筹建湖大的任务，但接管、储存了湖南高师全部的校址、校产（含图书、仪器、金石什物），应湖南公立工业专门学校校长宾步程之请，将大部分校舍借与该校办学。从教学传承上而言，湖南工专进入岳麓书院办学，将湖南高师与后来组建湖南大学的文脉道统连接在了一起。

三

湖南高师被停办，杨昌济在湖南一师兼课，但并没有调入，而是于1917年9月接受了在落星田湖南工专旧址办学的湖南公立商业专门学校校长汤松的聘任，担任教务主任，同时教授国际商法和伦理学。

湖南商专课程引入伦理学，当是由杨昌济发端，传至今日之湖南大学工商管理学院，企业伦理课程仍是本科生、研究生的一门必修课。

杨昌济与学生的见面会上，汤松在黑板上写下八个大字："学通中外，道冠古今。"

汤松说："杨先生在英国和日本留学九年，对于中国固有的学问，也有很深的研究，真可说得上学通中外。而且具有崇高的品德，和社会革命的伟大精神，秉公持正，实践躬行，说他是道冠古今，确非谀辞。杨先生今天能到商专来主持教务和讲课,我感到非常地荣幸,实现了我的愿望。你们能亲受杨先生的教诲,一定能有很好的成就,更是莫大的幸运。"

履职商专的杨昌济,积极推动教学改革——

他在课程设置上,根据商专特点重新编排功课,上半日按照课表授课,下半日全程实习,模拟银行及公司营运实务,丰富课堂内外,强调精通专门的学问和技能,将书本理论运用到商业实践中去,使学生学以致用,毫无枯燥之感。

他要求学生触类旁通、博览群书,多去图书室阅读课外书籍。上课时图书室关闭,下课时图书室全程开放,无论早晚都可以取书随意阅读,在图书室如同在自己房里看书一样。他的教学之道,把个人自主与自我修养的原则落实成教育中最重要的一门科目,将"自修"上升为教育制度,使学生得以个性发展,同时保留课堂的外在结构,彻底颠覆了儒家师生的阶层关系。

他经常到图书室指导阅读,让学生每人准备一本读书笔记,记录不解的疑点,随时向他提问。大家受其感染,异常勤学,图书室里从未听到一点嘈杂的声音,读书风气浓厚。即使在星期日,大多数同学也都在图书室阅览书报,很少到校外游荡。

他注重身体锻炼,天天用冷水洗澡,不怕天寒地冻,一年四季从不间断。他说这样能增强皮肤抵抗力,预防风寒感冒,还可以锻炼坚强的性格。不少学生都向他学习,坚持不懈。在湖南一师读书的青年毛泽东等，受其影响，锻炼用冷水沐浴，于寒冷的秋风中畅游湘江，登临岳麓山露营，身无分文徒步乡间做调查研究。

他重视艺术教育，延聘古乐名家来校执教，把古乐引进教室，开设古琴一科作为正式功课记分。他本人亦精于此道，常为学生弹奏古曲，陶冶性情，激扬志气。他在英国和德国考察西方教育制度时，就专门考察音乐教育，回国后以商专为试验田，引入自己所吸收的各国音乐教育精髓，推行改良国乐与普及音乐教育试验，形成具有强烈实验主义色彩与道德伦理导向的审美艺术教育。杨昌济在哲学论文《告学生》中强调"贵我""通今"，即在"各人宜自有主张""必有独立之思想，始能有独立之人格"中实现"贵我"，而以"务求有世界之智识，与日新之世界同时并进"表达"通今"的教育主张。他推行艺术教育，融入新学改革，大有今日之艺术思政大课堂的味道。这与当时蔡元培在北京大学高度重视审美教育，将中国传统文化中的乐教融合西方艺术教育，在新学中大力推广，是遥相呼应的。

他提倡长途步行和劳动，反对把穿长衫的士大夫誉为君子，将穿短衣的劳动者称作小人，主张"劳工神圣"，纠正"万般皆下品，唯有读书高"的认识误区。

每周六晚上，杨昌济都会安排学校备下茶点，集合全校同学召开同乐晚会，与同学们对坐畅谈，纵论人生。

学业与修身并重。杨昌济已然在百余年前提醒学生德智体美劳各方面不可偏废。即便在培育商业管理人才和金融银行家的商业专门学校，也在身体力行地引导学生全面发展。

这是一种现代教育，为当时湖南商专培育了一大批胸怀家国的优秀青年。不久，长沙城里掀起了一场声势浩大的反暴政的驱张运动，产生了五四时期最出色的革命刊物之一《湘江评论》，以及马克思主义在湖南传播的热潮中，影响最大、传播最迅速、持续时间最长的进步革命团体——长沙文化书社，其骨干力量中不少是深受杨昌济思想影响的商专学子，如彭璜、易礼容、李庠等。

杨昌济之所以选择湖南商专，与其早年读于岳麓的经历有着密切的联系。当时，他撰写的《论湖南遵旨设立商务局宜先振兴农工之学》，被南学会评为第三名，在《湘报》上发表，主张商业是现代经济势力与政治势力的基础，呼吁为农、工、商设立学校。这与其同期在时务学堂读书的好友曹典球，在《湘报》上发表《兵战不如商战，商战不如学战说》，互为呼应。

四

杨昌济在湖南商专、湖南一师大范围推行其先进的教育思想，为改变中国储备精英人才，支持得意门生毛泽东、蔡和森等寓居在岳麓书院半学斋内，实践建设"岳麓新村"的构想，积极筹备赴法勤工俭学事宜。然而，创建湖南大学一直是他无法释怀也在努力争取的强烈愿望。

1918年6月，他应蔡元培校长邀请，赴任北京大学伦理学教授前夕，专门写了一篇《论湖南创设省立大学之必要》，再次强调岳麓的千年文脉和人杰地灵，及时创建湖南大学之合理性、可行性和必要性。

令人唏嘘的是，1920年1月17日，不到49岁的杨昌济病逝于北京德国医院。蔡元培说，"北大以他为荣"，"惜本校失此良师"。毛泽东悲恸敬挽恩师："忆夫子易箦三呼，努力努力齐努力；恨昊天不遗一老，无情无情太无情！"

杨昌济在弥留之际，还专门致信时任广州军政府秘书长、南北议和代表的章士钊，极力推荐毛泽东和蔡和森："吾郑重语君，二子海内人才，前程远大，君不言救国则已，救国必先重二子。"

此去六年，1926年2月，湖南公立工业专门学校、湖南公立商业专门学校与湖南公立法政专门学校，以及杨昌济生前组建的筹备处所握岳麓书院一切产业，实现合组，正式定名为湖南大学。

对于湖南大学正式定名，杨昌济既是千年文脉承传的持灯者，也是新式大学创办的播火者！

有学者著文称杨昌济为湖南大学蓝图设计第一人。

他对千年学府湖南大学的定名面世，实有开创之首功。

他是传统书院走向现代大学的"连接千年学府的灵魂人物"（朱汉民语）。

甲午海战，中国惨败，对杨昌济触动极深。他明显感受到湘人自湘军成立以来的虚骄之气顿挫，对密友感叹："自马关合约缔结以后，国中人士知非改革不足以图存。"1898年，27岁的长沙县人杨昌济，已有秀才功名在身，且娶妻生女、成家立业，仍毅然放弃设馆授徒的私塾事业，来到岳麓山下做一个大龄学生。

山长王先谦曾是维新运动的支持者，但因各方压力，拒绝参加各种活动，对学生严厉管理。杨昌济毅然积极参加了谭嗣同等人组织的南学会和不缠足会。

他成了谭嗣同的忠实粉丝，拥护其维新改良思想，敬佩其敢于"冲决网罗"的大无畏精神，对他主张"以民为主"和"仁以通为第一义"的思想更是衷心服膺。在谭嗣同的影响下，杨昌济认真研读了王船山的《读通鉴论》《宋论》和魏源的《皇朝经世文编》等，同时刻苦自学英文和日文。

百日维新，变法惨败。谭嗣同等六君子被害，支持维新的湖南巡抚陈宝箴、陈三立父子遭到惩治，补授湖南巡抚的布政使俞廉三下令停止一切新政，这些变故给杨昌济以深刻的刺激。他在钦佩投身社会改良的热血志士们的爱国热情与牺牲精神，"英灵充塞于宇宙之间，不复可以死灭"（《论语类钞》）的同时，从失败中总结教训，认识到变法图强光靠"自上而下"是难以成功的。他痛定思痛，在《达化斋日记》中写道，决意"竭力学问、竭力教化"，变科举、变学校、变学术，而"变学术，变之自下者也"。最后依靠"小民"的力量，使"民智大开"。要开启民智，就必须用"世界之知识"来"指导社会"，即学习西方先进的科学技术知识，才能使社会进步。

他退回老家板仓，隐居乡间授徒，研究经世之学，筹备通过了湖南省海外留学计划考试，获官费留日资格。他改名"怀中"，表示身在异邦，心怀中土。他同陈天华、刘揆一等一同东渡日本，先后就读于东京弘文学院和高等师范学校专修教育学，与黄兴、蔡锷结为至交。5年后，他在好友杨毓麟、章士钊等人的推荐下，由清政府派往欧洲的留学生总督蒯光典调往英国，进入苏格兰阿伯丁大学哲学系，学习哲学、伦理学和心理学，同时研究英国教育状况、国民生活习俗。

1911年，他和在此重逢、又一起待了两年的好友杨毓麟听闻黄花岗起义惨败，革命志士牺牲很大，极为悲痛。杨毓麟曾写出影响深远的《新湖南》，积极投身民主革命，参与过刺杀慈禧的活动。噩耗传来，杨毓麟旧疾复发，经常头痛失眠，向杨昌济诉苦。他写好遗书，将在英国攒下的100英镑寄给黄兴做革命经费，效仿几年前在日本蹈海殉国的同乡战友陈天华，于利物浦海边悲壮赴死。杨昌济为好友同志料理完后事，于1912年夏在阿伯丁大学获得文科学士学位后，前往德国进行了为期九个月的考察，重点考察教育、政治、法律等各项制度，然后怀着强烈的使命感回到祖国。

杨昌济把全部心力放在重振湖南教育上，以在海外学到的新式教育理念，来培育新公民，为新国家打下基础。他在《湖南教育杂志》发表文章《教育与政治》，写道："教育与政治有密接之关系，互相为因，互相为果。无善良之政治，则不能有善良之教育。抑可云无善良之教育，则不能有善良之政治。"

谭延闿想聘请他当省教育司司长。他说教务繁忙，抽不出时间。

他欣然来到了湖南高等师范学校，把教导湖南青年摆在首位。

"人能弘道，非道弘人。"（《论语·卫灵公》）杨昌济全身心地投入教育工作，每星期教修身等课程二十多个小时，而且以曾国藩作为"农家多出异才"的经典案例来激励青年学子。学生们亲切地尊称他为"孔夫子"。

他在"致教育总长范源濂"的信中写道："振兴国家，必须振兴教育，振兴教育，必须抓好高等教育；以预养师资，发达学术。以直接感化青年为己任，意在多布种子，俟其发生。"

他从身边的学生教化入手，推进改造时代的实践。

他的课堂上，是新文化的提倡和宣传，是他大量阅读、讲授、译介西方哲学、伦理学和教育学著作后的"输入文明"。他要以一种新学改革，"为社会增一分精神之财产"。他提出，"要将时代改造成为进步的时代，必须改造国民的思想，吾国变革虽甚激烈，但国民之根本思想，尚未有何等之变化，欲唤起国民之自觉，不得不待于哲学之昌明"。(《劝学篇》)

他的学生舒新城在《杨怀中先生遗嘱》中说道："先生昔在岳麓高等师范学校教授心理学、教育学，于讲义之外，并本个人研究之心得，及摘译东、西之名著，另著《心理学（讲义）附录》《教育学（讲义）附录》，二者言理之精，较讲义尤为过之。……他教我们伦理学及伦理学史，为时不过一年，但他所给我们的影响很大。"

他冀图教育改革的思想，一度深刻影响了青年毛泽东最初选择小学教育职业。他提出的"奋斗的和向上的人生观"，曾是毛泽东等创办新民学会的思想基础，直至1921年元旦，18名新民学会成员在文化书社秘密集会，商讨未来的新方向时，大家决定要以实行布尔什维克式革命改变中国和世界为新的使命。

其命维新，寻路中国。这是杨昌济奋斗一生的思想追求，也是他教育和影响的学生们为之奋斗的革命志业。

1936年6月至10月，毛泽东在延安接受美国著名记者埃德加·斯诺采访时，回忆说："给我印象最深的教员是杨昌济，他是从英国回来的留学生，后来我同他的生活有密切的关系。他教授伦理学，是一个唯心主义者，一个道德高尚的人。他对自己的伦理学有强烈信仰，努力鼓励学生立志做有益于社会的正大光明的人。"（埃德加·斯诺《西行漫记》第四篇"一个共产党员的由来"）

杨昌济的一生，除了担任过湖南大学筹备处主任和湖南商业专门学校教务主任两个事务性职务外，就是深潜教职立德树人，引导积贫积弱时代的中国青年"立志"、"修身"和"知行合一"，以诗言志："自闭桃源称太古，欲栽大木柱长天！"

《恰同学少年》中有一幕师生问志的场景，杨昌济坦言："杨某平生，无为官之念，无发财之想，悄然遁世，不问炎凉。愿于诸君之中，得一二良才，栽得参天之大木，为我百年积弱之中华，撑起一片自立自强的天空，则吾愿足矣。"

廉如清风，德育后来。

振聋发聩，穿越百年。

百年虽已往，往事犹可追。立德树人，持灯播火，乃一代忧乐家国的大先生的真实写照，也是激励新时代弘扬教育家精神的现实教材。从某种意义上看，这是与800多年前朱熹留在岳麓书院讲堂两壁上的"忠孝廉节"的精神传承与血脉联系。

任凯南：三辞高位的经济教育家

一

淡泊名利，素为有操守的知识分子的一种人生态度。这，不是说他没有家国天下的胸怀，也不是说他只有安身立命的想法，而是以一种超然物外、独立入世的价值抉择，潜心从事其奉为信仰的事业，追求独特的生命极致。

其中，有身居高位者。如民国时期做了12年国家元首的林森，自知是多方势力博弈下被抬上去装点门面的，也没有多大的实权，但是，他在不站队、不表态、不争权的时候，始终坚守着以国家为重的隐忍与担负。

而更多的淡泊者，处江湖之远，严以律己，为国家庙堂输送着一大批桢干之才，却对显赫的高位嗤之以鼻。

明德中学的创始人胡元倓，在民国肇建之初，曾有机会出任教育总长，但被他谢绝。当时，邀请他出任的，为民国开国元勋黄兴。他与胡氏同学于东京弘文学院速成师范科，后在明德任教，密谋反清案发，得胡氏救助而逃离追捕。可以说，没有胡元倓的冒死营救，就难以有黄兴再造殊勋的机会。黄兴投桃报李，胡氏却坚决地说：我要办明德！

胡氏一生，最高的职位，莫过于做过一任为期13个月的省立湖南大学校长。而其前任任凯南，为名副其实的大经济学家，也如胡氏一样，做的最大的官也是湖大校长。

任凯南曾有过三次升迁的机会，然而，他坚决不就——

一是抗战全面爆发后，国共第二次合作，国民党在全国设立国民参议会，各省设临时参议会。1939年8月，湖南省参议会成立。赵恒惕、陈润霖为正、副议长，参议员及候补参议员73人。时为湖南大学教务长和大麓中学董事长的任凯南，被聘为省参议，但他深感"参而不议，议而不决，决而不行"，于事无补，遂辞去此一虚职。

二是国民党当局聘任凯南为参议员不成，决定任命其为湖南省教育厅厅长，此为有权力的实职，比他改任的大麓中学校长威风得多。然而，任凯南认为"办教育不是为了做官"，再次坚辞不就。他以教育救国为职志，一心办学，绝意仕进。在此之前，任凯南的另一位东京弘文学院师范科同学陈润霖，致力于兴办楚怡学校，也曾力拒湖南、江苏、浙江三省教育厅厅长聘任，或对任凯南产生了一定的影响。

三是1949年6月，湖南大学校长胡庶华辞职赴港，发表声明表示拥护中国共产党的领导，国民政府属意任凯南再次出任湖大校长。此时的湖大，已为国立十余年，比其初任湖大校长（为省立）时的规格高出很多，然其再次拒绝。

三拒高位，他的理由是国事纷纭，而实际上是看透了国民党当局的腐败。虽然我们没有看到他如胡庶华一样毅然决然地做出向往光明、参加建设新中国的选择，但只要研究任氏家族史，就会发现他的家族也是一个红色家族，他的一个堂侄是曾任湖南省特委书记、中共西北局秘书长的任作民烈士，一个堂侄为中共五大书记之一的任弼时。

二

遗憾的是，就在湖南和平解放的前夕，1949年7月16日，任凯南积劳猝逝，时年65岁。

他对于湖大商学的发展与推动，是值得深入研究的。

他少年负才，以品学兼优补廪生（第一等秀才），考入湖南高等实业学堂，毕业后官费留学日本，进入早稻田大学深造。辛亥革命成功，他从日本回国，投身新闻界，很快声名鹊起。因北洋政府迫害，1915年他去国赴英，到伦敦大学读经济学。

在军阀粉墨登场的闹剧时代，不幸地被迫寻路往往又是幸运的出路。六年后，他获经济学博士学位回国，成为当时中国极为罕见的商学大才。

俊彦归来，北洋青睐，邀其就职，遭到拒绝。1922年，任凯南接受湖南省政府的任命，为省立图书馆馆长，并出任湖南公立商业专门学校的第四任校长。

此时的湖南商专,虽然经历了汤松、孙孔厚、蒋国辅三任校长的筚路蓝缕,但因首任校长汤松不满于张敬尧祸湘的出走,其后黯淡经营,办学艰难。任凯南上任伊始,锐意改革,注重素质,提振商学,聘请皮宗石、杨端六、李剑农、黄士衡、张浑、杨作新、董维键、向绍轩、刘彦、萧骧、鲁禹昌等"学术精湛、蜚声南北"的知名学者来校执教,让汤松(美国密歇根大学经济学博士,将湖南甲种商业学校改为湖南公立商业专门学校)去职后一度凋零的湖南商专得以重振。

任凯南任职两年后,由于身体原因,辞去校长职务,由黄士衡继任。任氏任职时间不长,但有几点努力值得注意:

一是他将获美国哥伦比亚大学硕士学位的成都高等师范学校文史系主任黄士衡引入商专出任教授,培养其接班,潜在促成他推动湖南商专与工专、法专在两年后合并组建湖南大学,并出任商科学长(后任湖南省教育厅厅长、湖南大学校长)。任凯南慧眼识才,视通天下,不但成就了黄士衡,而且请来了皮宗石、杨端六、李剑农等经济学名家,为湖南商专的发展注入了一流的师资力量。

二是他从胡元倓的私立明德大学请来了张浑、向绍轩等,同时担任湖南商专教授,为几年后筹建湖南大学伊始就设置商科与商学系,起到了未雨绸缪的作用。湖南商专参与筹建湖南大学,因为明德高等商科的强大师资与多数学生的加入，加速了湖大商学的发展。1927年4月由于受到第一次大革命形势的冲击，湖南省府下令改湖南大学为湖南工科大学，将商、法二科并入长沙（第四）中山大学，仅留下理、工二科。但是，任凯南时期储备的商科师资，为很快恢复的湖南大学经济系与商科，先于北京大学与中央大学在全国招生，做好了准备。

1926年2月，省立湖南大学定名，任凯南担任经济学教授。两年后，即1928年4月，任凯南被公选为湖南大学校长，成为湖南大学定名后的第二任实职校长（首任校长为雷铸寰，1922年与高等实业学堂校友任凯南等创办大麓中学。建校之初执行校长权力的李待琛，实际职务为湖南大学行政委员会委员长）。

任凯南接掌湖大15个月，尽管学校暂停商科，将涵盖商学的经济系纳入文学院，但他还是任命经济学教授向绍轩为文学院院长，个中富有深意。不仅如此，他还全力支持师生向当局争取，成立了经济学会。可以说，1930年湖大商科的学术活动风生水起，得力于胡元倓、曹典球、胡庶华和黄士衡等多任校长的呵护与推动，而任凯南在此前已经储备下了丰富的商学名家资源。

不意，任凯南再次患病，被迫辞职，改由胡元倓接任。此后任凯南一度赴鄂参与筹建国立武汉大学，任经济系教授兼系主任，以及武汉大学法科研究所经济学部主任。

当时，中国经济学界流行一个合称，即"南任北马"，说的就是任凯南和马寅初，把二人誉为经济学界两大家。

1937年7月，湖南大学由省立改为国立，皮宗石接任校长。抗战全面爆发，日本军国主义的炮火经常袭击长沙，甚至以湖南大学为轰炸对象，使校舍、图书、仪器损毁严重。湖大被迫西迁，任凯南临危受命，出任教务长兼经济系主任。

皮宗石和任凯南接受老同事向绍轩的建议：迁校辰溪县的陇头垴村。任凯南作为迁校负责人，利用该地木石繁多的优势，采用鱼鳞板的形式，安置所有教室、办公室和宿舍，很快建成湖南大学战时校址。

他一边负责学校的日常事务，同时给经济系的学生讲授外国经济史和外国经济思想史，深得大家尊崇。尤其他那"满山跑"的口头禅，让人记忆犹新。

湖南大学工商管理学院编写的院史读本《百年名校商学弦歌——湖大商学110年》中，专门对这一细节进行了入微的解读：

"他湖南汨罗乡音极重，但条理分明，十分详尽。讲到激昂处，喜用口头禅'满山跑'，指遍地开花结果、遍地发展之意。任凯南讲英国产业革命起源，特别是讲述纺织工业的兴起过程，极为详细，比如讲'飞梭'的发明及其广泛传布应用，就在好几处用'满山跑'口头语。学生在教室听课做笔记，为了求快以免遗漏，同时也来不及另行措辞，就直接写下很多处的'满山跑'，成为他的这门课笔记的一大特色。任凯南不但在课堂上讲课认真，还要求学生在课堂外阅读英文参考书,主要是关于欧洲经济史和产业革命史。这是因为中国也处在工业化的前夜,以及要走上社会主义道路,让经济系学生熟悉这段历史,是非常必要的,具有启发和批判的作用。"

三

战火纷飞,大地已难安放一张宁静的书桌。然而,在任凯南的课堂上,他正在为国家胜利后的建设发展做准备。

商学强国,并非一句空话,具体在于与时俱进、学以致用的人才培养。尽管此时的任凯南,还不能预测几年后,中华大地会跨入全新的社会主义新征程,但是,他还是早早地为民族复兴自强培育着经世致用的商学人才。

不仅在此时,就是数十年前,他在湖南公立商业专门学校时,为了保护进步学生,他不惜屈尊请求军阀赵恒惕网开一面。刘士奇积极参加学生运动,被军警拘捕,由任凯南出面保释后,到安源做工运工作,后来成为红四方面军政治部主任、红二十七军军长,成为中国红色革命中一位著名的将领。

其实,早期的任凯南,也曾经有着激进的革命思想,是一个不折不扣的民主革命者。他与胡元倓一样,都与黄兴是志同道合的挚友。胡元倓支持革命,但潜心办新学,而任凯南曾由黄兴介绍加入同盟会,为民主革命事业奔走。

辛亥革命后，任凯南离日返国，与周鲠生、杨端六、皮宗石、李剑农等，受国民党代理理事长宋教仁的委托，在汉口法租界创办国民党中央机关报《民国日报》，以报刊为战斗阵地，宣传共和，反对帝制。1913年3月，宋教仁被刺案发，该报连续发表声讨文章，剑指"袁贼"（袁世凯）"赵犯"（赵秉钧）。兼领湖北都督的民国副总统黎元洪，惶恐地查封该报，派人于法租界将杨、周、皮、李四人逮捕，拘禁于法租界巡捕房。任凯南被迫迁居日租界。

严苛的政治环境，已不能成全任凯南继续完成新闻报国、维护社会正义、捍卫人格尊严的初心，而且随时都有可能付出生命的代价。他和黄兴商量后，东渡日本，绕道前往欧洲深造，从此走上了商学救国、教育兴邦的道路，以另外一种方式来实现一个人对国家的担负、理想与精神升华。

我们不能简单地将任凯南称为经济学家，而应把他定位为一位了不起的经济学教育家，因为他因现实感而重塑的智性与原则、胆魄与意志，为湖大商学乃至中华商学的发展，以及中国商业人才的储备作出了重大贡献。

为于
盛斯

黄士衡：商科学长变校长，力推湖大国立

一

1926年2月1日，湖南公立商业专门学校、湖南公立工业专门学校与湖南公立法政专门学校，在岳麓书院的基础上，正式合组建成省立湖南大学。

为了实现这个"省立"，湘人自1912年开始，由省府都督牵头，社会贤达群力，先后三次设立筹备处，历时15年，"拟就岳麓书院旧基创办湖南大学"，却长期"因军事倥偬，学款未集，议定而事未卒行"（1929年《湖南大学一览》），至此次方能实现夙愿。时人有云："就书院基础改建大学之计划，印入吾湘人脑海，则由此与日俱深矣！"

湖南大学正式定名，初设科、系两级，共有理科、工科、法科、商科4科（是年8月，增设农科），符合教育部1917年《修正大学令》规定"设二科以上者都可称大学"的综合大学标准。科下设8系，即理科的化学系、数理系，工科的土木系、机械系、电机系，法科的经济系、

法律系，商科的商学系。张浑为商学系系主任，而黄士衡为商科学长。

这里的学长，可不是今日常见的对同学或前届同学的尊称，而是指过去主持学科事务的人。凡看过电视剧《觉醒年代》的观众，都能很快记起蔡元培发表就任北京大学校长的演说后不久，听说在上海主编《新青年》的陈独秀来京，三顾其寓居旅店，甚至在大雪飘飘的寒风中，守在走廊上等候，最后感动陈独秀出任北大文科学长。

学长，就是代表学校管理学科的第一责任人与带头人。黄士衡能够出任湖南大学首任商科学长，除了学界闻名外，主要还是他乃湖南公立商业专门学校校长，于1925年11月、1926年1月，相继被湖南省省长赵恒惕任命为湖南大学筹备处委员（8人）和行政委员会委员（10人），直接参与了湖南大学的定名与组建。

不仅如此，他还与主持私立明德大学校务的副校长向绍轩精诚合作，将明德商科并入湖大商科，迅速壮大了湖大商学的师生队伍和发展力量。

而他成为湖南商专校长，则是1924年因第四任校长任凯南病辞而接任的。

此前，黄士衡为成都高等师范学校教授兼文史系主任、上海南方大学教授。任凯南1922年接任校长时，商专陷入发展低谷。1919年，首任校长汤松参与毛泽东组织的驱张运动，遭时任湖南督军兼省长张敬尧追捕而被迫辞职离湘，继任校长孙孔厚、蒋国辅迫于政治压力而无所建树等情况，导致商专发展停滞不前。任凯南上任伊始，从全国邀约好友名师前来支援。黄士衡欣然来到长沙落星田（位于今天长沙芙蓉区，北起五一大道，南止东庆街），成为湖南商专的一名教授。

二

黄士衡和任凯南一样，都有着考取官费留洋的经历。

不同的是，任凯南于清末以品学兼优补廪生（第一等秀才），考入湖南高等实业学堂，毕业后，考取官费留学日本，进入早稻田大学深造，后来回国因北洋政府的迫害，再次东渡日本，后前往英国伦敦大学攻读经济学博士学位。而黄士衡在短暂就读于湖南全省公立高等中学校（后改为湖南省立一中，今长沙一中）和广益中学（湖南师范大学附属中学前身）大学预科后，于1913年赴美留学，相继获得艾奥瓦大学文学学士学位、哥伦比亚大学历史学和政治学硕士学位。

对于黄士衡的留学经历，黄士衡之子、湖南大学机械与运载工程学院老教授黄天泽在《杰出教育家黄士衡》一文中，是这样追忆乃父风采的："留学期间，他不局限于仅仅获取知识，而是尽量扩视野、广交游，用历史的眼光来对比审视弱国和强国的差距，当时就已充分认识到必须提高全民教育水平以作为立国强国之本。此时他已有条件融中西学于一体来仔细地观察人家是如何做人、治学和处世的，从善如流地吸取人家的长处，既有成功的经验可供参考借鉴，也有失败的教训值得引以为戒，凡此等等都是从书本上学到的，从而为归国以后从事教育行政管理工作奠定了扎实的基础。"（《文史拾遗》2014年第3期）

生于晚清中国离乱之际的书香门第，黄士衡继承湘中先贤魏源"睁眼看世界"的精神，身处繁华彼岸，思考祖国积贫积弱的现状，寻找救国的教育之路。

1918年，未满30岁的黄士衡，在哥伦比亚大学校友胡适任总编的《留美学生季报》第1期上发表《论中国内乱频仍之主因》，从反对袁世凯的窃国罪行谈起，严厉谴责北洋军阀祸国殃民。虽然比黄士衡提前一年回国的胡适，曾公开宣扬自己"二十年不谈政治"，要在"思想文艺上替中国政治建筑一个革新的基础"（《胡适文存》二集卷三《我的歧路》），然而，从胡适此时推出抨击北洋军阀外强中干的黄士衡政论，亦可见黄士衡的观点，契合了胡适追求的以思想文化变革为主导的社会改造的需求。

至于黄士衡是否也如胡适，受过哥伦比亚大学荣休教授杜威鼓吹，且于当时独领风骚的实验主义影响，并没有书面材料予以证实。而从随后黄士衡在《留美学生季报》当年第4期和翌年第1期连载的《中国人患问题之解决》一文的情形来看，年轻的黄士衡虽然身处万里之遥的海外，却实事求是地观照着中国社会与国情。

这是中国学术界早期讨论人口问题的重要文献。许康教授主编的《百年名校 商学弦歌——湖南大学商学110

年》中评价:"这是20世纪初期中国学术界最早讨论人口问题的文献之一。能与该文共拔头筹的,仅有两部(篇),即高元发表在国内《法政学报》(1918年第3期)上的《驳马尔撒士人口论》一文,以及陈长蘅(1888—1987)的专著《中国人口论》(1918年)。"

1920年夏,黄士衡回国,于8月应湖南省学生联合会邀请作了"人口问题"报告。湖南《大公报》于8月31日、9月1日对报告内容进行了连载。

黄士衡接掌湖南商专后,将汤松—任凯南推动的欧美商学教学模式进一步弘扬,同时积极响应湖南省政府筹办创建湖南大学事宜,最后达成心愿,在湖南建起了第一所综合性大学。他除了从事商科学长管理工作外,还给学生们讲授历史学和国际法课程。

此后,黄士衡曾于1927年7月、1929年2月,两度出任湖南省教育厅厅长,在全面改革湖南教育工作的同时,对湘中最高学府湖南大学的发展也极为关心,努力帮助加强学校实力和提升整体水平。

1992年11月25日,《湖南大学》校刊第4版曾刊载李达聪《改校为院的风波》一文,提及1930年,教育部召开全国教育工作会议,以湖南大学每月经费仅一万余元为由,拟予降格,即改大学为学院,罔顾是年2月湖大遵照教育部《大学组织法》与《大学规程》,已将原有"科"改为"院"、建成三院十系的既定事实。作为省教育厅厅长的黄士衡,在会上据理力争,指出"湘省向来注重效率，以较少的钱办较大的事业"。

1930年，湖南大学恢复因大革命失败停办几年的商科教育，在文学院设立商学系，并将原政治系与经济系合并为政治经济系。虽然没有材料直接证明此事得到了黄士衡的极力支持，但从第二年秋曹典球继任湖大校长后，迅速突破当时北京大学和中央大学排除商科的程式禁锢，当即恢复商学系面向全国招新的事实来看，自然少不了省教育厅厅长黄士衡的鼎力相助。

黄士衡对湖南大学与湖大商学，是深有情结的。他身处官场，无意夤缘而上，始终保持着知识分子教育救国的道德理想主义，即便1929年冬，国民党中央委任他为湖南省党部指导委员会委员，他也是三次电辞，坚不就职。最后于1932年主动辞去教育厅厅长一职，回到湖南大学做一名政治经济学教授。

三

1936年1月，湖南大学校长胡庶华辞职，省府呈请教育部批准，由黄士衡继任。黄士衡是继任凯南之后，第二位出任湖大校长的湖南商专校长。

身为校长，他仍以粗茶、淡饭、布衣过生活，甚至将兼职省府委员的两年薪酬全部捐给湖南大学，为学校在城内犁头街修建了一所办事处房屋。虽然任期只有短短一年多，然其进行了三次继往开来的改革，对于湖南大学的发展极具影响：

第一，他上任伊始，积极推动湖大由省立改为国立，于1936年春专门成立了湖南大学国立促进会，正式开展湖大国立运动。虽然此前胡庶华与省教育厅厅长朱经农已开始谋划，也有部分师生代表呈文教育部，吁请湖大改为国立，但并没有实质性进展。

第二，1936年夏，他成立湖南大学毕业考试委员会，狠抓学风，严把毕业关。这对于湖南大学教学质量的整体优化，加快挺进国立行列的步伐，无疑是一个展示实力和强化实力的历史性创举。

第三，他在胡庶华广泛引进一流名师、充实中西图书仪器、完成图书馆工程、新建科学馆、扩大实习工场和各科实验室等的基础上，不断增强师资力量，强化教学质量，并建成华中、华南地区最大的图书馆与设备达到一定规模的实验室。

胡庶华时期的湖大，已经创造"成绩之优异，为全国省立大学之冠"的佳绩，得到了教育部考察组的充分肯定。而经过黄士衡大刀阔斧的改革，湖南大学的教学质量与整体实力再次提升，在国家离乱之际保证了毕业生的质量和国立大学的基础。

是年4月26日，行政院院长蒋介石莅湘，省教育厅厅长朱经农面呈湖大国立之事，蒋说："湖大改归国立甚善，最好能与清华合并。"当时，清华大学正在岳麓山左家垅兴建校舍。然而，黄士衡等并未停留于此，而是进一步改革与推动，争取曾在湖南商专与湖南大学执教的任凯南、杨端六、皮宗石等人的支持，联名致书教育部部长王世杰，最终在1937年7月7日使湖南大学成为全国第15所国立大学。

湖南大学改为国立之时，黄士衡已主动让贤。他于1937年初，极力推荐皮宗石继任校长。是时，黄士衡才48岁，皮宗石比他还年长两岁。黄士衡在年富力强且深孚众望时，邀约曾经短暂同事于湖南商专、时任武汉大学教务长的长沙人皮宗石来湘接掌湖大，至少有三方面的原因值得关注：

第一，皮宗石在武大执教九年，对于武大及其法学院的发展颇有建树。他本身就是精通经济学和法学且融贯中西的著名教授。而且，此前他曾应蔡元培的邀请，出任过北京大学法学教授兼图书馆馆长，还参与筹建过国立广东大学、国立武汉大学，有着丰富的申请、筹建国立大学的经验。

第二，皮宗石是一位开明的大学教育管理者。他推崇北大老校长蔡元培"思想自由""兼容并包"的办学方针，爱护学生，尊重教师，鼓励学术研究，支持社团活动和宣传抗日救国，确实为身处保守甚至反动的湖南省府势力博弈的狭缝里的湖南大学注入了一股强劲的新思想。

第三，也是一个关键点，皮宗石与教育部部长王世杰很有渊源且情谊深切。他们不仅同学于英国伦敦大学政治经济学院，而且同时归国后赴任北京大学法律系教授，

于斯为盛

1929年王世杰出任国立武汉大学校长，皮宗石应邀北上担任法学院院长。黄士衡说服了皮宗石。皮宗石不负所望，跟王世杰说："湖大必须改为国立，我才出任校长。"(《杰出教育家黄士衡》)

由于黄士衡、皮宗石等人的努力争取，故而有了湖南大学国立之事实，在某种程度上改变了湖大原来受制于发展经费、总体状况的诸多窘况。不幸的是，湖南大学由省立改国立获批之日，七七事变爆发，全国进入了全面抗战，湖南大学很快被迫西迁，但从长远来看，实现国立，无疑是湖南大学发展史上的一个里程碑式事件。虽然这一步走了11年，但这为湖大日后进入发展快车道解决了瓶颈问题。当然，这也为1946年湖南大学商学系与当时全国唯一独立的国立商学院合并成立湖南大学商学院，奠定了历史性基础。

黄士衡不计名位，高风亮节，一心只为湖大高水平发展。此后，黄士衡坚决拒任国民政府内政部礼仪司司长和湖南省参议会秘书长，但为了民族救亡和湖大发展，他曾出任过湖南省政府主席张治中组织的抗日军事参议会参议员。而其实职，长期为湖大教授，直至新中国成立后，1953年因为中南区院系调整，他才离开湖大。黄士衡一生为湖大奋斗几近30年，对于湖南大学及湖大商学的长足发展，留下了一份超越历史记忆且激励后来的思想文化遗产。

胡元倓：磨血兴学的商学先驱

一

岳麓山南麓半山腰，古木林立，掩映着两座坐北朝南、相距不过 300 米的墓寝，虽然不及云麓峰下黄兴墓、白鹤泉旁蔡锷墓的高耸穿林，但亦不失端庄、大气。

这两座墓，一座为丁文江墓，一座为胡子靖墓。

我曾偕友从麓山南下，友人问此处长眠者何人。我解释道，丁氏与李四光齐名，为中国地质学的奠基人之一；胡子靖，为胡元倓，明德中学的创始人，当过湖南大学的校长。

为何我要先说胡氏为明德中学的创始人，而后言其当过湖南大学校长？湖大校长众多，闻名者也多，做过一年校长的胡氏并不为大家所熟知；而作为湖南最早的新式中学——明德中学，办学迄今逾 120 年，享誉海内外。

"北有南开，南有明德。"南开办学的前一年，即 1903 年，从日本东京弘文学院速成师范科学成归来不久的胡元倓，怀着教育兴邦的热烈梦想，在做过光绪帝师的姑父、前清刑部侍郎龙湛霖等人的支持和资助下，租赁龙家附近的长沙西园北里东侧左文襄公祠为校舍，建成明德学堂。胡元倓任监督，即校长。

科举制下，创办新学，离经叛道，遭到王先谦、叶德辉等卫道士集团的强烈抵触和刁难。董事长龙湛霖高官致仕，德高望重却年迈体衰，很快病逝。胡元倓作为私立学堂的主持者，只能顶住压力，多方化缘，解决办学经费和充实师资力量。

他全国奔波，踏破铁鞋，令往日尊重他的人都闻名而逃。有富商闻其登门拜访，赶紧从后门遁迹。

据明德校史记载，办学的前26年，胡元倓在家过年只两次，在外过年竟然有24次，其中"南京三年，上海两年，苏州一年，杭州一年，旅途两年，一在江轮之上，一在火车之上"。出身书香世家、取得晚清国子监入学资格，且入选湖南首批官费留日生的胡元倓，在异地过年，为的就是让明德顺利办学，甚至有些以术取胜的味道，在人情世故上，既有诚的一面，也有蛮的色彩，但更多的是坚持不懈、乐此不疲的倔强与坚韧。

他甘于过苦行僧的日子！

他掌明德38年之久，为湘省有名的社会贤达，筹款数十万，修建校舍二十余座，建成当时"全国中等学校之冠"的四层教学大楼乐诚堂，而自己一家挤在校门口传达室旁的三间矮房里，一切炊灶洗扫皆由夫人动手。平日吃素，有客来时，添一碟荷包蛋就是盛宴了。1934年，民国教育部评选十佳中学，明德排名第一。胡元倓狂喜之后，嘱咐夫人：晚餐加一个荷包蛋。算作对自己的最大奖励。

他被讽为叫花子磕头校长！

他四处筹措经费，被人讪笑为"胡九叫花"。某次，明德要办"全国最大之理化实验室"，新设理化博物科，资金短缺万余元。胡元倓找到时任上海道台的湖南同乡袁树勋，寻求帮忙。袁拒绝，胡元倓一时心急，不顾当场有客，腰杆一挺，双膝下跪，磕起响头来，迫使袁只好口头答应捐款一万元。胡氏拔地而起，上前说："我要现款。"胡氏急迫，袁氏大骇，立刻兑现。胡元倓曾自表心迹："吾为校长，以筹措经费、伺候学生、敦请教员为要务。虽九死吾犹未悔矣！"

私立办学行路难，容易山穷水尽，资金严重不足。他风尘仆仆，奔走南北，不断刷老脸，对认识和不认识的权贵富商打感情牌。他进京，求助于时任教育总长范源濂。范氏避而不见，于是，他自带被褥，蹲守在教育部的传达室，逼得范氏赶紧把他请回家，拿出一对金钏以夫人的名义相赠，让他去换了几百大洋。

胡与范之间的这件事，还有一个版本，称胡找的是国务总理熊希龄。不论是范，还是熊，他们迫于情面，自解私囊，自是钦佩老友的精神。至于熊氏辞官，在香山兴学蒙养六千孤贫儿童，是否潜在受了胡氏影响，也尚未可知。曾在熊氏慈幼院任教的陈树人，回忆起昔日盛况，动情地说："只就经费一端言之，已远超过张伯苓先生之于南开，胡元倓先生之于明德。全赖秉老爱心独运，发为民胞物与，救死恤伤之信心，致其毕生教育及慈幼事业之辉煌成就，足以垂范后世！"

这是一代人终极式的价值追求！

胡元倓、张伯苓、熊希龄为了教育报国，不惜纡尊降贵，无惧冷嘲热讽，成就了无数人的灿烂辉煌，也成就了中华崛起的人才赓续。

与胡元倓毗邻长眠的丁文江，虽不是明德子弟，但也曾在青年留学日本时，得到过胡氏的精心照顾。1935年12月2日，已为"我国地质学巨子"的丁文江，再次来湖南，下车伊始即表示：到长沙一定要看两个人，一是胡子靖先生，二是师母龙砚仙夫人。"龙砚仙"即胡元倓的表兄龙璋。在丁氏心里，胡与龙一样，都是他的恩师。

二

时人编排顺口溜"人生大不幸，遇见胡子靖"，嘲讽胡元倓。

当我们翻读中国近现代史，很容易发现许多改变中国命运或影响国家发展的大人物，如黄兴、谭延闿、章士钊、任弼时、周小舟、周谷城、陈果夫、欧阳予倩、吴祖光、苏曼殊等一大批政治家、文学家、历史学家、艺术家，以及丁夏畦、俞大光、萧纪美、刘经南、艾国祥等著名科学家，都与明德有着不解之缘。

国家危亡之际，办学艰难，实为胡元倓个体之不幸。

而民族复兴，引育人才，蔚然大观，又是国之大幸。

辛亥革命的领袖人物黄兴，1903年留日归国后筹谋反清革命，被弘文学院同学胡元倓聘至明德执教。胡氏钦佩黄兴反清壮举，给了他一个体育教员的身份，方便其在长沙组织反清团体华兴会，创办东文讲习所传播革命思想，大量翻印《革命军》《猛回头》《警世钟》等革命书籍。

第二年，黄兴等计划利用慈禧七十寿辰、湖南文武官员齐集万寿宫五皇殿行礼庆贺的机会，策划长沙起义。为了筹集武器，黄兴还曾在明德实验室里制造炸弹。

不想，一名华兴会会员无意中走漏消息，被同在明德执教的王先谦门徒刘佐揖发觉，告知乃师。王先谦为岳麓书院最后一任山长，曾积极推动洋务，兴办时务学堂，但又不满学堂助长革命风气。王先谦开具"三俞、黄轸、胡元倓、周震鳞、梁焕奎、翁巩"名单，要求署理湖南巡抚陆元鼎予以斥退。

陆元鼎命令巡防营统领赵春廷加强侦察。巡防营中有狡猾的营兵，与参与起义的会党首领、五路巡查何少卿、郭合卿秘密交往。何少卿被抓捕后，供出黄兴、刘揆一、彭渊恂等。

陆元鼎下令：逮捕黄兴！

黄兴闻讯，急忙逃逸，匿居于西园龙家密室。

胡元倓第一时间找到臬司兼学务处总办张鹤龄，说："诸事我均与闻，君如需升官，以吾之血即可染红君之顶子，拿我就是。"他的一片至诚，感动得张鹤龄当即表示：

"此狗官谁愿做？此刻看如何保护他们。"

胡元倓与龙璋、龙绂瑞等，设法营救黄兴脱险，逃出长沙。黄逃亡日本，同孙中山筹建同盟会，七年后发起广州起义和武昌起义，以辛亥革命肇造民国。

黄兴以临时政府副元帅代行大元帅职权，主导民国初建，成为开国元勋。他邀请胡元倓出任教育总长，被胡谢绝：我要办明德！

他对黄兴说："公倡革命，乃流血之举，险而易；我办学校，乃磨血之举，稳而难。君取其易，我就其难。"

他刻印自署"磨血人"，意在磨尽自己的血，磨出中华自强的人才。

他把办学比喻成磨血事业，即为兴办新式教育，而不惜磨尽一生心血。这是一种坚韧，也是一种态度，更是一种决心和精神。

1919年9月4日，毛泽东在《湘江评论》第四号《本会总纪》中，评点当时长沙城里的官办私立学校，说"时务虽倒，而明德方兴"。

1934年，《大公报》总经理胡政之来明德参观，回天津后发表《湘省之教育》，肯定湖南教育，赞誉"明德与南开，不啻南北并立之两大学府。依余观察，明德管理之严格、功课之认真，似在南开之上"。

从明德毕业考上武汉大学的著名城建专家潘基硕，曾口述道："文夕大火，明德中学烧得只剩下乐诚堂，乐诚堂是框架结构，有烧完全。乐诚堂里，有蒋介石写的四个字，止于至善。"

"止于至善"与"明德"相辅相成，出自儒家经典《大学》开篇第一句话："大学之道在明明德，在亲民，在止于至善。"可见，蒋介石对胡元倓，也甚为激赏。

三

胡元倓办学，虽为私立，却极具公心。

为了办开放式的现代教育，他聘陆鸿逵等名家来校主讲传统文化；又请黄兴、张继、陈天华、周震鳞等革命人士来宣讲民主自由思想。他还把立宪派人物曹典球等聘为教员，邀省府都督谭延闿为明德总理。

他虚席待贤，厚遇俊才。1903年，他获悉弘文学院校友陈介回国省亲，立马登门求其至明德执教日语，竟当众在这个比自己小13岁的年轻人面前长跪不起，苦苦哀求，感动得陈介推迟一年返日深造。

胡元倓还在明德率先开设商科教育，开全国之先风。

1902年，他由官费派至日本留学，目睹了明治维新后日本工商业的迅速发展。他要教育兴国，也要商学救国，立志效仿日本著名维新思想家福泽谕吉，在中国创办一所如庆应义塾那样有着商学教育的新学名校。

他"决心以教育救国，培养中级社会人材"，认为"养成中等社会，实为立国之本"。明德创办时便开办了商科，为中等教育，胡元倓并未满足于此，争取到曾任湖南巡抚的东三省总督赵尔巽、两江总督端方，以及从湖南走出去的上海道台袁树勋、江苏巡抚陈启泰等人的支持，于1905年开始向朝廷商部争取筹办高等商科专门学校，并递上了《拟办高等商科呈文》。

他在报告中说："窃维西力东渐，以商业为先驱；世界竞争，以生计为归宿。"继而分析中国和湖南社会形势，提出"就时势之所急，于明德学堂特设高等商业专科"的想法。

为解决师资招聘、生源扩充和毕业生出路等问题，他还计划在上海设立银行专科，作为明德分校，创办高等商科的试验地。

与此同时，他还接受了端方的邀请，出任其创办的全国唯一一所高等商科学堂——江南高等商业学堂——的庶务长，从事该学堂的综合管理工作。胡氏用心地把明德学堂分校学生送进这所官办的高等商业学堂。

他在明德办商科教育，比湖南官办商学（即1911年创办的湖南商业教员养成所）至少早了六年。也就是说，胡元倓是湖湘大地上创办商学第一人。

一个私立学堂，在胡元倓的努力下，不仅与当时官方独立的商业学堂有着千丝万缕的联系，同时也以其开创性的高等商科，与之有着并驾齐驱的地位。这也成为湖南人经邦济世、敢为人先的一个经典佳话。

1922年，胡元倓在《明德学校二十年之回顾》中说："中国私立学校开办商业专门，自明德始。中国官立学校之有商业专门，亦自南京始也。"

胡元倓自豪地说此话时，他已在十年前的1912年7月，通过黄兴领衔，联合时任工商总长张謇、参议院副议长汤化龙、云南都督蔡锷、湖南都督谭延闿和湘籍名士陈三立、聂其杰、章士钊等，联合署名《呈教育部请准拨款增设明德大学于汉口文》，并转呈临时大总统袁世凯。

文中称"兴、元倓等于前清光绪癸卯创设明德学校"，把黄兴奉为第一创始人，得到了正要拉拢黄兴与孙中山北上会谈的袁氏支持，欣然批复"财政部照数拨给，以资办理"，并充分肯定明德学堂的办学："该校开办十年，成效昭著。肇造民国人材，多数出自该校。育德之功，全国攸赖。该校创始之际，经营惨淡。幸赖伟人之力，得有基础。"

获此殊荣与优待，胡元倓信心大增，考虑到资源利用，决定易址进京。第二年春，明德大学在北京正式开学，聘章士钊为校长，设商科及政治经济科。孰料，此时做了正式大总统的袁世凯，阴谋复辟帝制，胡元倓愤愤然，于1915年将明德大学停办，以示与袁氏决绝，四年后复建于武汉汉口。

皖系军阀张敬尧督湘，贪婪横暴，祸害湘人。长沙师生奋起反抗，湖南公立商业专门学校校长汤松，参与青年毛泽东策划的驱张运动，被撤职通缉，率易礼容等30余名学生，转读汉口明德大学。

胡元倓不但让汉口方面接收了汤松一行，容许他们在校组织旅鄂湖南学生联合会作为驱张据点，还在长沙领导湖南公私各校联合停课，参与驱张运动，直至成功，始行复课。

经费支绌，校务艰难，胡元倓四处筹募，甚至出国远赴新加坡、槟榔屿、仰光等地，所得捐款全数用于维持教育。迄至1926年，由于无法支撑汉口明德大学的正常运转，胡元倓决心停办，集中心力专办明德中学，将明德商科交由正参与筹建湖南大学的明德大学分管校务的副校长向绍轩。

湖南商专与湖南工专、湖南法专在岳麓书院合组省立湖南大学，设商科与商学系。商科学生75人，而自明德而来的两个年级44名学员，超过一半。而从明德来到湖大的教授，有首任商学系主任张浑，后任文学院院长向绍轩、政治系主任唐德昌、商学系主任兼审计主任陈朴等。

明德商科师生的集体加入，为湖大商学的强势发展，奠定了坚实的基础，同时倾注了强劲的师资力量。

1929年7月，胡元倓出任湖南大学校长。虽然他的任期只有13个月，但在他的任内，南京政府颁发了湖南大学关防（公章）及校长专用章，省府决议通过了《湖南大学组织大纲》，明确规定："本大学以研究高深学术、养成专门人才为宗旨，本部设于长沙岳麓山。"胡元倓还根据在明德办商科的经验，为湖大的发展，及其后杨卓新、曹典球相继接任后，突破当时全国高校排除商科的程式，重新恢复商学系、招收商学新生，准备了丰富的物质条件。

胡元倓的一生，主要与明德联系在一起，然而，他也是研究湖大商学史乃至中国商学史无法绕过的奠基式人物。

他与倡言"兵战不如商战，商战不如学战"的曹典球一样，都是湖大商学百年传承的先驱，而其磨血办学、教育兴邦的经历和精神，让他更加成为我们学习的榜样。

"校舍虽焚，精神犹存。"此为抗战期间，明德校舍被毁后，胡元倓的一句经典话语。而今我们重温，依然可以说：先贤磨血，精神不灭！

曹典球：兵战不如商战，商战不如学战

一

甲午海战，清军惨败。朝野开明之士痛定思痛，寻找出路，一场维新改良运动，随着康梁在京发起的公车上书活动，遍地生花，酝酿浩大声势。

维新派登上历史舞台，积极创办一批新式学堂。新任湖南巡抚陈宝箴积极谋划"变法开新"，推行新政，创办了和丰火柴公司和宝善成机器公司。

曾任四川龙安知府的湖南湘乡人蒋德钧丁父忧，返籍守制，以候选道的身份帮衬着陈宝箴实施新政，参与企业管理。他"嫌其迹近谋利，乃创为添设时务学堂之议"（熊希龄《上陈中丞书》，《湘报》第112号）。

1897年1月，两份由蒋德钧起草，岳麓书院山长王先谦领衔，湘籍贤达熊希龄、蒋德钧等具名的公文，即《请设时务学堂公呈》和《开办湖南时务学堂章程》，被陈宝箴批准。两江总督刘坤一拨盐厘加价银7000两为经费，

湖南按察使黄遵宪、学政江标也纷纷拨款。是年11月29日，时务学堂正式开学，前后招考三班。因第二年9月21日戊戌变法惨败、陈宝箴等官员被去职追责，时务学堂遂名存实亡，1899年正月以易名求实书院的结局，被正式废止。

然而，在这短短的十个月内，这座中国近代史上著名的新式学堂，探索湖南近代化教育由旧式书院制度向新式学堂制度的转变，将传统文化教育融入与时偕行的时代文明建设，也培育了一批谋求国家自强、改变中国命运的赫赫人物，如"再造共和"的民主革命家蔡锷、现代文字训诂学第一人杨树达、一生致力于教育救国的民国教育总长范源濂、九一八事变后率部在东北坚决抵抗的抗日名将方鼎英、中国第一个物理学博士李复几……

毛泽东主持新民学会时，曾在《湘江评论》撰文说："湖南之有学校，应推原戊戌春季的时务学堂。时务以短促的寿命，却养成了若干勇敢有为的青年。"（《毛泽东早期文稿》，湖南人民出版社2013年11月第3版）

1954年9月2日，年近古稀的杨树达还在日记中自豪地写道："一千九百年庚子反清之役、民四倒袁之役，皆时务师生合力为之，以一短命之学堂而能有如此事业者，古今罕见也。"

在时务学堂第一班招入的40人中，湖南长沙县人曹典球是一位在多个方面都取得建树的传奇人物。

二

曹典球家境贫寒，4岁时母亲病逝，以缝工为业的父亲将他过继给远房伯父为嗣，从而改变了他的一生。

养父曹德斋是长沙城里有名的私塾先生，曾辗转长沙各处私学，他通晓经史辞章，为曹典球接受良好的私塾教育和家学熏染，提供了很好的条件。

1895年，18岁的曹典球在长沙应试举秀才。年轻的他，思想活跃，追求维新思潮，立志救国，考入时务学堂。

改良派代表人物梁启超受陈宝箴、熊希龄等人邀请，由沪入湘，出任时务学堂中文总教习。梁启超在《湖南教育界之回顾》中说："时务学堂曾办了三班，第一班四十人吃我的迷药最多，感化最深。"

受维新思想影响，曾在时务学堂期中考试（"季课"）获"超等第一名"的曹典球，多次在维新人士谭嗣同、唐才常创办的，当时湖南很有影响的《湘报》上发表具有新思想的文章，如《〈大学〉"生之者众食之者寡"今议》《续〈史记·货殖传〉今义》等，受到了陈宝箴等人的赏识。

尤其他在1898年9月《湘报》第165号发表的《兵战不如商战，商战不如学战说》一文中，将启蒙思想家郑观应在《盛世危言》中提出的"习兵战不如习商战"思想融入教育视野，推上新的高度，详细论证了兵战、商战、学战三者孰轻孰重的问题，认为商战比兵战重要，但学战是最终取胜的法宝。

所谓学战，就是办教育，摒弃陋习办新式教育。过去的中国，官办有科举教育，民间有私学教育。然而，千年以降，科举之途的诸多弊端，对知识分子造成恶劣影响，他们为追逐名利而应试，炼成了"引证繁博、剿袭僻书"的"诈狡之习"。

曹典球开篇提及时势。罗辉山、潘仁瑶在湖南郴州成立舆算学会。这个进步的学术研究团体，略去虚文，专求实学，舆地为主，旁及农矿，还计划兴建农矿兵商的专门学校。遗憾的是，"集五百金创舆算学会而不能成"，经费充裕，却因晚清戊戌变法失败而夭折，激起他对"今日学战之难"如"山崖丛集"的深入思考。

他说："中国自同光以来，言自强者，曰讲兵法，曰塞漏卮。言兵法，则聘洋弁购器械，事事皆仰给外人。言商政，于茶叶，则有美国之照会，而销路将绝；于蚕业，则有康发达之条陈，而蚕种将绝；于税务，则试办多年，仍须聘用西士数十年。"

两次鸦片战争的惨败，清廷上下以奕䜣、曾国藩、李鸿章、左宗棠、张之洞等为首的开明要员，在19世纪60年代掀起以"自强""求富"为口号的洋务自救运动，旨在引进西方军事装备、机器生产和科学技术以挽救清朝统治。自救三十年，清廷却更为孱弱贫瘠。

孱弱腐朽的政体，不能改变贫瘠衰败的国运。只想着花重金购买西方先进武器,不努力兴办新学提高国民素质,结果国家权利外溢,事事都想着仰仗外国人。清廷权贵探索洋务自强,仍不得不借力于西方列强,聘用英国翻译赫德帮忙主持国家总税务司达半个世纪之久,就连英国公使欧格讷、传教士李提摩太回国也在中国国内引发了社会思考。

曹典球以国内国际所处的"时务"改良为背景,指出清廷派留学生、创立学堂、设置译书局,"筹所以谋自强敌外人者,曰兵也、商也"的不足,归根结底为"不学之故也"。在曹典球看来,西方重视教育,"即以兵商论",这是"开民智、植人才之道","乃中西学战一大机关"。

曹典球一针见血地指出,仅仅学习西方科技,是不足以改变国家衰亡、积弱挨打的宿命的。

因为在中国传承千余年的科考制度,严重制约了中国的发展。唯有改变"科举之途"与取士陋习,彻底改变过去应试沽名钓誉和以偏博彩的学制,实现真正的"中国之维新",才能实现不被欧美霸凌,甚至赶超欧美的良好愿景。

他人微言轻,不能真正影响到当时简单地将学院改为学堂、未能全面实行新学的现实,但是,二十岁出头的他,能够旗帜鲜明地提出"兵战不如商战,商战不如学战",确实具有前瞻性眼光和战略性思维,于后来湖南乃至中国探索倡建商科已具前瞻性战略眼光,甚至对今时中华商学展示自身特色、跻身世界一流仍有历史性时代意义。

毋庸置疑，曹典球和明德学堂创始人胡元倓一样，为国内最早呼唤商学的代表人物。

远见卓识，少年负才，曹典球受陈宝箴等人举荐，应试北京经济特科，名列第一。同时，他受谭嗣同、唐才常、严复等人深刻影响，投身戊戌维新运动，撰文倡导新学，主张"维新自强"以建立一个独立富强的中国。

百日维新失败，他没有像同学蔡锷、范源濂等东走上海，流亡日本求学，而是被迫藏匿山中，经多方斡旋，出两百金才幸免于难。

三

世事艰难，曹典球的人生也多有转折，然探索救国之路一直未曾停息。

1908年，曹典球任湖南高等实业学堂（湖南公立工业专门学校前身）监督，在职四年，创办了矿业、土木、机械、化学、铁路等专科，为湖南高等工业专科教育打下了最初的基础。他还建成了专门培养中等实业学堂教员的实业教员讲习所，日后发展成为湖南第一所多科性高等工业学堂。以至于清政府学部评论："中国自北洋大学堂外，工程学科未有如湖南高等实业学堂之完善者。"

不仅如此，他还创办中国第一本《实业杂志》。1921年2月，湖南实业界人士组建湖南实业协会。6月，为推动实业问题的研究，创办《实业杂志》，办刊地点设在长沙市福源巷。杂志附属于湖南实业协会,具有协会机关刊物的性质,但实际为曹典球召集湖南高等实业学堂一帮毕业生创办。此为后话。

而早期办学成功的曹典球,走仕途也很有个性。民国初建时,他先后担任过南京政府教育部主事、北京政府教育部秘书、国务院秘书。他一身傲骨,不屑于袁世凯的所作所为,自请离任。袁世凯称帝后,他撰写了大量讨袁文章。

讨袁胜利后,谭延闿第二次督湘,曹典球受邀组织湖南育群学会,与美国雅礼会合办湘雅医院和医学专门学校,被推选为会长兼湘雅医学会董事部部长、干事部部长。

1926年,湖南省政府主席唐生智委任曹典球为省教育司司长。北伐开始后,曹典球任国民革命军第八军秘书长,参加北伐。蒋介石叛变革命后,唐生智东征讨蒋,曹为唐撰写讨蒋电文,东征失败后唐下野,曹亦去职。

1931年秋,曹典球以省府委员、教育厅厅长,兼任湖南大学校长。他上任伊始,在前任代理校长杨卓新恢复文学院商学系的基础上,正式招收新生,一举突破了当时北京大学和中央大学排除商科的程式。

虽然曹典球没有在湖大商学前身的系列学校,诸如湖南商业教员养成所、湖南公立高等商业学校、湖南商业专科学校、湖南省立甲等商业学校、湖南公立商业专门学校教书任职,可是,他在岳麓书院的分支湖南时务学堂求学时发表的著名论断"兵战不如商战,商战不如学战",以及出掌湖南大学时恢复商学系招生，足见他对湖大商学的肇建与发展，起到了极其重要的策源意义和推动作用。

四

因为援救过杨开慧和保护过毛岸英兄弟，参加北伐时撰写檄文严厉谴责叛变革命的蒋介石，1932年7月，蒋介石强令湖南省政府主席何键免去曹典球教育厅厅长和湖大校长之职。后来，曹典球短暂代理过省政府主席，但很快被免职。

于是，他拿出自己多年积蓄，和几位老友创建了明宪女中和文艺中学，高举"教育救国"大旗，而声势日隆、不失初心。他认为救国"要的是科学，要的是经济，要的是人才"。他一生以育人为己任，纵是抗战期间随校接连西迁、转徙流离，毅然将六十大寿所得贺礼万余元全部用来建筑文艺中学的实验室和图书室。抗战胜利后，文艺中学迁回长沙，曹任校长并兼任湖南大学中文系教授。长期担任政府要员又兼任省立大学校长、教授，他的年薪不菲，但从不治家产。某次，其长子积蓄了一点金饰，准备购买田产，被他获悉，立即要过来，并严厉地说：要钱用，可陆续向他要，不许买田产。

然而，为了办好教育，他很舍得花钱，可谓倾囊而出，捐赠成瘾，丝毫未想到要给家人和后人留些钱财，以备非常时期的不虞之需。当时像他这样的"高官"而没有任何家产留给后人的，真是绝无仅有。

他既是满怀赤子之心的教育家，也是心忧家国安危的爱国者。

1938年4月10日午后两点左右，日机发动三队27架飞机，对长沙再一次狂轰滥炸，一场震惊中外的文化浩劫就此发生。轰炸持续了近半个小时，50多颗燃烧弹、40多颗炸弹在湖大校园猛烈地制造罪恶。

刚投入使用的、中南地区最大的图书馆全部被毁，54091册古籍善本和外文新书，惨遭浩大火劫，仅存四根爱奥尼克石柱巍巍屹立至今，宣示国家蒙辱、人民蒙难、文明蒙尘但薪火不息、文脉遐昌的中华文明发展史。

湖南省内公共建筑规模最大的科学馆毁坏三分之二，学生宿舍毁坏三栋，残存者也是败壁残垣。"全校精华，付之一炬。"（《川大周刊》第6卷29期《湖南大学来函》）据统计，直接物质损失200多万银圆，相当今日三四亿元人民币，还有师生死伤上百人。

炮火烈烈。壮志殷殷。残垣斑斑。血债累累。闻日机轰炸湖大惨况，年届花甲的老校长曹典球愤然赋诗："吾华清冑四千载，礼义涵濡迄无改。诗书虽毁心尚存，人人敌忾今何待。嗟余衰老闻恶声，枕戈待旦思群英。誓扑此獠度东海，再集铅松起百城！"手无寸铁的赤子名宿，只能以激愤之诗，发出倔强不屈的抗日怒吼。

11年过去，1949年，程潜、陈明仁秘密谋划湖南和平起义，曹典球积极响应，并常在湖南大学、文艺中学师生中发表演讲，宣传爱国思想，策励学生为长沙和平解放作贡献，并公开保释被白崇禧秘密逮捕的湖南大学、湖南一师的进步学生，与唐生智等社会各界人士联名通电响应湖南和平义。

新中国成立后，曹典球历任湖南人民军政委员会顾问、省人民委员会参事、省文史研究馆副馆长等职。他还担任过第一、二届湖南省政协常委。

1959年6月27日，毛泽东从韶山返回长沙下榻蓉园。当晚，他宴请了程潜、唐生智、周世钊等湖南名士。毛泽东说："各位先生，难得一见，今日得闲，请大家喝杯小酒，叙谈叙谈旧情，不成敬意，大家晓得，我毛泽东向来手头拮据，请多多见谅！"这些话，顿时引来一阵轻松的笑声。

82岁的曹典球为来客中最年长者。毛泽东特别提道："听说在1924年，是籽谷老先生的一股霸蛮的韧劲，才保留了长沙的部分古城墙和天心阁，这种精神难能可贵呀！"毛泽东说到此，向曹典球竖起了大拇指，众人不约而同地鼓掌。

"籽谷"是曹典球的字。1923年，新任湖南省省长兼湘军总司令的谭延闿将赵恒惕逐出长沙，倡导"拆墙修路扩城"，计划拆除长沙城墙修路。时任市政公所总理曹典球联合一批文化人提议：保留天心阁下这段城墙，作为文化遗迹，供后人凭吊。政府仍然决定一并拆除。曹典球挺身而出，陈说利弊，力保天心阁和这段古城墙，慷慨陈词"睡在城墙上，誓与城墙共存亡"。他的壮举，得到了众多有识之士的拥护，迫使省政府最终修改了环城马路规划，保留这段城墙与天心阁，将原拟拆除天心阁后开辟的路段改为绕城墙而过。

此次宴请相见，其中当有毛泽东感谢曹典球在20世纪30年代出面找何键援救杨开慧并保护毛岸英三兄弟之意。而在此前，毛、曹已然熟识，甚至在马日事变前还有过一段关于革命能否成功的"凉亭对"——二人在曹家后花园凉亭里的一席长谈。新中国成立后，毛泽东几次在致好友周世钊的书信中，都提到"请向曹子谷先生致谢意"（1955年10月14日），"又请你代候曹子谷先生，谢谢他赠诗及赠南岳志"（1956年12月29日）。"曹子谷"，即曹籽谷。

这样的事情，只是曹典球一生中很见担当和襟怀的插曲，而其人生最大的亮点，还是在军阀混战的大变局下，竭尽全力地推动湖南高等教育事业的发展，不计生死地保护历史文化遗产，值得后世学习和纪念。

胡庶华：三掌湖大的"胡子"传奇

一

"麓山巍巍，湘水泱泱。宏开学府，济济沧沧。承朱张之绪，取欧美之长。华与实兮并茂，兰与芷兮齐芳。楚材蔚起，奋志安攘。振我民族，扬我国光。"

这首承载着千年文化和现代荣光的歌词，即1933年确定并沿用至今的《湖南大学校歌》（萧友梅作曲）。简洁而思想深邃、高度融合中国传统与世界视野的歌词，出自胡庶华之手，写于他首任湖大校长的第二年。

三年后，即1936年，担任重庆大学校长第二年的胡庶华，也为该校创作了一首校歌："江汉思禹功，教化溯文翁。学府宏开，济济隆隆。考四海而为俊，障百川而之东。研究科学，振兴理工。启兹天府，积健为雄。复兴民族兮，誓作前锋。"（《重庆大学校歌》，许可经作曲）

让人惊奇的，两首校歌歌词字数相当、结构相似，且都创作于他出掌学校的第二年。歌词都是从历史动态发展的角度，追溯历史文化源流，凝练办学理念目标，立足于强烈的家国情怀，坚定文化自信，建设现代文明，与今日之中华民族伟大复兴遥相呼应。可以说，一个人给后来的两所"双一流"大学分别创作校歌（作词），传唱近百年，历久而不衰，唯胡庶华一人耳！

二

1932年7月，湖南省政府主席何键聘请上海同济大学校长胡庶华来长出掌湖大。

此前，胡庶华是1929年6月由南京政府教育部部长蒋梦麟推荐，出任同济大学校长的。他提出"小学普遍化、中学职业化、大学学术化"的办学主张，凸显其注重学术研究的思想倾向。他旗帜鲜明地提出："大学教育应注重高深的学术，造成专门人才，并鼓励研究，以促进我国在国际学术界的地位。"这与他后来在抗战时期提出的"现代战争是参战国整个民族知识的比赛和科学的测验，大学的使命是高深学问研究和专门人才培养。纵在战时，仍不能完全抛弃其责任，否则不妨直截了当改为军事学校"有着精神相通之处，也见证了他对大学学术化的毕生主张。

而在他首次担任湖南大学校长的第三年，即1934年7月，受国民政府委派，率中国工程师学会工业考察团前往蜀中考察地理、经济、交通以及文化教育，写成《四川工业资源考察报告》，提出"将来重工业所在，以四川为最适宜之地点，且以天时地利两擅优胜之故，可为将来复兴整个中华民族之根据地"，引起四川省省长刘湘的高度重视。刘湘兼任重庆大学校长，盛情邀请胡庶华前往沙坪坝考察，参加重大校务会议。胡庶华对这所初具规模、办学条件不甚完善的大学提出四点改进意见，令刘湘耳目一新，力邀其执掌重大。

1935年8月，胡庶华正式接任重庆大学校长。此后三年，他致力于扩大办学规模，优化院系设置，合理调整管理机构，修订各种规章制度，进行了一系列卓有成效的组织建设。他想方设法增加办学经费，在全国范围内延聘著名教授学者充实师资，并增加招生名额，还举办了被誉为"重庆市第一届运动会"的重庆大中专学校运动会。他把文化传承、民族复兴作为办学宗旨，高度注重文化建设、培育学校精神，使学校精神内化为师生员工的共享价值观，深刻影响社会风尚，带领重庆大学迅速跻身民国时期中国高等教育第一方阵。

七七事变爆发，中华民族进入全面抗战阶段。重庆大学虽地处大后方，但胡庶华积极支持抗日救亡，发起成立重庆大学抗敌后援会，编辑出版《五月》专刊宣传抗日思想。在他的带领下，师生同仇敌忾，满怀热血投身抗日救亡运动，捐款捐物支援前方抗日将士，还深入社会各阶层发表演说，激发同胞们与日本侵略者奋战到底的决心。

他是一位有思想、有担当、敢创新的教育改革家。1939年，胡庶华（53岁）出任国立西北大学校长，他在

"公务员任用审查表"的经历一栏中写道:"历任湖南公立工业专门学校教授二年,国立武昌大学教授一年,国立同济大学校长、湖南省立湖南大学校长、四川省立重庆大学校长各三年……"由此可知,他辗转多所著名高校担任校长,任期基本上是"事不过三"。陶旅枫、彭新卫编著的《明德人轶事》称他"是位极有个性的人物,最突出的特点是他坚持一个原则:每任一职,三年必辞。因此,他虽然做了七任,可每任一次校长,三年期满必然辞职"。

三

而今走进湖南大学工商管理学院一楼大厅,所目及者十尊半身铜像,胡庶华的铜像极为显眼,美髯及胸,不负时人尊称的"胡子"美誉。基石上写道:"1932—1935、1940—1943、1945—1949年三任湖南大学校长。"

他前后三任湖大校长,历时十年。而前两届任期皆为三年。

1932年,胡庶华首掌湖大,大力推动冶金事业,将湖南大学前身之一湖南公立工业专门学校校长宾步程开创湖南现代工业的初心发扬光大。宾步程集《论语·卫灵公》中"工欲善其事,必先利其器",及韩愈《劝学解》中"业精于勤,荒于嬉",合成一联"工善其事必利其器,业精于勤而荒于嬉",巧妙将工、业二字藏上下联首,悬挂于书院讲堂两侧,影响后来。胡庶华更以融贯中西的视野和雄心，为湖大工科强势发展开拓了闳阔格局。

他在教学理想上，实事求是地坚持经世致用之学，盛情邀请国际著名的美国实用主义哲学家杜威来校作学术报告，让曾留学美国哈佛大学的理学院院长杨卓新同杜威开展学术辩论。这应该是国际学界大佬首次来到岳麓山下进行考察交流。

他接受矿冶系教授钟伯谦提议，邀请中央研究院总干事、著名地质学家丁文江来湖南解决湘江煤矿地质结构难题。不幸的是，丁文江在谭家山煤矿考察时，因煤气中毒昏倒，抢救不及，英华早逝。胡庶华在湖大静一堂主持追悼会，国府行政院秘书长翁文灏、北京大学校长蒋梦麟、清华大学校长梅贻琦到会致悼词。

胡庶华重视道德情操教育，颁发"十条告诫"，在师生中推行。他深谙音乐文化培根铸魂的引导力量，在校歌中增添宣传核心价值的文化底色，倡导"承朱张之绪，取欧美之长"，强调大学教育要以中国特色为根底，学习世界先进文化，兼容并蓄，博采众长，同时旗帜鲜明地提到"振我民族，扬我国光"的国家战略层面。按现在的说法，已然在提前探索强国建设、民族复兴的路径。

他提出将"忠孝廉节，整齐严肃"定为湖大校训，为身处积贫积弱之际的湖大学子注入了精神动力，一直到2000年才改用新校训"实事求是，敢为人先"。《湖南省立湖南大学二十二年度一览》中有一处胡庶华的解释："余承乏本校之始，即与同人谋所以发扬民族固有之精神者，爰于一一七次校务会议议决，以宋朱晦庵先生所书'忠孝廉节'、清欧阳尧章先生所书'整齐严肃'为校训。盖两公先后讲学于此，所题八字石刻，至今犹嵌正厅两庑间，实为本校历史上之瑰宝。"他所倡导的集句式校训原文，即朱张会讲当事人之一朱熹手书"忠孝廉节"，1757年岳麓书院时任山长欧阳正焕（字尧章）手书"整齐严肃"，于1827年被新任山长欧阳厚均刊立成碑，迄今置放在岳麓书院讲堂两侧，熠熠生辉；文以载道，教化育人，也见湖南大学传承岳麓书院千年文脉的初心使命，深刻影响了今日坚持走建设富有历史文化传承的中国特色世界一流大学之路，早有意蕴所在和基因赓续。

胡庶华从精神理念层面多元化勉励全校师生，率先垂范身体力行。直至今日，还有不少研究文章赞誉他一生勇毅开拓、廉洁奉公、严谨治教的高尚品质。

四

胡庶华在任时，积极谋划湖大改归国立，也同省教育厅厅长朱经农呈请教育部派员来校视察，以改变省府拨付办学经费不足的现实问题。

1932年10月，蒋介石夫妇来长视察，参观实业家刘廷芳主持的国货陈列馆。胡庶华闻讯后，邀请他们来湖大讲话。蒋氏大谈曾国藩的道德文章，并勉励："湖大为湘省最高学府，湘人夙富革命性，湖大实负有复兴民族之重要使命。今得全国闻名之胡校长担任斯职，将来必有良好成绩，希望胡校长以全力赴之，为湖大谋进步。"但对湖大升格国立，一度持保留态度。1月23日，蒋介石给胡庶华写来一封信，抬头称"庶华仁兄台鉴"，赞赏"台端整理麓山学府，嘉惠乡邦"，称其治理湖大，胸怀"使命"，期冀他早日完成。至于胡庶华向其提及湖大改为国立之事，却被他借题发挥，搪塞一番，个中缘由不足为外人道哉。

胡庶华1940年至1943年第二次担任湖大校长，他在辰溪学校驻地信心坚定地提出"于艰苦中谋恢复，于安定中求进步"。这一直是湖大西迁路上一种倔强的精神。

抗战期间，他巧妙地利用自身在国民党党内兼职的多个官方身份，有理有节地周旋于国民政府的政坛，宣传国共合作团结抗日的正确主张。

1943年，国民党湖南省党部主任委员李毓尧接任湖大校长，破坏校内中共地下党组织，大肆使用办学经费收买少数同学，监视进步学生的言行，停止一切正常社团活动，指使学生围攻批评校政的教授，开除一大批进步师生……倒行逆施，激发众怒，广大师生爆发一场声势浩大的"驱李护校"运动。

朱家骅接任教育部部长，曾考虑由辛树帜、鲁荡平来接掌湖大。辛树帜跟在校同学见了面，无法承诺同学们所坚持的出任新校长的最低条件——必须让所有被捕、被开除、退学、停学的同学，全部无条件复学。鲁荡平接替的传闻，后来也无声无息。

1944年冬，时任三青团副书记长的胡庶华来到洪江集中营，青年学子遭迫害的经历和惨景令他痛心不已。他毅然主动请缨，第二年元月重返辰溪湖大校区力挽狂澜，第一时间宣布进步学生无罪，要求受到各种处理的全体同学回校复学，并出面保释被关押了5个月、与地下党紧密联系的经济系学生汪澍白等。全国抗战进入大反攻阶段，他更是做了大量工作，将西迁的湖大复校，重建被战火毁坏的岳麓山校园，扩大办学规模，建成拥有文法理工商5个学院、20个系的综合性大学。同时，接收了从江苏迁至乾城所里（今湘西吉首）的全国唯一的国立商学院，和商学系合组成新的湖南大学商学院。

他重新接管湖大的第二年5月，中共湖南大学支部成立，至他1949年6月离职时，党员已发展到192人。他支持以进步组织人民世纪社为骨干的学生自治会，创办《湖大学生》《三日新闻》，开办农场和民校，建立话剧团、歌剧团和平剧团开展一系列宣传进步思想的文艺活动。

抗战胜利，国民党撕毁《双十协定》，发动内战。他强烈不满，坚定地支持和保护进步学生运动。1947年夏，内战继续扩大，国统区危机四伏，民不聊生，不同阶层群体掀起声势浩大的抗议运动。华北学联发出6月2日"反内战日"的总罢课号召，湖大学生组织在中共湖南工委的部署下，发动长沙市中等以上学校开展反内战运动。湖南省府严密防范，多方阻挠，派出大量军警封锁湘江，断绝30里水陆交通，甚至派出军队包围学校，禁止学生出校门。

胡庶华指导学生与反动派斗智斗勇，全部过江。年过花甲、长髯飘飘的他，健步走在游行队伍最前面，警告省政府官员："我的学生游行队伍出发了，谁要杀害我一个学生，我就要在省府门前自杀。"

以血性作为保证，不惜殉身寻求光明。

美髯公义正词严，一身正气铁骨铮铮。

他顶着国民党反共的白色恐怖，先后邀请中共主要创始人和早期领导人之一李达、著名工运领袖罗章龙（改名罗仲言）来校执教，宣传马克思主义政治经济学说。共产党员朱剑农、萧杰五等教授，运用马克思主义政治经济学观点，在校讲授土地经济学课程，配合地下党发挥进步作用，得到了胡庶华的默许。在胡庶华支持下，湖南大学形成了一个强大的传播马克思主义的教师阵容。

1949年初，他接受学生自治会请求，吸收学生代表参加应变组织，确定国立湖大决不迁校台湾的原则，保证了几个月后湖南大学完整无损地转到人民手中。

国共和谈破裂，胡庶华对国民党彻底失望，愤然离职，抵达香港，参加在港立法委员发起的和平运动，携手黄绍竑、龙云等44人联名通电，发表《我们对于现阶段中国革命的认识与主张》，表示拥护中国共产党的领导，为建设新中国而努力。恼羞成怒的蒋介石开除其国民党党籍，将其列入通缉"黑名单"。

五

胡庶华这样一个极有个性和原则的人,他三掌湖大,也是有原因的。在他首任湖大校长的9年前,即1922年,就曾被在岳麓书院办学的湖南公立工业专门学校校长宾步程聘为教授兼事务主任。

当时的他,已是从德国学成归来的冶金专家。

他17岁考入明德学堂第一班,次年考中秀才,很受校长胡元倓看重。后考入京师译学馆德文班,毕业名列最优等,得奖举人和七品京官。1913年8月,他舍弃优渥薪金,考取公费留德,进入柏林大学哲学院学习财政经济,又在柏林矿业大学(又译柏林矿科大学)上课。

德国是世界第二大工业强国,实力一度超过英国,工业产值占全球15.7%。钢铁年产近1800万吨,是同期日本的70多倍。技术革新能力比美国还要强,稳居世界第一。当时的中国望尘莫及。胡庶华认为"矿科为富强之本,极愿从事于此,走上钢铁救国之路","决计专习冶金工程"。1916年11月,他随柏林矿业大学并入柏林工业大学,在化学冶金系专习钢铁冶金工程。

第一次世界大战结束,胡庶华进入克虏伯厂实习一年,后返校完成毕业论文和应修科目。1920年夏参加德国国家毕业考试,取得钢铁冶金工程师学位。这是德国注重工科实践能力的一种学位制度,相当于博士,也有人认为只是硕士,但不论是何等学位,胡庶华都是中国人在柏林获此学位的第一人。

拿到镀金的学位证，胡庶华没有急于回国，而是前往英法考察工厂半年，然后返回德国利用代侨商订购制钉机器的机会，在工厂监督和实习半年。他在湖南公立工业专门学校任教两年后，转入政坛，担任过农矿部农民司司长、技监兼林政司司长，还一度担任过江苏省教育厅厅长与中国工程学会会长，在全国工程界有着领袖群伦的地位。

繁忙公务之余，胡庶华根据留德所学及实习考察的经历，撰写了《铁冶金学》《冶金工程》《株洲钢铁厂初步计画书》《中国战时资源问题》《钢铁工业》等多部专著和系列学术文章，并积极参与各种专业学会和学术机构介绍西方先进技艺，致力于提升国内高等工科院校冶金研究水平。

他是中国工厂管理企业化的先驱。1930年，他与工商部部长孔祥熙等筹建中国工商管理协会（即中国科学管理学会），参与主持第一次全国工商会议。他在协会组织的演讲会上，对上海企业家作"工厂管理之科学化"报告，是这一领域"最早的领军人物"。

他平常和蔼可亲、衣着朴素，黑长胡须陪衬一张笑脸，活脱一个美髯公，但行事雷厉风行，首掌湖大就即刻恢复矿冶工程系，秉持千年学府传承的经世致用精神，在全国邀请一批矿冶名家来校任教，对学生强调学习与实践相结合，提倡与矿冶企业协作交流，把湖南大学建设成全国钢铁冶金人才培养重镇。

1934年暑假，胡庶华在湖大积极筹办了中国经济学社第11届学术年会。这是全国经济学界最权威的学术研讨会，此前只在北京、上海、南京等大城市或沿海工商业城市举行。这次破天荒地进入内地，也是胡庶华的全国影响力所促成。马寅初等全国一流经济学家，纷纷来到长沙参会。

他任重大校长时，以"中国钢铁业的过去、现在和未来"为题，在重庆行营学术研究会上发表演讲，以冶金领军人的专业视野，对中国钢铁工业的前世今生做了准确描述与概括，前瞻性地对抗战背景下的中国钢铁工业发展做出大胆的预测和设想："去年暑假，重庆大学与四川建设厅合作之地质矿产调查队，由重大教授刘祖彝率领采冶系学生在彭水一带发现一极大之铁矿，现尚留毕业生二人继续调查，不久将可得一详细的报告，以愚观之，将来国防工业之中心，当在重庆附近之煤铁矿区间也。"

新中国成立不久，他重返内地，被中央人民政府任命为冶金工业部专员，并在新建的北京钢铁学院任教授兼图书馆馆长。他摘抄了大量矿冶资料，拟订出多种专著和论文提纲，为新中国钢铁工业提出了许多极具价值的真知灼见。

国家新生，他满怀欢欣，赋诗咏怀："少年虚度老来忙！"他连续担任了全国政协三届委员，积极参政议政，于1961年向中共党组织递交了入党申请书。

他去世后,北京钢铁学院曾刊印文章悼念他"热爱祖国,拥护中国共产党的领导,积极为社会主义服务,为人耿直正派,平易近人,一直受到同志们的尊敬"。

侯厚培：见证王国维最后时光的商学奇人

一

1927年6月2日上午11时许，圆明园昆明湖发生了一件轰动中国、影响至今的大事：清华国学研究院四大导师之一王国维于鱼藻轩自沉。

"五十之年，只欠一死。经此世变，义无再辱。"王氏遗书寥寥数语，留给后世无尽的猜测。而他人生的最后时光，却与一个年轻的长沙人联系在一起。

这个人，就是12年后成为全国唯一国立商专首任校长的侯厚培。当时，29岁的侯厚培，为清华大学国学研究院办公处干事。

当天，王国维吃完早餐，来到办公室，命听差帮忙去家中取来自己遗留的毕业研究生的试卷与文章，评定完毕，约来侯厚培详细谈论了下学期招生事宜。二人相谈甚久，王国维一直很平静，一如既往地展示出对学术和学生的专注和认真，侯厚培没有察觉到异样。临了，王国维向侯厚培借两元现洋，侯给了他五元钞票。旋即，王国维走出了办公室。

让侯厚培意想不到的是，平时不带钱的王国维突然找他借钱，竟是为了雇请一辆人力车前往圆明园，在湖边吸完一根烟后，跃身一头扎入昆明湖。

悲剧传来，侯厚培惊痛不已，第一时间赶至昆明湖，最早料理王国维后事。

他在晚年撰写的《侯厚培自传》中，虽然没有记载与自己相关的王国维最后时光，但他写道："清华国学研究院成立为学术界之创举，故罗致教授均为著名之学者专家，经学由王国维先生担任……第一流博学学者济济一堂，极一时之盛。王国维先生浙江海宁人，尤精于经学及考据学，发表论文甚多，著有《观堂全集》一书，指导学生时引经据典，指出某书某章某页，丝毫不爽，甚为学子钦仰。"

侯厚培详细写到自己1923年从复旦大学商学院毕业后，因商科学长（侯写作"经济系主任"）蔡竞平调任清华大学教授（侯写作"经济系主任"），被召至清华任助教。两年后，侯厚培转到国学研究院，直接服务于四大导师王国维、梁启超、赵元任、陈寅恪，以及李济之、吴宓等，故而对他们有了深入的了解。

曾服务过诸大师的清华大学老校长梅贻琦说过："所谓大学者，非谓有大楼之谓也，有大师之谓也。"侯厚培身历目睹地感受清华大师云集的大学之道，为他后来迅速成长，起到了关键性作用。

他在国学研究院，受梁启超影响极深，称"梁启超先生治学方法极佳，时余随堂听课学习，极为感动……余治学稍有进境，深信治学方法得力于任公先生指导者至深"。他在自传中还专门列举了梁任公的一桩佳话："梁先生在工字厅演讲书法字体，听者津津有味，次日售品所之纸、笔、墨售卖一空，可见其感人之至。"

侯厚培是经济学出身，却被清华安排到国学研究院，直接服务于诸多大师，这与其早年受过良好的传统文化教育不无关系。

他出身官宦之家，生父侯亦农曾留学日本学习警政，做过一任湘西乾城（今吉首）县长；其母族也有不少饱学之士，有考中末科探花者，也有做过清廷翰林者，其中不乏铁骨铮铮的爱国者。然而，因二伯早逝，伯母16岁守节，家族安排侯厚培过继为嗣，改由伯母汪氏抚养。汪氏管教甚严，侯厚培从4岁起就在其大伯及乡里醇儒的教导下接受严格的私学启蒙，并分为日、夜两课。

生活在这样一个有背景、有家学、有期待的大家庭中，侯厚培从小就接受了良好的传统文化的熏陶和教育。据侯厚培后来回忆，他当时白天读《论语》《孟子》《诗经》《尚书》《礼记》《春秋》，晚上则通读《资治通鉴》和学作诗文，"五经读毕改读四史"，这为其11岁考入胡元倓创办的明德中学、后来考入复旦大学后免修中文，打下了坚实的文史根基。

二

侯厚培能够进入复旦大学，以及后来潜修商学、速成大器，有三个人起到了点化作用。

1916年，侯厚培从明德旧制第九班毕业。后来，他考入湖南公立工业专门学校（《侯厚培自传》作"高等工业学校"。该校初为1903年创建的湖南高等实业学堂，1912年改名湖南高等工业学校，1914年校长宾步程改校名为湖南公立工业专门学校）。

他在湖南工专读的是矿冶科，但他沉迷文史，对工科缺乏兴趣。其家世交长辈皮宗石和生父同学汤松，鼓励他改读经济学。

皮宗石早年考入东京帝国大学攻读政治经济学，辛亥革命后回国，与周鲠生、杨端六、任凯南等创办《汉口民国日报》。因反对袁世凯称帝，报社被查封，皮宗石后赴英国伦敦大学攻读经济学，1920年学成回国，应蔡元培邀请，到北京大学法学院任教授兼图书馆馆长。

汤松1915年获美国密歇根大学经济学博士学位后归国，第二年出任改名后的湖南公立商业专门学校首任校长。张敬尧祸湘，汤松积极参与和推动毛泽东等人策划的驱张运动，被撤职并通缉，于1919年夏率商专学生自治会会长易礼容等30多名学生，转入汉口私立明德大学商科。不久，汤松被上海复旦大学聘为教授（侯厚培回忆为"时任上海复旦大学教务长"，但又称当时复旦"教务长为李权时博士",记忆有些不一)。

尽管侯厚培自传中没有明确记载他是什么时候再考复旦的,但从他考取复旦后重读一年级、1923年夏季毕业于复旦,以及复旦1917年增设商科,学制四年等情形来看,他应该是在1919年前后考入复旦的。

前辈皮宗石和汤松鼓励侯厚培直接报考经济学,而不是转读湖南商专,对于他后来的成长至为重要。

在复旦,侯厚培参加了以"研究和宣传改造社会的方法"为宗旨的平民周刊社(后改名"平民学社"),做过第四届总干事;又在汤松教授的推动下,和同学谭天愚等,于1920年冬发起成立湖南合作期成社,研究和提倡合作理论与实践。

几年过后,1927年,蔡元培出任南京国民政府大学院院长等职,招皮宗石赴宁,任国民政府中央法制委员会委员,参与筹建国立广东大学(后改为中山大学)。第二年,蔡元培组建中央研究院,延聘皮宗石前办报同人与好友杨端六出任经济研究所所长、社会科学研究所研究员。

由于皮宗石这一层关系,杨端六将侯厚培招入社会科学研究所,协助自己重点研究中国对外贸易,根据1864—1928年的海关清册,编写《六十五年来中国国际贸易统计》(《侯厚培自传》作《六十五年来中国对外贸易统计》)。

这是中国第一部国际贸易资料集,由蔡元培作序,中央研究院出版,商务印书馆发行,其中绘有图表42幅。

蔡元培在序言中说："以往讨论我国国际贸易之大作大都安于我国税关刊行之贸易统计而申论之。且涉论范围，至为广泛，故其所言，难求详尽。本书独从改良我国国际贸易统计内之货物分类方法入手，故语多详尽"，可谓"一本的新编统计，对于中国六十多年来的国际贸易，大致已可以一览无余"。（杨端六、侯厚培等《六十五年来中国国际贸易统计》，国立中央研究院社会科学研究所·专刊第四号，1931年）

近79年过去，对外经济贸易大学教授贾怀勤在《〈六十五年来中国国际贸易统计〉的历史地位述评》一文中说："杨端六和侯厚培等于1931年出版的《六十五年来中国国际贸易统计》，在中国近代的对外贸易统计研究史上具有重要的地位。一方面，该书是截止到当时唯一一部系统地研究近代中国对外贸易统计的著作；另一方面，整个近代期间研究中国对外贸易统计也只有这本著作。"（《海关与经贸研究》2020年第5期）此为后话，但足见《六十五年来中国国际贸易统计》极具学术价值和史料价值。

侯厚培在中央研究院工作期间，因为此前在清华已工作了五年，按当时凡大学毕业后任职五年以上均可申请半公费前往美国留学的惯例，获得清华每月资助40美元生活费，经在复旦读书时的英语教师甘卜顿夫人推荐，以在职的身份，前往美国圣路易市的乔治·华盛顿大学进修，专攻统计分析和国际金融等，1929年获得经济学硕士学位归国。

此后，侯厚培先是重返中央研究院，兼职参加过财政部钱币局的币制改革。第二年，杨端六受聘为国立武汉大学法学院院长，侯厚培也辞去中央研究院的职务，在实业部辗转多个部门，一度担任实业部国际贸易局专员兼调查主任。

他的工作，为其从事国际贸易研究，提供了不少方便。他继续用力治学，常有论文发表，并同其弟侯厚吉编著了《商业概论》。此外，他受邀参加了中国经济学社和中国统计学会，并应大经济学家马寅初之召，主编《世界经济丛书》。

三

在南京几年丰富的经历，为侯厚培后来被江苏省财政厅厅长赵棣华招致麾下，并于1939年出任国立商业专科学校校长，做了良好的准备。

赵棣华兼任江苏省农民银行总经理，1937年与江苏省银行总经理陆子冬等，在镇江登云山创办江苏银行专科学校，赵棣华为首任校长。这所学校初为培训江苏省银行、农民银行基本行员，虽为省立，却是全国唯一的银行专科学校。侯厚培的留美同学、江苏省农民银行副总经理杨兆熊兼任教务长，讲授会计学。侯厚培因专门学习了货币、银行、金融学科，又有曾在上海商业储蓄银行农业合作贷款部的工作经验，亦以江苏省财政厅秘书，兼农民银行副总经理。

抗战全面爆发，上海、无锡、江阴相继沦陷，镇江告急。江苏银专于1937年10月一度宣布解散，第二月又筹备复校，由原教务主任吴德培负责西迁，经汉口南下，在长沙招生，迁往湖南桃源，后又迁往湖南乾城所里镇（今湘西吉首），租张氏祠堂为新校址，并在附近修整、租赁房舍多处，继续招生，恢复教学。湖南省政府主席张治中将军曾来所里视察，慰问流亡学生，给每人发慰问金两元。

侯厚培作为湘籍银行高管，随银专同行，来到所里。1939年2月，据国民政府教育部令，江苏银行专科学校改名江苏省立商业专科学校，修业年限为两年。是年11月，国民政府教育部又下令改为国立商业专科学校，聘请侯厚培任校长，修业年限改为3年。侯厚培在银行、会计二科外，增设合作金融科。

根据中国第二历史档案馆藏民国政府教育部旧档"全宗号·五"之"卷宗号：2755"记载，时任教育部部长陈立夫签署教育部令："兹聘侯厚培代理国立商业专科学校校长"，时间为1939年11月2日。

此前并无高校管理经验，甚至连高校工作经历都没有的侯厚培，突然被安排主持这样一所国立商专，应该是有原因的——

第一，赵棣华无暇顾及西迁的商专管理工作。南京失陷后，江苏省政府再次改组，第三战区司令长官顾祝同兼任省政府主席，赵棣华留任财政厅厅长。赵向国民党中央献策：在各战区内设直属行政院的经济委员会，配合军事政治需要，统筹发展经济，对敌进行经济作战，首先在第三战区试点。赵受命筹建并主持第三战区经济委员会（首任主任为顾祝同，赵棣华于1940年2月继任），并担任交通银行协理，频繁往返于上饶与重庆之间，为战时中国经济建设奔波。

第二，赵棣华深知侯厚培的商学才干和管理经验。赵棣华早年留学美国，先入伊利诺伊大学，后获美国西北大学商学院硕士学位，归国后一度在高校任教，后弃教从政，1927年冬起任国民党中央组织部统计科主任三年，少不了要跟在中央研究院从事中国对外贸易统计研究的侯厚培打交道。赵主政江苏省财政厅时，侯厚培被推荐到财政厅担任秘书工作，并被安排到江苏省农民银行给赵做副手，负责全行的业务和管理工作，更可见赵棣华对侯厚培是极为赏识的。赵棣华夫人评价赵氏："不仅忠于职责，纯洁廉明，而其简单朴素之风，尤不失书生本色。"书生报国，大公无私，赵棣华推荐侯厚培接替自己，自有可能。

第三，陈立夫与赵棣华曾共事多年，对其信任有加。1933年，国民党CC系代表人物陈立夫为江苏省政府主席，赵棣华任财政厅厅长。五年后，陈立夫出任教育部部长，出身CC系的赵棣华举荐侯厚培接替管理自己创办的商专，陈立夫自会赞同。至于任命书上写着"代理"二字，主要还是侯厚培缺少高校管理经验，暂为试行。

对于自己在国立商专的经历，侯厚培在自传中写道："时各地机关学校西撤，青年职员多数撤往湘西，教育部乃设立国立商业专科学校，以免长期失学，命余担任校长，筹划其事，乃在湘西乾城之所里镇（今吉首）建立校址，容纳失学青年，由吴德培学兄任教务长。"

虽然侯厚培没有说明陈立夫任命他这个新手接掌一所国立高校的原因，但有一点值得注意，那就是让他筹划全局，在乾城所里建校。湘西地处偏远，四省交界，峰峦起伏，自古民风剽悍，经济文化落后，数百年来众多势力纷纷利用险要的山川形势割据一方。虽然20世纪20年代陈渠珍曾平服各路豪强，但作为从千里之外的江苏而来的商专，即使有风雨飘摇、偏安西南的国民政府教育部支持，要想在这里扎根办学，还是需要一个社会资源丰富的人来面对和解决一系列社会问题。

侯厚培虽为长沙人，但其生父侯亦农做过一任乾城县长，在此自有盘根错节的社会关系。侯厚培作为过渡性关键人物，临时建设国立商专，很快在湘西站稳脚跟。

吴德培作为江苏省立银行专科学校的创始人之一和教务主任，一直主持学校教务工作，且为赵棣华留学美国伊利诺伊大学的同学，并担任银专西迁的负责人。他不仅在美国获得经济学硕士学位，还在芝加哥大学、西北大学商学院各做研究一年，担任过中国公学教授、复旦大学工商管理系主任和湖南大学商学系主任,后来又去上海暨南大学工作。赵棣华在镇江创办江苏银专,吴德培第一时间从上海至镇江担任教职。

按理说,赵棣华最该推荐吴德培接任国立商专校长。然而,吴德培是江苏太仓人,在湘西的社会资源,明显不及侯厚培。

侯厚培作为被教育部聘任的国立商业专科学校第一任校长,"到职后锐意整顿校风,延聘优秀教师。他视学生如子弟,关怀备至,常将工资所得资助贫苦学生,受到同学们的爱戴。他品德高尚,廉洁自守,一生不愿做官,热心培育人才"(许康主编《百年名校 商学弦歌——湖南大学商学100年》,湖南大学出版社2011年9月版)。

国立商专1942年8月改为国立商学院,四年后遵教育部令并入国立湖南大学,成为今日湖南大学工商管理学院的前身之一,是为后话。遗憾的是,1940年7月,侯厚培应交通银行董事长钱新之邀请,前往交行任职专员,辞去国立商专校长职务,很快又遇到赵棣华转任交行总经理。赵棣华再次成为侯厚培的上司和同事。

新中国成立前夕,交行总部迁往香港,侯厚培随行,谢绝香港立法会备选委员的邀请,一度侨居美国四年,后回香港建立珠海经济研究所,重新培育现代工商企业急需的商学人才。晚年回到内地,1993年9月8日病逝于广州,享年95岁。

侯厚培在国立商专任职短暂,寥寥九月,其间他利用空闲研究清末至抗战前的币制改革，写成《中国币制改革问题》的小册子，于1940年以国立商业专科学校的名义石印出版。

1932年，时任湖南大学商学系主任吴德培，曾邀侯厚培来校演讲《我国最近国际贸易状况及救济方案》，并在《湖南大学期刊》1932年第7期发表。

1926年，湖南大学定名，侯厚培二弟侯哲庵（原名侯厚先）由汉口明德大学专门部商科"咨送湖南大学"，成为湖南大学第一代商科学子，20年后成为国立商学院并入湖南大学商学院时的合作经济系主任、教授。

新中国成立后，侯厚培三弟侯厚吉也做过几年湖南大学财经学院教授，后因院系调整，调任中南财经学院执教多年。

程瑞霖：国立商学院的首任院长

一

2021年10月6日，岳麓山下。湖南大学工商管理学院以线上线下同步的形式，举行了湖大商学110周年庆典。暨南大学管理学院党委一行，不远千里，来到长沙，前来祝贺，并和湖大工管院同行，一起举办了党组织跨校联建与学科专业协同发展研讨会。

这已经不是两院的第一次交流了。

不仅如此，两校商学之间，曾有着深远的渊源。而这缘分所系，情分所在，源自程瑞霖。

程瑞霖1900年出生于湖北应山县（今广水）城郊程家梨园，他后来回忆说那是"一个很闭塞的乡下地方"（程瑞霖《一个人读书的经验》）。其父在当地是一个有名的秀才，为邑中名儒，精通经史子集。程瑞霖6岁开始随父诵读儒家经典，直到13岁时，才结束私塾教育，考入应山县立中学。

父母望子成龙，对他的学习严格要求，可谓"一锄头便掘一个坑"。他在应山中学刚读了两个月，其父来县城检查他的学业，发现"太松懈了"，"立即逼着"他"把铺盖卷起，一同回去"，又过了三年，才让他考进随州府立中学。

过去的十年，程瑞霖都被父亲逼着居家苦读孔孟文章，故而写得一手好文章，老师、监学和校长都夸赞不已。然而，数学功底差，英文没学过，导致好强的程瑞霖常常天还没亮就"起来燃洋油灯读英文习数学"。

后来程瑞霖因为参加一次学生运动，被学校开除，只好转学到省立武昌中学，从此"下决心好好地读书"，开始接触新学，强烈"反对线装书"和诗词歌赋，甚至将以前的旧稿付之一炬，还"常常和父亲辩解五经四书的价值，古圣古贤的价值"。好在其父开明，称其"狡辩"，一笑而过。

中学四年，他成了一个紧跟时代的激进分子，乐于参加这样那样的会议，而渐渐疏忽了功课，直到考试前夜才挑灯夜战，终于考上了上海中国公学，在大革命时期参加过董必武主持的三民主义研究所。后来，他大学毕业，加入了国民党，也考取了庚子赔款官费生留学英国。

身在英伦，他心系祖国。偶尔参加中国留学生聚会，大家习惯以英语交谈，但程瑞霖坚持说中文，并跟大家说：我们都是中国人，远离祖国，见面为何还说英语呢？在他的带动下，大家日后聚会，改成讲中文，更觉亲切。

这，不是说他的英语不好，而是去国太久而天然形成的爱国情感。他学成归国时，已经获得了伦敦大学政治经济学院的经济学硕士学位。

回国后,他很快被南京国立中央大学、中央政治学校聘为教授,并受国民党中央委托,参与创办并主编《政治评论》周刊,还结合欧美国家政治经济谈论中国社会现状,发表了一系列时评文章。

1935年,程瑞霖任上海国立暨南大学教授,次年任教务长,没过多久,他被任命为任暨南大学商学院院长兼国际贸易系主任。

大家会有疑问:暨南大学不是在广州市吗,怎么又成了上海国立暨南大学?

其实,暨南大学的前身为暨南学堂。光绪三十二年(1906),时任两江总督端方上书光绪帝(应该是实际统治者慈禧太后,此时的光绪帝虽然没有被继续囚于瀛台,甚至常常临朝,但只是摆设在龙椅上的木偶,皇权掌控在慈禧手中),请求允许"南洋各岛及檀香山、旧金山等处侨民"回南京读书,以"宏教泽而系侨情"。经过筹备,暨南学堂校址选在南京薛家巷妙相庵,于1907年3月23日正式开学。辛亥革命后,张勋曾领着"辫子军",运来大炮对着暨南学堂。学堂停办。直至1917年,经过教育界知名人士和海外华侨强烈要求,教育部终于批准恢复暨南学堂,并委派江苏教育司司长黄炎培等筹办,第二年更名为国立暨南学校。1923年,创建大学部,从南京迁到上海真如。1927年6月,郑洪年继任暨南学校校长,力主将商科改为商学院,并在此基础上增加农学院、文哲学院、自然科学院、社会科学院和艺术院五门,将暨南学校扩充为当时唯一的华侨大学——国立暨南大学。太平洋战争爆发后,上海租界被日军占领,暨南大学迁到福建建阳,后来曾迁回上海,新中国成立后暂时停办,直至1958年,在广东省委第一书记陶铸的扶持下,暨南大学得以在广州重建。

时势巨变,无须多言。但有一点,程瑞霖任职暨南大学时,该校确实在沪上。

不仅如此,1937年淞沪会战后,上海沦陷,暨南大学旋即迁入公共租界。校长何炳松因事离沪,校务工作无人主持,时为商学院院长兼总务长的程瑞霖临危受命,代理校长,联络、接济教育界爱国人士。他经常在《中美时报》发表坚持抗战的文章,怒斥汉奸卖国行径。

不仅如此,他还慷慨解囊,帮助郑振铎抢救江南地区珍稀文献。郑振铎曾在日记中专门提到他在购买元明杂剧的剧本时,遇到了许多困难,其中最大的是资金问题。他向程瑞霖告贷。程瑞霖欣然应允,并笑着说:"看你几天没有好睡的情形,我借给你此款吧。"二人约定,半年之后还款,然而程瑞霖始终不曾催促一声。(《为国家保存文化——郑振铎抢救珍稀文献书信日记辑录》,中华书局2016年4月版)

程瑞霖急人所难,友朋对他也是冒死救护。他遭敌伪重金悬赏,循迹缉捕,迫使他数易其名,四处躲藏,甚至随身携带氰化钾,以备不虞之需。他宁死不屈。朋友们极力掩护，助他通过英领事馆逃往香港。后来，他由广州转至重庆，1941年来到湖南乾城所里（今湘西吉首）。

上海沦陷不久，南京保卫战失败。全国唯一的银行类大专学校——江苏银行专科学校被迫西迁，先至湖南桃源，后辗转乾城。1939年2月，国民政府教育部令其改成江苏省商业专科学校，设银行、会计二科，9个月后改为国立商业专科学校，声称保证其办学经费，同时聘请著名学者侯厚培，接替创校校长、时任国民政府主计处主计官、会计局副局长赵棣华，成为全国唯一的独立商科类大专学校的校长。一年后，侯厚培辞任，改由富有商学院管理经验的程瑞霖接掌。

战火纷飞，山河破碎。教育部的改名命令，也是精神鼓励远多于物质支持的一纸空文，并不能实际改变经费短缺、校舍紧张的现状。程瑞霖迅速整顿校务，采取一系列措施，改善教学与生活条件，不断提升教学质量、优化教学设施，推动商专的正常运转和艰难发展。

1941年春，程瑞霖赴重庆国民政府教育部述职途中，了解到因战乱而内迁西南的政府机关、企业银行等，急需大量优秀财经人才。他很快想到，国力商专的人才培养规模和数量，已经严重不能满足国内对商学人才的需求。

他当即向教育部汇报，建议将三年学制的商专改为四年学制的商学院，扩大招生规模，提升商业人才培养的质量。

在程瑞霖的推动和争取下，学校师生成立改院促进会，教育部于1942年8月再次下令，将国立商专升格为国立商学院。程瑞霖首任院长，设会计统计、银行、工商管理、土地经济等四系及计政、合作两个专修科，并增设沅陵分部。在院学生最多时达600余人。

虽然此时商学院的办学条件十分艰苦：简陋的校舍、粗淡的膳食、破旧的衣服、油印的教材和习题册……然而，心怀商学救国的师生，在程瑞霖的带领下，就着黑烟滚滚的油灯夜读，怀着一份中国必胜、日本必败的信念，刻苦学习，奋勇向上。

不幸的是，1943年盛暑，年仅43岁的程瑞霖，与师生一起游泳时，不幸失足没顶，英年早逝，被安葬于湖南所里。

二

程瑞霖担任国立商学院院长期间，积极改革商学教育方式方法，引进优质的商学师资，宁可缩减学院管理开支，也要提高教师待遇，吸引了一批早年留学欧美或在国内自修成才的优秀教授加盟，其中有未曾出过国门、后来成为国立商学院院长的著名国际贸易学家武堉干。

中国起步较晚的商学教育，没有因战乱终止，而是在程瑞霖、张伯琴、武堉干这些优秀商学教育工作者的引领下，日趋正规化、现代化和国际化。

战祸严重戕害国民心灵。民族救亡，已然是近现代中国的当务之急与时代主题。然而，程瑞霖与商学院教师，藏匿于湘西僻壤之地，意图凭借从现代商业发达国家学来的先进商学知识，疗愈学生信心，振奋强国梦想。

他们知道，未来的中国，需要更多的理论联系实际的商学人才，来重建灾后的家国天下。这是教育救国的情怀，也是商学强国的担负。

早在上海执掌国立暨南大学商学院时，程瑞霖就开始探索中国商学院教学的改革。他积极推动课程设置合理化，突出重点课程，提倡研究实践，积累了一系列优秀的商学院教育管理经验。

他接掌国立商专后，为了提高教学效率，在教务上大胆革新，减少不太要紧的课程，再对重要课程进行适当均衡的分配，使课程设置齐全、合理，共设有公共英语、专业英语、经济学、高等经济学、货币银行学、财政学、国际贸易、国际汇兑、投资学、保险学、会计学、土地经济学、农村金融等。为了帮助学生迅速成长，他倡导教师多在校内住宿，加强对学生的课外辅导。

他不但在新生考试时注重学业程度的要求，提高新生质量，还改进考试方法，严格考试纪律。这与1936年黄士衡出任湖南大学校长后，迅速成立考试委员会，邀请省府高官和社会贤达加入，严把学生质量关的举措，可谓异曲同工，不谋而合。这也为战后中国经济的恢复储备了一大批优秀的商业人才。

程瑞霖对商业人才的培养，强调学用结合，注重研究实际问题。他以国立商学院的名义，编印《商学季刊》，引导学生独立研究，鼓励学生积极参加学校的论文竞赛并向专业刊物投稿。这对于提升学生商业理论研究与实践水平，大有裨益。

为了帮助学生提高实践能力，他开办学校银行，为他们创造了学以致用的实习场所，希望学生可以结合银行实习的经历，研究实际生活中的新币制问题。

与此同时，他提倡学生利用寒暑假时间参加社会实践活动，要求学生在通商大埠的各个公司、银行进行实地考察和实习，明确商业学习中的问题以及研究实际问题。

他治学严谨，廉洁奉公，严正律己。身为一校之长，他却与其父订立约定，不给任何亲戚谋求差事的机会。而对于学生的学习、生活和就业，他非常关心，在校期间经常查看学生学习成绩，了解教学效果，并在办学经费紧张的情势下，要求学校财务、后勤及时保障学生的贷金发放与生活环境。

只要有机会前往重庆出差，他都是想方设法，同能源委员会、税务局、银行和企业联系，极力推荐毕业生就业。这为非常时期商学院学生就业解决了很多难题。仅凭这一点，就能看出程瑞霖是一位真正了不起的、关爱学生的杰出教育家。

三

值得一提的是，程瑞霖不但在商学教育领域有着鲜明的革新精神，而且还在学生时代总结出一套很有意义的读书方法。

据他回忆，他最初在英国选择"研究经济学"，是"真想读书"，改变过于沉迷政治的生活状态。但是"中了贪多的毒"，"打算把经济学的各部门都吞下去"。他不希望"自以为很读了几本书，可是一回到中国，遇到爱重'专家'的先生们，问我专的是什么，我简直瞠目无以对！"

他在回忆性文章《一个人读书的经验》中详细回顾了他是如何从一个闭塞落后的乡下人，通过努力读书而实现人生追求的。今日重温其读书经历，学习其读书方法，仍不失研究意义和镜鉴价值——

（一）读书不能照古法——焚膏继晷的方法，虽然是最严格的、确实的，却很容易使学者灵机闭塞。我虽然不能说我幼年所受的严格教育为无用，但我终以为是危险的。我相信：一个蠢材在那种教育方法之下，只有被弄得更蠢。

（二）读书不能躐等——我进中学时，在算学、英文上面吃了很多的亏，便是由于躐等。

（三）读书不能务外——读书不忘救国，救国不忘读书，这都是似是而非之词。青年人最容易接受这种理论。

青年人应该认清楚自己做人的时代程序。读书的时代在前，救国的时代在后。先尽了读书的责任，才能尽救国的责任。救国是如何巨大繁复、幽深曲折的事业，岂是读书未成的学生所能尝试的。在求学时而欲务外，无疑的是误了国又误了自己。

（四）读书不能尚强记——强记等于急水过田一样，来得快，去得也快，绝对不能发生深厚的影响，所以凡是强记以应考试的，一到考试完了，其所学的也完了。而且这一种办法，使得脑筋一时运用过度，失了弛张的正轨，是极有害于脑力的。

（五）读书不可贪多——古人曾说过"务广而荒"，这就是说贪多的毛病。研究的范围大而都能融会贯通，这自然是再好不过的。可是平常的人（不是有特殊天才和体力的人）体力和聪明都有限，还是缩小研究的范围好一些。

不照古法、不能越级、不能务外、不能强记、不可贪多，"五不"读书法，虽为程瑞霖的一家之谈，却可见他接受和传播现代商学，有着扎实的文化功底和科学的读书方法。

为盛于斯

武堉干：土生土长的国际贸易学科创始人

一

麓山南路，嘉树苍苍。

走进湖南大学工商管理学院院门，一楼百余平方米的大厅内，陈列着十尊人物雕像：胡元倓、曹典球、任凯南、黄士衡、胡庶华、程瑞霖、朱剑农、侯厚培、李达……可谓长沙河西大学城内一处标志性室内景点。

其中，有一尊属于武堉干。

很多人会问，武堉干是谁？

对外经济贸易大学校园内传诵着一篇《对外经济贸易大学赋》，其中写道："是故武堉干著《国际贸易概论》，领先一代风气。"

而在湖南大学工商管理学院的武堉干半身雕像上，标注着这样一段话："武堉干（1898—1999），湖南溆浦人，1944年任国立商学院工商管理系主任，1946年任湖南大学商学院院长。"

由此可见，这位在中国贸易史上拥有开创性地位的大先生，与湖大商学有着很深的渊源。

二

与曹典球、胡元倓、任凯南、黄士衡等人不同的是，武堉干没有留学海外的经历，更别说有欧美或日本高校的经济学硕士、博士学位，甚至一生都未曾出国。

他出身贫寒，读书很刻苦，有着一股"一宵值千金，分秒必爱惜"的精神。1913年，武堉干由常德省立第二师范附小考入湖南高等师范附小，4年后因北洋政府调整高师布局，他没有随本校师范类学生并入湖南公立工业专门学校，而是考取了国立武昌商业专门学校。

武昌商专，是民国建立后，由辛亥革命党人王铁公、汤济武、汪济舟于1916年9月在武昌三道街（存古学堂旧址）创办的一所国立商业专门学校。

虽然此时的长沙办有湖南商业专门学校，但属省立，与国立学校相比，在办学经费和发展规模上，还存在着很大的差距。著名的共产党人王明、历史学家翦伯赞，都是从这里走出来的。

在武昌商专读书的四年，武堉干更加发奋。其间，他得到了东方学派思想家钱智修的赏识和指引，对经济学产生了浓厚兴趣，并开始发表论文。他的毕业论文，被曾在湖南商专执教过的武汉大学经济学家、中国商业会计学奠基人杨端六教授推荐发表。

1920年7月,钱智修接替杜亚泉,出任《东方杂志》主编,第二年发表了武堉干的论文《国际版权同盟与中国》,并把武堉干推荐到上海商务印书馆做会计员,1924年将其引入《东方杂志》做编辑。

《东方杂志》为商务印书馆创办的大型综合性杂志,在中国近现代期刊史上影响很大,可谓首屈一指。新文化运动中,以陈独秀为首的《新青年》与以杜亚泉为代表的《东方杂志》之间,展开过一场东西文化论战,至今还是思想文化史上一桩著名的事件和公案。

有了杂志编辑的资源,武堉干在工作之余,悉心著述,先后发表了200多篇有关国际贸易和国际问题的文章,出版了《中国国际贸易史》(商务印书馆1928年版)等专著,还应邀至上海法学院、中央大学商学院(1932年改名为国立上海商学院)讲授国际贸易课程。

很快,中央大学商学院正式聘其为教授,建立国际贸易系,任命他为系主任。他还兼过当时设立于上海的暨南大学等校的国际贸易课程。

研究与教育,互为辅翼,深入推进,这为武堉干由杂志编辑转型为大学教师,打下了坚实的基础,开启了此后长达60年的高校执教生涯。

这位在中国本土成长起来的传奇人物,成为我国国际贸易学科的创始人。

三

1932年7月15日,位于上海公共租界的申报馆,出版发行了《申报月刊》第1卷第1号,发表了武堉干撰写的《六十年来中国商业之发展》。从标题看,是谈论晚清洋务运动以后中国商业的发展情况,而实际内容则是通过对中外贸易的比较,来谈他对中国商业的思考和主张。

当时的中国,外敌凌辱,国内纷争,武堉干毅然决然地利用自己在高校的优势,探寻着中国对外贸易的走向、禁区和底线,写出了一系列优秀的国际贸易专著。

他的代表作《中国国际贸易概论》,由上海商务印书馆于1930年3月出版,多角度分析了中国对外贸易发展的趋势、重要进出口商品及国际货借抵偿问题,进而从对外贸易的国别、国内主要对外商埠、国内航业及外国对华航业、关税制度等方面,深入探究了中国对外贸易的形势。

刘建本、许康主编《国立商学院院史》(中国科学技术出版社2009年4月版)评价:"《中国国际贸易概论》一书分析角度多,论述详尽,特别突出的是统计资料充实。全书附有七十多个各类贸易的统计图表,说服力很强。本书对于研究中国近现代国际贸易史具有很重要的参考价值。"

王云五主编、上海商务印书馆出版的《万有文库》第一集中,收入了武堉干的《中国关税问题》。这是研究晚清至民国年间中国关税问题的重要著作,旗帜鲜明地倡议我国要实行"关税自主"。

此外，他还出版了《鸦片战争史》《中国国际贸易史》《商业地理》《中国国际贸易政策研究》《中国古代交通贸易问题》等，另译有《人口问题》《国际贸易学原理》。

武堉干不仅是一位着力于国际贸易研究和教育的学者型教育家，还是一个思想开明、向往光明的现代知识分子，有着一种中国传统士人的爱国风骨。1927年马日事变发生后，他在上海接济、保护了一批革命者。抗战爆发后，他一度做过中华书局总公司经理兼财务部部长，以及上海信昌洋行杂货部经理。日伪势力对他威逼利诱，被他严词拒绝。1941年，他毅然举家由沪返湘，辗转千里，来到老家。

江苏省立商业专科学校迁至湘西，被教育部改为国立商业专科学校。长沙人侯厚培出任第一任校长，锐意整顿校风，延聘学界名师。武堉干被聘为商专教授。

1942年8月20日，按教育部令，国立商专改为国立商学院，商专时任校长程瑞霖转为商学院首任院长。一年后，程瑞霖不幸溺水身亡，教育部部长陈立夫选择了曾留学英国伦敦大学获经济学硕士学位，但在国内毫无背景的张伯琴接任院长，而武堉干被任命为工商管理系主任兼教务主任。

抗战胜利后，教育部强令国立商学院并入湖南大学，成立湖南大学商学院，曾遭国立商学院学生罢课抵制，但没有成效。张伯琴应聘赴任重庆法商学院教授。武堉干继郭文鹤之后，成为湖大商学院院长，一度兼任过工商管理系主任。

武堉干注重教书与育人相结合，虽然对学生的学习要求十分严格，但在生活上又对他们关怀备至。他在指导学生时，总以商量的口吻，从不武断，也不轻易否定他们的看法，让他们畅所欲言，反复交流。

"活到老，学到老，研究到老；在科研的道路上是没有休止符号的。"武堉干治学素来以严谨著称，著述不经过多次斟酌绝不付梓。为了搜集第一手材料，他不避酷暑严寒，认真查阅资料，经常奔走于各大图书馆，说："要想专下去，必从宽处来。"他不仅从严律己，也常常告诫学生，不可"下笔三行，必有错处"，勉励他们要有"沙里淘金"的耐性，充分掌握第一手资料，拓宽视野，不拘泥于一家之言。

新中国成立后，武堉干重返上海，历任复旦大学、上海财经学院教授兼国际贸易系主任。1954年，调任北京对外贸易学院（对外经济贸易大学前身）教授兼学术委员会委员，担任过中国国际贸易学会顾问等职。1982年1月，83岁高龄的武堉干光荣地加入了中国共产党，实现了自己多年的夙愿。

武堉干成名之后，进入高校从教60余年，教书育人，为祖国建设培养了大批经济贸易人才。他勤奋钻研，著述丰富，是近代中国最早从事国际贸易研究的开拓者之一，被誉为"国际贸易学权威""中国对外贸易史的著名专家"。

1982年，为了适应我国扩大机电产品出口的需要，湖南大学经济管理工程系开始招收工业外贸专业本科生，当时对外以"机械制造管理工程——机电外贸"专业招生，两年后正式以工业外贸专业招生，很快经国家教委批准，作为新办专业列入专业目录，属于工科。1990年，该专业成为我国第一批具有该专业硕士学位授予权的专业点。2000年，湖南大学工商管理学院获国际贸易学博士学位授予权，成为湖南省经济门类的第一个博士点。

改革开放以后，湖南大学才正式设立国际贸易专业，甚至在1986年有首届毕业的学生被武堉干最后所在的对外经济贸易大学录为硕士研究生，而此时的武堉干已进入耄耋之年，没有多少精力切实支持湖南大学国际贸易学科的发展。但是，有一点需要指出，湖南大学有着开设国际贸易课程的传统，最初的基础与武堉干也有着很多联系。

湖南大学国际贸易专业的发展历史迄今已50余年，为中国社会经济发展与国际贸易事业培育了一大批引领时代的优秀人才。

朱剑农：湖大商学史上的红色经济学家

一

第一次在湖南大学工商管理学院一楼大厅看到朱剑农的雕像，我差点把他的名字和历史，跟朱剑凡混淆了。

朱剑凡，中国近现代史上著名的革命教育家。他1902年入选湖南首批官费留日生，东渡日本，成为东京弘文学院速成师范科学员，与黄兴、胡元倓和陈润霖等同学。他们归国后，黄兴投身民主革命，而朱剑凡、胡元倓和陈润霖则以毁家兴学为一生的志业。

胡元倓创办明德学堂，陈润霖创立楚怡小学校，而朱剑凡以私家园林"蜕园"建成周南女子学堂。晚清末年，虽然洋务运动已经推行了数十年，西学东渐，封建纲常思想依然有着一大批卫道士。朱剑凡突破重重藩篱，创建女子学堂，开湖湘先风，培育出向警予、蔡畅、杨开慧等一大批引领时代的优秀女性。

朱剑凡主张教育救国，志在为国育才，培养经济之才，努力践行其"教学要与社会生活相结合，为社会改革和建设服务"的办学方针。为了办好周南女子学堂，出身富家的朱剑凡省吃俭用，拿出十余万银圆办学，受到感染的黄兴也曾襄助其两千元。

尽管朱剑凡与湖大商学并无直接联系，然而，1920年7月，曾在湖南公立高等商业学校读过书的毛泽东，以及湖南公立商业专门学校毕业生彭璜、易礼容等，筹划创办进步团体文化书社时，朱剑凡第一个赞同，并主动成为发起人之一，积极联络长沙城里著名的社会贤达姜济寰、易培基、左学谦、仇鳌等慷慨解囊，成为长沙文化书社的主要资助者。

他反对汤芗铭督湘拥袁称帝，积极参加五四运动，推动声势浩大的驱张运动，追随孙中山筹划北伐战争，担任长沙市市长期间公开声讨蒋介石在"四一二"反政变中的反革命暴行。不仅如此，他还积极参加共产党的活动，旅居上海时，曾主动将自己的寓所作为党的秘密活动场所，甚至在白色恐怖时期，提出了加入党组织的要求。

朱剑凡，这位中国现代女子教育的倡导者、新民主主义的革命者、党的事业的忠诚拥护者，因为党的工作需要而未能成为一名光荣的共产党员。而与他姓名相似、还差点被我混淆的朱剑农，则在大革命低潮时期，面对国民党反动派的血腥镇压，义无反顾地成为中共地下党员。

二

朱剑农成为党组织的一员时，还不到18岁。

他于1910年8月30日出生在安徽旌德县朱旺村的一个农民家庭，在中学时代就积极投身党领导的旌德县农民运动和学生运动。

1927年"四一二"反革命政变发生后，他辗转武汉，结识了共产党人恽代英等，开始阅读马克思主义政治经济学和农业经济学著作。不久回乡，在成志小学任教。1928年春，他加入中国共产党，继续研读马克思主义经济理论，组织县教育事业促进会和平民夜校。

旌德大劣绅、教育局局长江养吾勾结县长吕宝章，疯狂镇压城乡进步小学教师，搜捕教育事业促进会领导成员。

革命形势再度恶化，朱剑农和同乡好友、曾在南昌四眼井参加过朱德主持的军部教育团的朱良桐，一起考入上海私立大陆大学学习。1929年暑期，大陆大学停办，朱良桐先在上海公共租界槟榔路德馨里小学任教员，后与一批进步青年奔赴鄂豫皖苏区，参加了红军队伍。而朱剑农转入私立上海法学院经济系。

在进步教授的指引下，朱剑农系统地学习马克思主义经济理论，研读马列经济学原著，并继续从事革命活动。

1932年1月28日，日本帝国主义发动对上海的进攻，制造了"一·二八"事变。时任上海法学院地下党支部书记朱剑农，积极参加大学生抗日活动，兼任上海大学生联合会主席团成员。他积极发动捐款，组织通讯、运输、救护等，支援十九路军抗战。

上海法学院校园被日军炮火炸毁，被迫迁至杭州复课。朱剑农转往杭州，担任中共中央直属杭州特支书记，积极发展浙江党组织。毕业后，朱剑农回旌德筹集准备赴日费用，由于叛徒出卖被捕，被关进浙江军人监狱。

他在狱中三年，认真研读各派资产阶级经济学。出狱后，他赴日本明治大学留学，研究农村经济，对比研究了中、日两国农村社会经济性质和阶级关系状况，受到日本马克思主义研究先驱、著名经济学家河上肇思想的影响，立志毕生从事马克思主义经济理论研究。

七七事变后，朱剑农弃学归国，奔赴东南抗日战场，在浙江金华、屯溪等地从事战地文化服务工作。为了适应抗战的需要，他深入研究日本帝国主义战时经济问题，在《中苏文化》月刊上连续发表多篇论文，详细分析日本军国主义侵华战争中严重的经济、粮食等方面的问题，并于1939年夏出版了《日寇在侵华战争中能不引起经济崩溃吗？》，有力地揭露了日本帝国主义在经济上内外交困的虚弱本质。

抗战期间，国民政府的财政经济陷入严重困境，受战祸影响的大批农民也失去了赖以生存的土地。社会动荡不安，各地开始探索自救举措，冀图纾解财政困局。傅作义1939年来到绥远后，经济十分困难，为了保证军政人员的军需供应，推进以地籍整理为中心的扶植自耕农运动，为战区增加了一定的财政收入，同时在一定程度上稳定了农村社会。

两年后，国民政府召开多次会议，颁布了一系列扶植自耕农的政策法规。全国14个省82个县中创设了多个试验区，取得了一些成绩。特别是甘肃的湟惠、福建的龙岩以及绥远的后套，成效更为显著。但由于所需费用巨大，且政府态度消极等，这一政策最终没有取得多大的成效。

已在重庆新闻、经济统计单位担任编审、研究人员多年并担任过重庆行政院地政署科长的朱剑农，对于抗战时期大后方的工业、农业、商业和外贸有了深入细致的研究，1944年在重庆中华书局出版了《自耕农扶植问题》，结合19世纪后期欧美资本主义发达国家执行所谓家产制度，企图掩盖农村阶级矛盾的史实，全面剖析了国民党御用土地专家兜售资本主义国家土改理论以及农民银行推行农民购地贷款的虚伪性和欺骗性。他在书中探索了以马列主义观点解决中国农民问题的新路径。

三

朱剑农转型进入高校，从事大学经济学教育，则是1944年夏天，被国立商学院院长张伯琴聘为经济学系教授，讲授农业金融、土地问题等课程。是年，他34岁。

为保证师资质量，当时国立商学院根据教育部颁发的统一大学教师评聘标准聘请教师，1944年新聘教授"均为国内教育学术界知名之士，计有专任教授郭文鹤先生（前西北大学训导长，大夏、复旦等校教授），张辑颜先生（前陇海铁路科长及秘书，湖南大学教授），朱剑农先生（留学日本明治大学，前重庆地政署科长），王学膺先生（留学日本，前湖南大学教员），卢爱知先生（前民国大学经济系主任），专任副教授蔡次薛先生（前湖南省立商专副教授）……济济一堂，殊堪称盛云"（《百年名校 商学弦歌——湖南大学商学110年》，湖南大学出版社2021年11月版）。

当时教育部对教授任职资格的规定有两款，即：任副教授3年以上，著有成绩，并有重要之著作者；具有副教授第一款资格，继续研究或执行专门职业4年以上，有创作或发明，在学术上有重要贡献者。符合其中一款，方可评教授。而所谓副教授第一款资格，即：在国内外大学或研究院所，得有博士学位，或同等学力证书，而成绩优良，并有有价值之著作。

朱剑农虽然成绩卓越，并有重要著作，还具备执行专门职业4年以上的经历，但他既没有副教授的身份，也没有显赫耀眼的学位文凭，他的大专学历是私立上海法学院颁发的，他曾留学日本明治大学却是中途肄业。

此次国立商学院所聘的专任教授中，郭文鹤、张辑颜有教授职称，卢爱知原为私立民国大学经济系主任。即便王学膺此前只是国立湖南大学讲师，但他先是南京中央大学经济系毕业，后入日本东北帝国大学，毕业回国后也是在国防部三厅任科员。

在所聘的五名教授中，朱剑农一无大学教师职称，二无名校毕业文凭，三无高校工作经历，然而，就是这样一个"三无"人士，却被当时唯一的国立商学院打破教育部陈规，聘为专任教授，足见其作为"国内教育学术界知名之士"受聘，完全是因在国内独树一帜的土地经济研究水平而实至名归的。

同时，也可见早年留学英国伦敦大学并获得经济学硕士学位、加盟国立商专—国立商学院之前已是东北大学教授的张伯琴，大胆选聘名士为教授，凸显了唯才是举的用人原则和独特眼光。

朱剑农出版了多部著述，其中《民生主义土地政策》曾在重庆商务印书馆一年半内连续三次出版，而且他还在《时事类编》《经济汇报》《新中华》《东方杂志》《中国农民》等刊物发表了大量经济类文章。

不过，他由于在课堂上公开讲授马列主义经济学，积极支持进步学生运动，很快被国民党当局强令解聘，甚至被特务列入黑名单，后辗转四川大学、安徽大学。

1948年，湖南大学商学院进步学生电邀朱剑农再度来到岳麓山下执教。他没有被国民党反动派黑暗统治的淫威所慑服，而是更加频繁地参加进步学生的活动，举办《资本论》讲座，还和王学膺、胡伊默、戴镦隆、姜运开、陈述元、武埌干等进步教授，有力支持和帮助时为助教的陈学源在湖大开展学生进步运动。

第二年，他作为湖南大学地下党总支统战委员和教职工党支部书记，积极推动长沙和平解放，并出任湖大接管委员会主任委员，协助军代表余志宏等，全面接管国立湖南大学。他们的接管口号是："反封建、反腐败，要改造、要进步，团结起来，建设新湖大。"

两个月后，面貌一新的湖南大学恢复正常教学活动。新湖大的规模得到了再一次扩大，省立克强学院、省立音乐专科学校第一时间并入湖南大学。湖南大学商学院与克强学院商科合并组建湖南大学财经学院，设财政金融系、企业管理系、会计学系、统计学系、合作学系及银行专修科。

在接管过程中，湖南大学对各院系负责人进行了重新调整。是年10月21日，朱剑农被任命为财经学院院长兼工商管理系主任。

朱剑农和同事们参照华北各大专学校课程暂行规定，根据本校实际情况和条件，精简和调整院系课程，废除三民主义课程，增设马列主义课程等，在少而精的原则下，推行商学教育改革，提高教学质量，积极探索社会主义政治经济学教学模式。

此时的湖南大学商科，除了朱剑农外，还会聚了张浑、陈朴、罗章龙、武堉干、汪泽楷等一大批闻名全国的商学名师。经济学和商学院系师生在全校占了较大的比例，学校采取了兼容并包的方针，几位早年参加革命而后由于各种原因脱党的人士、若干刚回国的新锐专家，以及其他知名学者，还有应届毕业生中的拔尖人才，纷纷被罗致到了财经院系，并且赋予重任。

铁打的营盘流水的兵。国家根据"以培养建设人才和师资为重点，发展专门学院，整顿和加强综合大学"的方针，在全国范围内进行院系调整。1953年10月3日，湖南大学财经学院会计、统计、企业管理、财政金融、合作等系师生527人去了武昌中南财政学院。朱剑农也被调任中南财经学院副院长，1957年2月转入中国科学院武汉哲学社会科学研究所任研究员兼副所长，离开了高校。

有"红色经济学家"之誉的朱剑农，从事马克思主义经济学研究50余年，着眼于社会主义所有制、社会主义商品生产和价值规律作用、社会主义农业级差、地租和土壤经济问题等四个方面，深耕细作，著作等身，留下了300多万字的研究成果，是学术界公认的"宽派论"（即主张生产资料也是商品的观点）主要代表者之一。

他在逆境中开拓、于风雨中坚守的红色经济人生，虽然只有12年的高校教学经历，但有一半时间是服务于湖大商学的，他对于新中国成立前后湖南大学商科的发展，留下了继往开来的一笔重彩。

李达：毛泽东"亲点"的湖大校长

一

1947年冬至1948年春，毛泽东三次电示中共华南局，要求护送湖南大学法学院教授李达去解放区。

1948年11月9日，毛泽东通过党的"地下交通"渠道，致函李达说："鹤鸣兄：吾兄系本公司发起人之一，现公司生意兴隆，望速前来参与经营。"

这封信写得很巧妙，将党的事业喻为"公司生意兴隆"，再次郑重地邀请年长自己三岁的"鹤鸣兄"李达速去解放区参加重要工作。

1921年夏，李达作为上海中国共产党早期组织代书记，筹备并作为召集人在上海召开了中共一大，当选为中央局宣传主任，成为中国共产党的主要创始人之一和早期领导人之一。两年后，即1923年秋，他因不满陈独秀的家长制领导作风等缘故自行脱党。时过境迁，25年后，党的最高领导人毛泽东，仍然称其为"本公司发起人之一"，言下之意，不忘历史，确定李达作为中国共产党主要创始人之一的地位。

李达收到密信后，兴奋得彻夜未眠，恨不得插上翅膀，马上飞到解放区。1949年4月16日深夜，李达在华南局有关人员的护送下，摆脱国民党特务严密监视，历经重重艰难险阻，离开长沙，绕道香港，几经辗转，于5月14日安全抵达北平，四天后受到毛泽东等人的热情接待。而在离开长沙前，他还于4月13日、15日两晚，在校给学生们演讲《新民主主义论》，宣传革命理论和党的方针政策。

他在离开长沙前，应中共湖南省工委书记周里、省工委统战工作小组组长兼湖大讲师余志宏之请，通过他熟识的思想倾向进步的省政府顾问方叔章，积极争取新近走马上任的、反对蒋介石独裁打内战的省政府主席程潜，谋求湖南和平解放。深得程潜器重的"智囊"方叔章组局，邀请各方进步人士商讨湖南时局，李达慷慨陈词："颂公（程潜）应当替三千万湖南人民着想，只有走和平的道路。"

程潜获知国民党特务准备抓捕李达的情报，及时派人通知暗示，欣然帮助李达去北平，请李达向毛泽东转达他想走和平起义道路的意愿。李达已深得深谋远虑的程潜的信赖。

电视剧《香山叶正红》第22集重温旧事，主要讲毛、李阔别20余年后的第一次见面。李达顺利抵达北平，全赖程潜资助路费又派人一路相送。毛泽东充分肯定李达此次作为地下党，推进湖南的解放，做了一件功德无量的好事。其中一幕是毛泽东派车去接李达来香山双清别墅叙旧，考虑到他患有胃穿孔的疾病，不宜坐车颠簸，特地安排警卫员将毛泽东平日使用的一把藤椅扎上木棍做成一个简易轿子，将李达抬上了双清别墅。是夜，毛泽东见李达因长途奔波，有些体力不支，特地留他在自己床上过夜。一连串暖心的情景，足见毛泽东对李达的重视。

老友劫后重逢，二人开诚布公。李达主动向毛泽东检讨了他早年脱党的错误。毛泽东批评李达早年离开了党，在政治上摔了一跤，是个很大的损失。他强调，往者不可咎，来者犹可追，充分肯定了老战友、老同事李达20多年来在国统区和沦陷区教书，一直坚持斗争，坚守着马列主义的理论阵地，对于传播马列主义起到了积极的作用。他身在党外，不忘初心，谨终如始地在中华大地播撒马克思主义的思想火种，并结合国情殚精竭虑不惧艰险地进行马克思主义中国化的理论研究，辗转在各地高校师生中传播。

李达参加了中国人民政治协商会议第一届全体会议，当选为全国政协委员。《新湘评论》2018年第16期刊载的《李达："理论界的鲁迅"》中写道："1949年12月，经党中央、毛泽东批准，由刘少奇介绍，他重新加入中国共产党。此后他献身于新中国的教育科学事业，历任北京大学副校长、政务院文化教育委员会副主任，湖南大学、武汉大学等校的校长、一级教授，以及中国哲学会第一任会长等职务。"（执笔：中共湖南省委党史研究室李晓菲；《湖南日报》记者孙敏坚整理）文章中说李达任湖南大学校长之前，担任过北京大学副校长、政务院文化教育委员会副主任。然而，《中国共产党历史系列辞典》（中国中共党史学会组织编纂，中共党史出版社、党建读物出版社2019年10月版）中"政务院文化教育委员会"词条中写道："1949年10月19日，中央人民政府委员会第三次会议任命文化教育委员会的组成人员，郭沫若任主任，马叙伦、陈伯达、陆定一、沈雁冰任副主任。"副主任名单中并没有李达的名字。倒是，1993年5月中国社会出版社出版、何虎生等编著的《中华人民共和国职官志》"政务院文化教育委员会"中标明李达为委员。他同时为政务院法制委员会委员。

李达是否担任过北京大学副校长？北京大学党委原书记王学珍曾经回忆："1949年5月4日，成立了北京大学校务委员会，那时候北大没有校长，只有校务委员会。校务委员会常委会的主席是汤用彤先生，委员会里的人有两个讲师、助教的代表，还有两个学生代表，是我和许世华。"直至1951年5月，马寅初被任命为北大校长，北大才恢复校长职务，4个月后汤用彤改任副校长。也就是说，新中国成立前后一段时间内，北京大学未设校长，只有校务委员会主任汤用彤主持校务，也就没有李达在出任湖南大学校长前，曾任北京大学副校长一说。

还有一种说法，认为李达在出任湖大校长之前，曾任中央政法干部学校副校长。1951年7月20日政务院第94

次政务会议上批准了政务院政法委员会拟定的《关于筹建中央政法干部学校的方案》，三天后的政务会议上，毛泽东作出了创办《中央政治法律干部学校（简称中央政法干校）》的决议，这是全国政法教学战线的最高学府。这个时间点，与李达曾任该校副校长，也有出入。虽然是一个副职，但从该校第一期领导班子成员来看，规格甚高，至少是省部级的建制。中央委派政务院政治法律委员会副主任彭真担任校长，先后任命内务部部长谢觉哉、公安部部长罗瑞卿、司法部部长史良、最高人民法院院长沈钧儒、中央马列主义学院院长杨献珍、政务院政法办公室副主任陶希晋、政治学家张奚若、人民日报社社长吴冷西等为副校长。

但是，李达在北平时，作为中国新法学研究会筹委会常委，于8月9日参与创办了中国新法学研究院。沈钧儒被推举为中国新法学研究院院长，谢觉哉、李达任副院长。沈钧儒、谢觉哉则是新中国成立后首任、第二任最高人民法院院长。

不论李达在京是否担任过职务，都可说明毛泽东主席希望他留在北京工作。然而，年过花甲的李达主动要求回到湖南大学，继续从事高等教育事业，为新中国培养更多的人才。这就有了1949年12月2日，中央人民政府委员会第四次会议上，任命李达为湖南大学校长的决定。

笔者没有找到李达的任命书材料，但从已知的、此次会议上通过的陈毅任上海市市长的任命书来看，任命书皆由毛泽东签发、钤有中华人民共和国中央人民政府之印。中共一大纪念馆中介绍李达情况时，写道："1949年12月，李达被毛泽东任命为湖南大学校长，成为由中央政府最早任命的大学校长之一。"可以说，李达的任命，是毛泽东主席"亲点"的。在这次会议上，还决定了每年10月1日为中华人民共和国国庆日。

1949年12月，经刘少奇介绍，毛泽东和李维汉、张庆孚做历史见证人，党中央特别批准李达为中共正式党员。这是对李达离开党后仍坚持马克思主义事业的历史肯定。

后来每每谈起这件事，李达激动地说："这么多年了，毛主席还没有忘记我。是毛主席的关怀和鼓励，才使我获得了新的政治生命啊！"他意味深长地说："从此我'守寡'的日子终于结束了，我决心为共产主义事业奋斗到底，鞠躬尽瘁，死而后已！"

中央人民政府任命李达任湖大校长，他还未正式上任，便给湖南省临时政府副主席、长沙市军事管制委员会文化接管部部长袁任远写信："早在10月26日，我会见毛主席时曾谈到湖大经费困难的情形，毛主席答应打电话给林彪司令员，设法照顾湖大。"他又找到时任中原人民政府教育部部长潘梓年，获悉主席的指示"已转达湖南方面的同志"。随后，他又去见了当时主持中南局工作的中南军政委员会第一副主席邓子恢，向其陈情，"邓副主席满口答应湖大教员待遇可与武汉大学同等"。

二

李达的这一殊荣,成为湖大人至今的共同骄傲。

而李达给湖大带来的骄傲,不止于此。

一次,他同毛泽东吃饭时,提出两个请求。他转呈新中国成立后湖大第一届学生会主席李传秋的请求信,希望将湖大改名为"毛泽东大学",主席婉言拒绝:"坚决执行党的决议,不得以领导人的名字命名。"

李达又问道:"那能给湖南大学题个校名吗?"

毛泽东欣然答应,随后题写了横、竖排列三款校名,并致函李达:"校名照写如另纸,未知是否合用?我不会写更大的字,你们自己去放大。"(1950年8月20日)

国内许多高校使用毛体字作校名,大多是从毛泽东手迹中集字而成,如武汉大学校名径直取自毛泽东1951年4月29日为烈士陈昌(早期湖南学运和工运领导者之一,曾参加北伐战争、南昌起义,也是毛泽东在湖南第一师范求学时的同窗好友)三女儿、武汉大学三年级学生陈文新回信所用的信封上的手迹。

只有湖大和北大、清华、北师大等为数不多的几所高校,享有主席亲笔题写校名的殊荣。不仅如此,毛泽东还在题写湖南大学校名素笺的横、竖各一款上,画了一个小圆圈,标示他较满意的题字。

这是毛泽东和李达共同留给湖南大学的极其珍贵的有形遗产,使用至今,传之后世。故而,很多湖大人提及新中国成立后湖南大学的首任校长，首先想到的是李达。

事实上，这与历史有些出入。

新中国成立前夕，即1949年9月11日，长沙市军事管制委员会派余志宏为代表，接管国立湖南大学，并组成了600多人参加的接管委员会，10月下旬完成接管工作。省立克强学院、省立音乐专科学校顺利并入湖南大学。

余志宏以湖南大学军代表的身份，兼任秘书长、党支部书记。校长则是著名民主人士易鼎新。

2003年11月出版的《湖南大学校史（公元976—2000）》中提道："1949年10月下旬，湖南大学接管工作完成……湖南省临时人民政府、长沙市军事管制委员会文化接管部重新调整了部门院系负责人。校长易鼎新……社会科学院院长李达……法律系主任李达。"（湖南大学校史编委会编，湖南大学出版社2003年11月版）

这就是说，新中国成立后，新政权任命的湖南大学首任校长是易鼎新，而李达为社会科学院院长兼法律系主任。

为了"发挥集体领导的作用，改变过去校长独揽权力的状况"，专门成立了校务管理委员会。湖南省临时人民政府、长沙市军事管制委员会府教密字第3827号文件，特聘易鼎新兼任校务管理委员会主任，李达为委员。

易鼎新与湖大渊源很深，不但早年曾执教于湖南公立工业专门学校，而且在1926年湖大定名不久即担任教授。其后除两度短暂任职于浙江大学外，长期在湖南大学任职，担任过电机系主任、教务长。1948年11月，他被师生公推为应变委员会主任，领导进步师生储存粮食、维护安全、保管财产和保护历史文物，力保湖南大学完整及师生安全。第二年8月1日，以易鼎新为首的湖南大学教授发表通电，呼吁和平，推动长沙和平解放。

易鼎新为湖南和平解放与湖南大学的平稳过渡，作出了重大贡献。1950年2月17日，李达回到湖南大学，正式接任校长，主持校政，易鼎新改任副校长兼教务长。

校务管理委员会改组为校务委员会，校长李达是校务委员会及其常委会的主席，易鼎新排名紧跟其后。

三

一般认为，李达一生四次与湖南大学结缘，其实是五次与湖南大学血脉相连。

第一次是学生的身份。

1912年，李达考入湖南大学前身之一的湖南高等实业学堂（同年改名为湖南公立高等工业学校），读了两个月后，转入在岳麓书院办学的湖南高等师范学校理科。他在此读书时间不长，但是受俄国十月革命胜利的影响，偷偷阅读马克思主义书籍，最终放弃理科专业，不久后考取了湖南留日官费生，师从日本著名马克思主义学者河上肇。年轻的李达在"科学救国""实业救国"的幻想破灭之后，转而钻研马克思主义理论，立志用马克思主义哲学认识和改造中国社会，回答"中国向何处去"这个时代问题，逐渐成长为一名马克思主义的笃信者、探索者和实践者。五年后，李达作为中华留日学生救国团主要成员回到北京，参与组织反日游行示威活动。五四运动后，他致力于研究、宣传马克思主义。他参加发起组建中国共产党，创办了党的第一家出版机构——人民出版社，出版了《马克思全书》3种、《列宁全书》5种及其他共产主义丛书15种，对在中华大地上广泛传播马克思主义，加强初创时期党的思想理论建设和启发群众觉悟起了重要作用。

第二次为法科教授。

1923年，33岁的李达应湖南公立法政专门学校校长李希贤邀请，出任法专学监和教授，讲授新社会学。1926年2月，湖南法专、工专、商专合并成立湖南大学，李达继续担任教授兼学监，教授唯物史观和科学社会主义。

李达没有直接在湖大商学体系中任职，但他对于湖大商学的发展，具有很大的影响。1926年湖南大学定名之初，行政委员会委员长李待琛在开学典礼上，就旗帜鲜明地提出"独立自由研究"方针，身为法科教授的马克思主义者李达，同时为法、商两科学生讲授社会学。也就是说，李达曾在湖大商学体系任教，担负着教书育人的使命。

初时，法科仍在戥子桥法专校区，而商科暂设落星田商专旧址，相距数里。唯理、工二科读于岳麓书院的工专校址，即后来的湖大一院。学校拨款五万元，新建校舍作为二院。现在湖大校园内，有一处国务院2013年3月5

日公布的全国重点文物保护单位：湖南大学早期建筑群，其中"湖南大学二院"为当时著名建筑教育家刘敦桢教授于1925年设计建造、第二年11月竣工使用，年底商、法二科迁入，作为共用校舍，为李达执教于商科避免了舟车劳顿之苦。

遗憾的是，1927年4月，因第一次大革命形势逆转，省府当局下令，将湖南大学改名湖南工科大学，唯留理、工二科，法、商二科并入长沙（第四）中山大学。很快，反动军官许克祥在长沙发动反革命叛乱马日事变，以陈独秀为首的中共中央对此束手无策，中共湖南党组织和革命力量遭受严重打击，李达痛感中国革命的理论准备严重不足，于是离开湖南，担任过国民革命军中央军事政治学校代理政治总教官、国民革命军总司令部政治部编审委员会主席及武汉图书馆馆长。其后辗转在武昌中山大学、上海法政学院、上海暨南大学、北平大学、中国大学、朝阳大学、广西大学、广东中山大学等校任教，传播马克思主义。

虽然他暂时离开了湖南大学，但他翻译了大量马克思主义经济学论著，撰写了中国第一部马克思主义经济学教科书《经济学大纲》、第一部系统阐述马克思主义货币理论的专著《货币学概论》等重要经济学著作，对马克思主义经济学理论进行了深入探索，在不同程度上对于后来恢复的湖南大学商学系、政治经济系的师生产生了深刻影响。

李达提倡用科学的历史观点研究解释经济，并明确提出了"广义经济学"的主张，即用"历史唯物论指导经济学去研究各种社会经济构造的各种历史的特殊发展法则"（《社会学大纲》），建立既把握经济进化的一般法则又反映中国经济的特殊发展法则、能够指导中国经济改造的"普遍与特殊之统一的理论"。这是马克思主义经济学中国化的重大成果，也是他所开拓的唯物史观中国化的经济学向度的集中体现。

他在1939年的第四版序言中写道："中国社会已经跃进了伟大的飞跃的时代，我无数同胞都正在壮烈的牺牲着，英勇的斗争着，用自己的血和肉，推动着这个大飞跃的实现，创造着这个大时代的历史。这真是有史以来空前的大奇迹！可是，战士们为要有效的进行斗争的工作，完成民族解放的大业，就必须用科学的宇宙观和历史观，把精神武装起来，用科学的方法去认识新生的社会现象，去解决实践中所遭遇的新问题，借以指导我们的实践。这一部《社会学大纲》是确能帮助我们建立科学的宇宙观和历史观，并锻炼知识的和行动的方法的。因此，我特把这书推荐于战士们之前。"

第三次是法学院教授。

1941年，由于蒋介石明里暗里推行反共政策，民国政府教育部勒令广东中山大学将李达解聘，他不得不回家乡零陵困居，历时五年有余。直至1947年2月，在湖南党组织的协助下，湖南大学法学院院长李祖荫敢冒风险，在国共两党斗争的高潮中，毅然聘请李达为法学院教授。

长沙解放前夕，军警宪特横行，局势非常紧张。国民党反动当局严禁李达在学校宣传马克思主义，提出"四不准"要求：不准参加政治活动，不准公开发表演讲，不准私自在家接见学生，不准教授哲学和社会学。然而，李达仍然巧妙地通过讲堂向师生宣传马克思主义理论，成为学校中进步力量的中心人物，身边总是聚集着一大批进步学生，许多人在他的引导下坚定地走上了革命的道路。国民党湖南省政府特种汇报上，曾有文称"共产党的学生运动，湖南大学是大本营，李达、伍薏农等是领导核心"。

1948年11月，李达受中共地下党的委托，以大量细致的工作，影响和帮助李祖荫院长接受省长程潜的邀请，出任省教育厅厅长，积极参与湖南和平解放活动，尽力保护进步师生，营救被捕学生出狱，抵制国民党反动措施，拒不执行白崇禧把教育厅和某些学校撤离长沙的命令，为成功促成程潜起义，实现湖南和平解放和保护湖南教育事业创造了积极的条件。

第四次就是出任湖大校长。

李达作为中央人民政府直接任命的湖大校长，在湖南大学主政近三年。当时正值新中国大学改造起步阶段，其为人民办大学的教育思想也在改造旧湖大、建设新湖大的实践中逐渐形成。

1951年，毛泽东重新发表《实践论》，李达组织数千师生在爱晚亭、赫曦台进行辅导学习，并利用晚上和休息时间撰写《〈实践论〉解说》，受到了毛泽东的赞赏。

毛泽东审定《〈实践论〉解说》部分内容后，评价道："这个《解说》极好，对于用通俗的语言宣传唯物论有很大的作用。"随后，李达又写出了《〈矛盾论〉解说》。两本书稿的内容先后在《新建设》上发表，又分别以单行本在三联书店出版。

李达曾立志把湖南大学建成中国头部大学，并为之奋斗，在全国范围内招揽一流教师。1950年，李达得知大连大学院系调整，时任校长兼党委书记、曾于1925年在长沙听过他讲座的湖南工专学生吕振羽的工作可能发生异动，立即致函吕振羽："你如果离开大连大学，就同我去办湖南大学如何？湖大现有文教、社会、财经、自然、工程、农业六院二十五系，学生两千余人（在中南六省大学中，学生最多）……只要你我去加强领导，稳可以把湖大办好，不难赶上北大和清华。"但由于种种原因未能如愿，吕振羽第二年调任东北人民政府文化教育委员会副主任兼东北人民大学（吉林大学）校长、党委书记。

李达校长带领全校师生员工，经过三年多的艰苦努力，使湖大无论在形式上和实质上都初步走上了轨道，面貌焕然一新。1952年，全国开始高校院系调整。11月，中央人民政府政务院第19次会议任命李达为武汉大学校长。中南教育部决定撤销湖南大学，成立中南土木建筑学院和湖南师范学院。第二年2月，李达再次离湘。

第五次是复校的筹委会主任委员。

在武汉大学主持工作的李达，仍然十分关心湖南大学的复校工作。

时任湖南省委常委、省委宣传部部长的朱凡兼任湖南大学校长，负责长沙地区高校调整任务。李达多次与朱凡联系。朱凡在日记中写道：李达曾经在武汉大学对他说过："我是要回湖南，回岳麓山的，你能把湖大恢复起来，我把图书给你。"

朱凡后来回忆说，当年对湖大恢复工作支持最大的有三个人：北京大学陆平书记、清华大学蒋南翔校长和武汉大学李达校长。

1956年，湖南省委、省政府决定恢复湖南大学，并决定首先在中南土建学院基础上成立湖南工学院，再以湖南工学院为基础逐步恢复湖南大学。同年3月，李达专程来到湖南，与湖大校领导、教授以及湖南省委领导多次座谈，对如何办好湖大提出了很多具体建议。

1958年6月12日，湖南省人民委员会第27次会议任命李达为湖南大学筹备委员会主任委员。第二年7月18日，全校师生员工4000余人在大礼堂举行大会，宣布湖南大学恢复。新恢复的湖南大学成为一所新型的以工为主的理、工、文综合性大学。甚至可以说，正是因为李达对湖南大学的心有牵挂，几经努力，湖南大学才能够在被调整6年后迅速得以"恢复"。

就在李达被任命为湖南大学筹备委员会主任委员的前一天，即6月11日，朱凡到武大找李达，谈及恢复湖大困难最大的是缺教师，请求武大支援：一是分配应届优秀毕业生给湖大，二是动员老湖大的教师返校任教。李达表示积极支持。

第二年夏，朱凡再次到武大找李达，谈及一些系所缺乏骨干教师和学术带头人，请求武大动员一些骨干教师到湖大任教。李达当即答应，并多次做工作，陆续物色了十余人到湖大工作，成为教学的一支主力军。

李达对湖大的情意，让朱凡动情地说："我有毛主席（题写的）这个匾，一定要把湖大办好。条件再差，困难再多，也要把湖大办起来！"

李达的历史功绩，镌刻于青史，铭记于湖南大学每一位后来人的心底。新闻与传播学院曾设有李达实验班；马克思主义学院创办了李达研究中心；工商管理学院一楼大厅敬立的十尊湖大商学人物群像，亦以李达领衔，无出其右者。

四

在毛泽东的心里，一直认为李达是"理论界的鲁迅"，而且他们之间的联系非常紧密。

1922年11月，李达接受毛泽东的邀请，到长沙一起筹备创办湖南自修大学，并担任校长，毛泽东任教务主任，一同主编了机关刊物《新时代》创刊号。这是一所传播马克思主义和培养革命干部的学校。

即便李达与陈独秀在国共合作问题上发生分歧，自行离开党组织，毛泽东、周恩来等仍然重视与李达的联系与合作，依然将他视作自己的战友，不时给他安排工作——

1927年春，毛泽东在武昌创办中央农民运动讲习所，培育革命干部，他力邀李达给学员们讲授社会科学概论。

大革命期间，李达受毛泽东委托，在武汉做唐生智的统战工作。李达不辱使命，把唐生智争取了过来。二人回到长沙后，筹办了国民党省党校，唐生智任校长、李达任教育长。这所学校，名义上是国民党开办的，但实际上为我党培养了不少政治干部，为后来的土地革命奠定了胜利的基础。

在土地革命和抗日战争时期，李达辗转在血雨腥风的国民党统治区和日寇占领区，受尽颠沛流离之苦，义无反顾地坚持系统地研究马克思主义理论和中国革命，出版了一大批关于中国革命的论著。

1937年5月，李达在上海出版《社会学大纲》，给毛泽东寄了一本。毛泽东反复认真仔细地阅读该书，并做了详细的眉批。毛泽东认为这是"中国人自己写的第一本马克思主义哲学教科书"，把它推荐给延安哲学研究会和抗日军政大学，并在一次干部会议上说："李达同志给我寄了一本《社会学大纲》，我已经看了十遍。我写信让他再寄十本来，你们也可以看看。"他称赞李达是"真正的人"。

8月14日，毛泽东为促成抗日民族统一战线，一天写了7封信，除了分别致韩复榘、张自忠、刘汝明、宋哲元、宋子文、傅作义等6名国民党高官外，还专门在给新近获悉停留上海做工运的老友易礼容的信中询问"李鹤鸣王会悟夫妇与兄尚有联系否"，并说"我读了李之译著，甚表同情，有便乞为致意，能建立友谊通信联系更好"，希望易礼容能帮助让他联系上李达、王会悟夫妇，携手"发展一个有益于国有益于民的集体力量"（《毛泽东书信选集·致易礼容》，中央文献出版社2003年11月版）。

劫后新生，老友重逢，联系更加紧密。1956年7月，时任武汉大学校长的李达去看望在武昌东湖宾馆下榻的毛泽东，毛泽东在武汉当面评价李达说："我看你是黑旋风李逵。但你可比他李逵还厉害，他只有两板斧，而你李达却有三板斧。你既有李逵之大义、大勇，还比他多一个大智。你从五四时期传播马克思主义算起，到全国解放，都是理论界的'黑旋风'。胡适、梁启超、张东荪、江亢虎这些'大人物'，没有一个没挨过你的'板斧'！"

他的《经济学大纲》，曾是新中国成立后很长一段时间内大学普遍采用的政治经济学教材。

当然，李达的马克思主义研究，不局限于经济学方面，他在哲学、政治学、史学、法学、社会学、教育学等众多领域，都取得了开创性的成就，实现了对马克思主义理论的整体探索和综合创新，他是中国马克思主义史上一位百科全书式的名家大师。他不但写出了《社会学大纲》《经济学大纲》《货币学概论》等重要作品，而且著述的《现代社会学》《〈实践论〉解说》《〈矛盾论〉解说》《社会进化史》《法理学大纲》《唯物辩证法大纲》等著作，都是中国马克思主义史上的经典著作。甚至可以说，他是最早把马克思主义基本原理和中国具体实际相结合、同中华优秀传统文化相结合的探索者与践行者之一。

谢觉哉：能多做事即心安

一

在共和国的组织机构设置史上，曾有一个职务——内务部部长——于今天的读者而言还是很陌生的。

1949年10月新中国成立后，中央人民政府为最高行政机关，政务院为国家政务的最高执行机关。政法、财经、文教和监察四大委员会之后，内务部位列各部、会、院、署、行等30个机构之首，政务院总理周恩来兼掌的外交部紧跟其后，真可谓第一大部。

当时的内务部，署名中央人民政府内务部，1954年改为中华人民共和国内务部，1969年撤销。它负责全国范围内的民政、户籍、救济、社会等方面工作。从它的工作范围来看，它是民政部的前身。

其首任部长，不论设立之初，还是改名之后，都是长沙宁乡人谢觉哉。

谢觉哉主持部务工作，推行"民主建政"方针，曾引起部分人的抵触，批评内务部工作长期以来存在着"指导思想上的错误"。在1954年召开的第三次全国民政会议上，有人提出拆分内务部，组建民政部、人事部、劳动部、复转军人部等，毛泽东主席说："分部可以，分三个部，分五个部都行，但都要谢老你当部长。"

此事因此作罢。谢觉哉的"民主建政"思想，不但在内务部继续贯彻，而且到了第四次全国民政会议上还被大家热议。

二

谢觉哉曾是中国历史上最后一届秀才，他也曾经有过商业救国的理想。

清宣统三年（1911），武冈人刘希刚自日本东京商业学校毕业归来，接受湖南省巡抚衙门的委任，在长沙荷花池的求忠学堂校址，用学堂校款开办湖南商业教员养成所。这是湖南大学工商管理学院的前身。湖大商学由此肇建，首倡湖湘商科分立，引领中国商学新风尚。

27岁的谢觉哉，通过宁乡县推荐，来到养成所学习。养成所旨在培养湖南商科师资力量，修业年限为1—3年不等，带有速成性质。谢觉哉在这里读了两年多，经历了养成所于民国元年改名湖南公立高等商业学校。

他曾于1905年考中末科秀才。虽然当年科考废止，但他的求知路并没有戛然而止，而是努力寻求学习新知识，冀改变"十数年笔舞墨歌，赢得一张倒票；两三月打躬作揖，赚来几串现钱"的腐儒生存状态，在湖南新式商业学校接受了"高等教育"(《奏定学堂章程》)。

1913年,他从湖南公立高等商业学校毕业后,回到老家的云山学校任教,和姜梦周、王凌波推行教育改革,带领学生们积极学习新思想,同时走出校园进行社会实践,体会民众疾苦。他还积极响应五四运动,创办《宁乡旬刊》,宣传进步思想。

此时的谢觉哉,已届而立之年,且娶妻生子十多年(据谢觉哉儿子谢飞导演在《我的父亲谢觉哉》中回忆,"1899年,年仅15岁的父亲与近20岁的何敦秀结婚"),由于种种原因,他并未延续最初商学救国的梦想,而是选择了寻求改造社会的革命道路。

然而,谢觉哉选择学习现代商学,对他以开放的视野看社会,最后追寻红色革命,造福人类,起到了一定的启蒙作用。1920年,他应何叔衡之邀,担任《湖南通俗报》主编。该报被查封后,他来到湖南省立第一师范附属小学任教,协助毛泽东、何叔衡创办平民夜校、工人夜校。

三

作为湖南高等商科第一代优秀学员的谢觉哉,虽然最后没有成为中国现代化转型中的商学精英,但为中国社会的独立自强贡献了一生。

1921年元旦,他经周世钊、何叔衡、毛泽东介绍,参加了新民学会。他说:"欲改造地方,须先造舆论;欲舆论正确,须先养成学者;当纠纷之际,现状复杂,利害混淆,尤非学者莫为力。"

人到中年的谢觉哉,和毛泽东这些"激扬文字"的年轻人一同讨论改造社会的方法,为积弱积贫又军阀混战的中国寻找出路。很快,他们将新民学会的宗旨由民主主义转向了马克思主义。谢觉哉走上了接受马克思主义的道路,参与推动马克思主义在长沙的传播,兴起热潮。他在日记中写道:"今天师范同学会开常年大会,并欢送赴俄的夏曦……润之说:'从前学校是没主义的,所标的主义又不正确,结果是盲撞瞎说,闹不出什么名堂。我们总要为有主义的进行。'"

救国的初心不渝,只是由推动商学转向了社会改造。他加入中国共产党的时间,与他的老乡兼好友、中共一大代表何叔衡相比,稍微晚些(1925年),不过,入党前他已经开始主编共产党刊物,曾一度主编党中央机关刊物《红旗》。他和何叔衡一样,都是由晚清秀才转变为坚定的马克思主义者。

1933年,谢觉哉进入中央苏区,担任中华苏维埃共和国临时中央政府和毛泽东主席的秘书,第二年出任中央工农民主政府秘书长兼内务部部长。这段经历为谢觉哉在新中国成立后主政内务部,预设了前因。在实际工作中,他丝毫没有老秀才的自负,而是谦虚谨慎。某次因为撰写的一篇通知被毛泽东修改得面目全非,他就主动向年少自己近十岁的毛泽东虚心请教,不惜重头再学,总结自己疏忽的细节问题，还跟着毛泽东扑下身子深入基层走访调查。

是年10月，中央革命根据地第五次反"围剿"失败，中央红军被迫进行战略转移，年届五十的谢觉哉跟随战友们一起参加了艰苦卓绝的长征，成为"长征四老"中的第二老，靠着一副铁脚板走到了延安，又成了著名的"延安五老"之一。

当时，他是中华苏维埃共和国临时中央政府秘书长兼内务部部长。他被编在中央红军干部休养连，但处处以身作则，给年轻战士做榜样。万里长征途中，他曾身患疟疾，高烧不退，但只要部队出发令下达，他便毫不犹豫地爬起来，咬着牙跟着队伍出发。

他把随身携带的"中华苏维埃共和国内务部"印章，视作红色政权的一个象征。不管前途多么艰难，他总认为将来还用得着。过草地时，他不顾身体虚弱，就是把唯一的御寒的毯子扔掉，也要将印章始终保存着。在他心里，这是责任，是使命，也是信念和希望，所以，他把这方小小的印章看得比生命更重要。

"长征四老"与"延安五老"，是对谢觉哉等老一辈无产阶级革命家的一种尊称，而他们的坚定信仰、坚毅品质、崇高风范，成为我们今天乃至将来都应该传承的长征精神、延安精神的一块"金字招牌"。

此后的谢觉哉，依然忘我工作，为红色革命事业殚精竭虑。人们称赞他："为党献身常汲汲，与民谋利更孜孜。"

当他随中央红军转战陕北后，身上的担子更重了，被任命以司法部部长代理最高法院院长和审计委员会主席、中央党校副校长等,还在1940年主持陕甘宁边区政府的日常工作。他发起了一次"坚决反对侵犯群众利益"的教育运动,号召延安的党政机关,把加强群众工作、尊重群众利益列入党的工作日程,与任何侵犯群众利益的人和事作坚决斗争。

他把先贤范仲淹写给家乡湖南的《岳阳楼记》的忧乐精神,带到了陕北,激励共产党员们要"先天下之忧而忧,后天下之乐而乐",应该为全体敢于牺牲个人,为将来敢于牺牲现在;应该站最危险的岗位,过最痛苦最辛苦的生活。他认为,共产党是为了创造全社会的幸福生活,"没有这种精神,不够为共产党员;没有足够的这种精神的党员,共产主义的革命不会成功的"。为了革命的成功,为了国家的独立,为了给人民谋幸福,他全然不顾个人的安危,毅然投身革命斗争的第一线,始终保持着先忧后乐的精神,心里时刻装着老百姓。

新中国成立后,他成为内务部部长,老家的儿女给他写信,希望得到他的照顾,不意等来了他的一首诗:"你们说我做大官,我官好比周老倌。起得早来眠得晚,能多做事即心安。"他把身为高级干部的自己,通俗地比喻为过去同村的一位老雇农周老倌,起早贪黑,勤恳劳作,心安理得,而不会因为革命的成功而荫护家人。

不论是主持内务部,还是担任最高人民法院院长,或为全国政协副主席和中央委员,谢觉哉始终不图私利,艰苦朴素，廉洁奉公，实事求是，一心想着为党和人民多做事。

1958年，时年74岁的谢觉哉辞去内务部部长职务，准备离休。中央安排董必武担任国家副主席，同时推荐谢觉哉接任最高人民法院院长。谢觉哉说："做这个工作，我是勉强的，本来应该退休的人了，但党让我接替董老的手干下来，我想干就要干得好。"

谢觉哉前半生投身革命、寻路中国，在马克思主义的指引下，"老骥伏枥，志在千里"。年届六旬之后，他参与中国肇新，积极探索新法制之路，成为新中国司法的奠基人之一，忘我无私，更是"烈士暮年，壮心不已"。

谢觉哉把全心全意为党、为国家和人民干实事做好事，当作参加革命后的人生追求，潜在地影响着身边的家人。2015年，谢飞整理其父谢觉哉20世纪20—60年代的115封家书，汇编成《谢觉哉家书》，公开出版，展现了谢觉哉良好的家风："不但要经受艰难环境的考验，而且要到生死关头去经受考验"，在革命工作中要坚持"不惧、会想、能群、守纪、勤学、强身"。谢飞在前言中这样描述道："我父亲一直告诫我们做人、做事、做官，要清清白白，一定要做正确的人、正确的事。"

毛泽东最初立志"学成一个商业专家"

为于盛斯

"孩儿立志出乡关,学不成名誓不还。埋骨何须桑梓地,人生无处不青山。"这是1910年秋,毛泽东考入湖南湘乡县立东山高等小学堂,离开当时闭塞的韶山冲时,赠给父亲毛顺生的一首《七绝·改西乡隆盛诗赠父亲》(又名《七绝·呈父亲》)。该诗是毛泽东根据日本明治维新时期著名政治活动家西乡隆盛借自月性和尚用以自勉的一首诗略加修改而成,表达了他远大的志向。

东山学堂原名东山精舍,是一所早期的新式学堂。当时,毛父决定送毛泽东去湘潭一家米店当学徒,毛泽东并未反对,甚至"觉得这也许是有意思的事"(埃德加·斯诺《西行漫记》第四篇"一个共产党员的由来")。就在这时,一个表兄跟他讲起了东山学堂,说那是"一个非常新式的学堂",在那里"能够学到自然科学和西学的新学科"。于是毛泽东托朋友们跟毛父说:"这种'先进的'教育可以增加我赚钱的本领。"读书能赚大钱,促使毛父最后同意了他进入东山学堂。

东山学堂专门从上海等地订阅新式报刊供学生阅览。毛泽东经常一个人躲在学校的藏书楼里翻阅各种书刊,特别喜欢阅读梁启超编的《新民丛报》。可以说，东山高等小学堂为毛泽东打开了认知中国与世界的全新窗口。

遗憾的是，东山学堂是湘乡人办的，很排外。即便毛泽东母亲是湘乡人，但人家因为他本人不是湘乡人而不喜欢他，甚至湘乡人内部也分成上、中、下三里，经常因为地域观念而械斗不休、势不两立。他保持中立也遭到"三派看不起"，使他"精神上感到很压抑"。（《西行漫记·一个共产党员的由来》）

在压抑的环境中是无法正常完成学业的。1911年春，他请东山学堂老师推荐，考入了湘乡驻省中学。18岁的他来到长沙，第一次看到了省城的抚台衙门，第一次读到了宣扬民族革命的报纸《民力报》，也从报纸上了解了"一个名叫黄兴的湖南人领导的广州反清起义和七十二烈士殉难的消息"（《西行漫记·一个共产党员的由来》）。

丰富的社会资讯，帮助毛泽东由一个充满抱负的乡间少年开始向壮怀激烈的青年知识分子转变。选择，成为此一时期他的第一要务。

他当了半年兵，从鼓吹革命的《湘江日报》上"第一次知道了社会主义这个名词"。南北和谈，孙中山与袁世凯达成了和议，毛泽东以为革命已经结束，便退出军队，决定回到书本上去。

于是，喜欢看报纸的他，开始寻找适合自己的学校，什么警察学堂、肥皂学校、法政学堂，他都积极交了一元钱报名。

为于盛斯

"命运再一次插手进来,这一次采取的形式是一则商业学堂的广告。另外一位朋友劝告我,说国家现在处于经济战争之中,当前最需要的人才是能建设国家经济的经济学家。他的议论打动了我,我又向这个商业中学付了一元钱的报名费。我真的参加考试而且被录取了。可是我还继续注意广告。有一天我读到一则把一所公立高级商业学校说得天花乱坠的广告。它是政府办的,设有很多课程,而且我听说它的教员都是非常有才能的人。我决定最好能在那里学成一个商业专家,就付了一块钱报名,然后把我的决定写信告诉父亲。他听了很高兴。我父亲很容易理解善于经商的好处。我进了这个学校,但是只住了一个月。"

这是美国著名记者埃德加·斯诺的《西行漫记》第四篇"一个共产党员的由来"之二"在长沙的日子"中的一段文字。1936年6月至10月,斯诺深入延安采访,笔录毛泽东长篇谈话。《西行漫记》,原名《红星照耀中国》,1937年、1938年分别在英国、美国出版。

然而,因为毛泽东并未明示他读的是哪一所商业学校,加之大家都知道毛泽东为湖南一师校友[《毛泽东早期文稿》附"毛泽东生平大事简表"中写道:"1913年春,考入湖南省立第四师范,读预科。1914年春,四师合并于湖南省立第一师范学校,由于四师是春季始业,一师是秋季始业,因此重读预科半年。秋,编入一师本科第八班。"(《毛泽东早期文稿》,湖南人民出版社2013年11月第3版)],所以对于毛泽东最初立志"学成一个商业专家",

是完全疏忽的。

当然,他在就读商业学校之前,"改变了投考警校的念头,决定去做一个肥皂制造家",因为肥皂学校的广告"很吸引人,鼓舞人",说"制造肥皂对社会大有好处,可以福国利民"。但是,他只交了一元钱的报名费,很快改变了主意,还是入商业学校学习。

我所读到的《西行漫记》,是 1979 年 12 月生活・读书・新知三联书店出版的董乐山译本,前面还有一篇胡愈之所写的"中文重译本序"。1938 年 2 月,胡愈之在国内最早看到斯诺这本书的英译本,及时组织人员翻译,在上海以复社名义推出中译本。

胡愈之在重译本序言中,转述了斯诺为中译本《西行漫记》初版所写的序言中的话:"从字面上讲起来,这一本书是我写的,这是真的。可是从最实际主义的意义来讲,这些故事却是中国革命青年们所创造,所写下的。……毛泽东……所作的长篇谈话,用春水一般清澈的言辞,解释中国革命的原因和目的。"

斯诺在延安实地采访过毛泽东。胡愈之当时不在延安,但他后来在周恩来的指导下参加新政协的筹办工作,首任共和国出版总署署长,对毛泽东也是熟悉的。另外,毛泽东也评价这本书是外国人报道中国人民革命的最成功的著作之一!

可以说,这本书是得到了当事人的认可、出版家的肯定的。其中对于毛泽东曾报名就读于"一所公立高级商业学校"的那段历史，是有共识的。

"一所公立高级商业学校"的具体所指

毛泽东报考的"一所公立高级商业学校"，并在那里"住了一个月"，具体是哪一所商业学校呢？

由于时间久远，又经历频仍战火、多场运动、地址搬迁以及报纸停刊等，今日所能找到的史料，也就是《湖湘文库》中所收入的部分《长沙日报》。加之，《长沙日报》因坚持反袁（世凯）立场，于1913年底被封，1916年秋季恢复，1917年7月又因报社被大火焚毁而停刊。

残存的《长沙日报》份数不多，但从其1912年所登的招生广告或相关告示来看，当时长沙城内至少有5所商业学校同时存在，即：富训商业学校（3月9日）、南云中等商业学校（3月29日）、湖南公立第一中等商业体育专修学校（4月23、28日）和湖南公立高等商业学校（12月14、15、20日），以及胡元倓创建的私立明德学校的中等商业科（3月3日）。

根据《西行漫记》中毛泽东叙说的几个关键词"公立""高级""商业学校""政府办的"加以对照，上文所提到的南云中等商业学校、湖南公立第一中等商业体育专修学校、明德学校中等商业科，明显不符合。

明德学校创办于1903年，也办有明德大学高等商科，但明德大学还是北洋政府支持的私立学校，而其成立于1912年7月之后，位于北京。毛泽东与明德创始人胡元倓也有交集，其恩师之一袁吉六与胡元倓有同年之好，毛泽东也赞誉过"时务虽倒，而明德方兴"（《湘江评论》第四号《湘江大事述评》，1919年9月4日）。如果当初是报考了明德商科，那么毛泽东应该会提到把教育办成"磨血事业"的湘潭老乡胡元倓。

富训商业学校在《长沙日报》1912年3月9日头版刊载"招考广告"："本校现因改造□室尚未告竣，加以连日阴雨，恐远方有志来学者，一时为□阻碍用。特将报名日期展至三月十五日（即阴历二十七日）截止，定于十六日试验银行科，十七日试验中等科，二十日开学。凡本校在学学生及校外好学诸子，甚勿迟误，是所厚望。"这个招生简章，最大的亮点是推迟招考，也没有"说得天花乱坠"，更没有罗列"很多课程"，"中等科"即中等商科，这些与毛泽东所言"高级商业学校"的广告内容，又是不符。

如此可见，他当时报考的"一所公立高级商业学校"，唯有湖南公立高等商业学校。

民国新创，由湖南商业教员养成所改名的湖南公立高等商业学校，仍以政府的名义办学，隶属湖南省教育司。新任校长为从日本山口商业学校毕业的长沙人陈光晋，也符合毛泽东所言，"听说它的教员都是非常有才能的人"。

不仅如此，从《长沙日报》1912年12月所载的湖南公立高等商业学校几期"招学广告"内容来看，"本校以施商业下高等教育,造商业上高等人才为主旨",与毛泽东所言"天花乱坠"颇为贴切,也激励着他"决定最好能在那里学成一个商业专家"。而且该校有预科和本科,确实"高级"。

另外,从广告中列出的"试验科目"(国文、历史、地理、算术、代数、几何、物理、化学、英语)来看,可以想见这所湖南公立高等商业学校"设有很多课程"。

湖南省政府参事室原参事左宗濂,1915年考入湖南省立甲种商业学校,1919年入读湖南公立商业专门学校(1923年毕业),并于1949年以长沙绥靖公署高参随部参加和平起义。他曾经写过一篇《湖南商业专门学校沿革》的文章,提及学校"教师多留日学生,功课整齐,秩序严肃。外语有英日两种,对学生要求殊严"(《湖南文史资料选辑》第20辑,湖南人民出版社1986年1月版)。

从湖南商业教员养成所肇建者和主持人刘希刚开始,经湖南公立高等商业学校、湖南商业专科学校,到湖南省立甲种商业学校,前后5年换了7任校长,其中5人有留日背景。他们学成归来,睁眼看了世界,感叹于国家积贫积弱,自然希望学生们能够精通外语尤其是英语这门语言,以便更好地了解西方文化,学习西方技术,这就会出现毛泽东所感到的"这所新学校上学的困难是大多数课程都用英语讲授,我和其他学生一样,不懂得什么英语;说实在的,除了字母就不知道什么了"(《西行漫记·一个共产党员的由来》)。

综上，毛泽东虽然只在湖南公立高等商业学校读了"一个月"，但这"一个月"证明他认可自己作为湖南公立高等商业学校学员的事实。

就在他从湖南公立高等商业学校退学后的第二年，母校被改名为湖南商业专科学校。再后来，在毛泽东由湖南四师转入湖南一师的前后，由于湖南陷入北洋军阀混战，湖南商业专科学校一度降为湖南省立甲种商业学校（1914年）。两年后，又改名为湖南公立商业专门学校（1916年）。

1926年2月1日，湖南商业、工业、法政三个专门学校，以千年学府岳麓书院为校址，合并定名省立湖南大学。湖南公立高等商业学校作为湖南大学的前身之一，不断演变发展至今日的湖南大学工商管理学院。

由此，可以说毛泽东曾为湖南大学校友。

毛泽东在湖南高商读书的具体时间

毛泽东报考湖南公立高等商业学校、曾有志于"在那里学成一个商业专家"，具体是什么时候，《西行漫记》中并没有明确交代。

然而，根据文章中毛泽东所谈到的前后大事件，对应的时间还是大致明晰的。

他在进入商业学校之前，曾报名一所肥皂学校和一所法政学堂，以及一所商业中学，都交了一元钱的报名费，但并没有去。

有学者说毛泽东曾报考一所"商业学堂",交了钱但没有去读书,说的就是这个商业中学,因为一个朋友劝说:"国家现在处于经济战争之中,当前最需要的人才是能建设国家经济的经济学家!"

由此种种,可以看出当时十八九岁的毛泽东,骨子里有着强烈的经世致用思想。

而在报名商业学校之前,他"当了半年兵"。他之所以"决定参加正规军",即湖南新军(据周世钊、萧三记载,当时毛泽东经过彭友胜、朱其升担保,投入湖南新军第二十五混成协第五十标第一营左队,为列兵,军营驻地在藩后街),也有一个著名的历史背景——

1911年10月10日,武昌首义,爆发辛亥革命。10月22日湖南新军及时响应,光复长沙,"第二天成立了都督府",哥老会的两名首领焦达峰与陈作新被推举为都督和副都督,但因为他们很穷,"代表被压迫者的利益",将谭延闿免职,撤销了省咨议局,引起了地主和商人的不满。于是,"原来代表湖南地主和军阀的谭延闿组织了一次叛乱推翻了他们",将他们杀害,"陈尸街头"。(《西行漫记·一个共产党员的由来》)

这是毛泽东去拜访一个朋友时亲眼看到的惨景。

焦达峰、陈作新死于1911年10月31日。

但是,当时有许多学生投军,带动了青年毛泽东,要"为完成革命出力",要对尚未退位的清帝及其腐朽政府,进行"一个时期的战争"。时为1911年11月,或者10月底。

毛泽东从军队退出,决定回到书本上去,是因为孙中山与袁世凯达成了和议,袁世凯责成清帝逊位,孙中山将临时大总统一职让于袁世凯,这是1912年2月中旬的事情。他以为"南北预定的战争取消了,南北'统一'了,南京政府解散了"。

中华民国南京临时政府的解散,当以1912年4月1日孙中山正式解职为标志。从毛泽东于1911年10月底或11月初参军算起,至此时,与其所言"一共当了半年兵",时间上大致吻合。

退伍后的毛泽东,"开始注意报纸上的广告",因为"那时候,办了许多学校,通过报纸广告招徕新生"。只是当时他并没有明确的主见和一定的标准来判断学校的优劣。

他报肥皂学校,是因为广告上说不收学费、供给膳宿,还给些津贴,使他改变了投考警校的念头,"决定去做一个肥皂制造家"。

他报名法政学堂,是因为受到一个学法政的朋友劝说,而且广告上说三年内教完全部法律课程,并保证期满之后"马上可以当官"。

至于他报考了"一所公立高级商业学校",并在那里读了一个月,也是有原因的:一是广告把学校说得"天花乱坠",二是政府办的且设有许多课程,三是听说它的教员都是非常有才能的人。当然，此时在长沙城里四处寻找出路的毛泽东，也是想得到一直希望他做买卖的父亲的财力支持。

然而，在湖南公立高等商业学校上学，大多数课程都是用英语讲授，学校又没有专业的英语教师，导致只识得几个字母的毛泽东感到了困难。他"感到很讨厌，所以到月底就退学了，继续留心报上的广告"。

这就有了他尝试报考湖南全省公立高等中学校，即今天的长沙市第一中学。

据《湖南省长沙市第一中学校志》（1912—1987）记载，毛泽东于1912年4月报考湖南全省公立高等中学校（即省立第一中学，1952年改名长沙市第一中学），"普通科取一百五十名，榜首为毛泽东"。

这个时间点，与《毛泽东早期文稿》附"毛泽东生平大事简表"所载："1912年春，退出新军，一连报考了几个学校，最后以第一名考入湖南全省高等中学校。读书期间，写了《商鞅徙木立信论》等文章"是吻合的。

《西行漫记》中也记载，毛泽东说他从公立高级商业学校退学后，"下一个尝试上学的地方是省立第一中学"。他又花了一元钱报了名，"参加了入学考试，发榜时名列第一"，还得到了"那里的一个国文教员"的帮助，借给了他一本有着乾隆上谕和御批的《御批通鉴辑览》。

长沙著名文史专家陈先枢编撰的《长沙百年名校》（湖南人民出版社2018年8月版）一书中，有"湖南省长沙一中"一节，专门介绍了其创办之初的情形：民国肇造，谭延闿实行"开明专政"，对教育亦极为重视。湖南教育界知名人士贝允昕、符定一、廖名缙、邱鹏万、郭向阳、胡兆麟、黄俊、吴静等人在《创办湖南省全省公立高等中校理由书》中认为："欲谋吾湘中等教育之进步，非合各府州县合设一中学于省城，断难收学制统一之效果。"在省城建一所像样的中学，做好全省的示范，成为开办全省中学的主要动机。同时，可以解决湖南优级师范100多名毕业生的工作问题。是年3月，湖南都督府拨款立案，学务司颁行《暂定湖南学制纲要》，规定"先由全省筹办高等中学校三校以为模范"，"须将中学校逐渐改为高等中学，以归划一"。该校因系公立，因而定名为湖南全省公立高等中学校，推举符定一为校长。符定一走马上任，立即筹办省立高等中学，"开设了高等科一班，招收中学毕业生50名；开设普通科3班，招收高小毕业生150名，于1912年5月12日开学"。

《湖南省长沙市第一中学校志》（1912—1987）所载大事记，也写到1912年5月12日正式开课。1912年5月12日，即农历壬子年三月二十六日。

虽然没有找到确切的一手材料直接证明毛泽东于1912年4月就读于湖南公立高等商业学校的具体情况，但是，大致时间基本吻合，而稍稍出现时间差异，主要是1911年农历有闰六月，以及政权更替所采取的纪年方式不同（清廷使用皇帝年号与农历，民国使用黄帝纪年与公历）

等所致。而从1912年3月湖南省学务司颁行《暂定湖南学制纲要》，以及符定一出任省立高等中学校校长并开始招生等来看，毛泽东报考并在湖南公立高等商业学校读了一个月后再报考省立高等中学校，是有着充裕的时间的。

是年5月6日立夏，之前皆为春天，这与"毛泽东生平大事简表"载1912年春"一连报考了几个学校，最后以第一名考入湖南全省高等中学校"的记载相符，可以推断：毛泽东于1912年三四月间在湖南公立高等商业学校读书。

为何会留有这样一个疑问？

毛泽东从有本科的湖南公立高等商业学校退学后，选择只是普通中学的湖南全省公立高等中学校，有人就此提出疑问，他为什么舍弃本科而选择中学，这是很难说得过去的。

难道他把报考的顺序记反了？

他后来选择湖南省立四师读预科，随学校并入湖南省立一师，而在1914年秋编入一师本科八班。可见他对学历层次，还是有想法的。

其实，这并无多少疑点，因为当时的湖南全省公立高等中学校与私立湖南大学签订了协议："高等一班转入湖南大学。"（《长沙日报》1912年11月12日第一页《湖南全省公立高等中学校启事》）这是经过湖南省教育司批准的。

此湖南大学创办于1912年上半年，在长沙东茅巷租了房屋"为临时校舍"（《长沙日报》1912年10月7日第四页《湖南大学示》），并以民国首任法制院院长、唐绍仪内阁农林总长、国民党代理事长宋教仁为董事长。这所"湖南大学"在1912年开办了一期后，又于《长沙日报》1913年2月1日第九页、2月4日第一页等版面连续发布《湖南大学通告》："本期应招本科、预科及正科、特科甲级、特科乙级各一班。"可见，这所与1926年正式组建的省立湖南大学并无多少关系的"湖南大学"，当时是办有预科和本科的，同其签有转学协议的湖南全省公立高等中学校，对青年毛泽东有一定的吸引力。

同样遗憾的是，"它的课程有限，校规也使人反感"，毛泽东"在校六个月就退学了"（《西行漫记·一个共产党员的由来》）。1913年3月20日，宋教仁在上海火车站遇刺身亡，刚刚开学的那所"湖南大学"开了一个追悼会后就草草关门了。

民国初创，教育部废止旧学制，实施新学校制度，正式对外发布《壬子学制》，停止湖南高等学堂办学后，湖南人就在探索创建湖南大学。如民间已经尝试办学于东茅巷的湖南大学；而在官方，湖南都督谭延闿"拟就岳麓书院旧基创办湖南大学"（《长沙日报》1912年9月10日），并成立了湖南大学筹备处。

值得注意的是，毛泽东强调大致在湖南全省公立高等中学校读书的"这个时候"，长沙一个政府火药库发生爆炸，紧接着，"过了一个月左右，谭延闿被袁世凯赶走，袁现在控制了民国的政治机器。汤芗铭接替了谭延闿，开始为袁筹备登基"。(《西行漫记·一个共产党员的由来》)

1911年10月底，谭延闿杀害焦达峰、陈作新后，被省咨议局推举为湖南都督，继而第二年7月由大总统袁世凯正式任命为湖南都督。同年8月，同盟会改组为国民党，吸收大批新旧官僚政客，谭延闿加入了国民党，出任湖南支部长。1913年7月，孙中山发动讨袁的二次革命，谭延闿宣布湖南独立，在《长沙日报》发表"讨袁檄文"，被袁世凯免职，10月海军次长汤芗铭被任命为署湖南都督兼查办使，并暂兼理民政长。

如果毛泽东在湖南全省公立高等中学校（省立第一中学）读书期间，经历了谭延闿被袁世凯免职、汤芗铭接替谭延闿督湘等事件，那么他应是于1913年下半年在这里读书。

而按《毛泽东早期文稿》附"毛泽东生平大事简表"的记载，"1913年春，考入湖南省立第四师范学校，读预科"，谭延闿去职、汤芗铭督湘之际，毛泽东应该在湖南省立第四师范读书，而不应插在他在读省立第一中学之间。

岁月不居，时光如流，其间也发生了无数改天换地的巨变。毛泽东1936年追忆大约25年前的事情，难免存在一定的出入，某些细节不可能有太确切的时间点。这是不能改变历史事实的存在，不然毛泽东在斯诺访谈时，较为详细地谈论了他退伍之后报考并就读于"一所公立高级商业学校"的前后,篇幅甚至要长于省立第一中学。可见,在湖南公立高等商业学校读书的情形,在他的记忆中是极为深刻的!

不仅如此,就是他在 1919 年驱张运动中创办和主编的著名报纸《湘江评论》,虽然真正的编辑部设于修业小学毛泽东宿舍,但其编辑部的牌子,还是挂在长沙落星田的湖南公立商业专门学校。

共产党人精神谱系中的湖大学子彭璜

于斯盛为

一

2022年1月22日,《湖南日报》头版发表中共湖南省委署名文章《弘扬伟大建党精神赓续党的红色血脉 以更加昂扬的姿态走好新的赶考之路》,其中写道:"在轰轰烈烈的建党伟业中,以毛泽东、蔡和森为代表的湖南革命先驱发出建党先声,创建了当时全国影响最大的革命团体新民学会……党的一大前入党的邓中夏、何叔衡、何孟雄、缪伯英、李启汉、彭璜、陈子博、李梅羹等湘籍先驱,都是著名革命英烈。可以这么说,湖南革命先驱以坚定的理想追求、崇高的精神风范、巨大的牺牲奉献,为伟大建党精神的熔铸留下了不可磨灭的印记。"

毛泽东、蔡和森等为伟大建党精神的熔铸作出了重大贡献,而湖大商学著名校友彭璜的名字也是彪炳史册的。

彭璜在五四运动前后,就读于湖南大学工商管理学院的前身湖南公立商业专门学校(1926年2月1日,与湖南公立工业专门学校、湖南公立法政专门学校,在岳麓书院院址组建湖南大学)。在青年毛泽东的影响下,彭璜接受马克思主义学说，曾担任湖南学联副会长、会长，先后加入俄罗斯研究会、新民学会、长沙共产主义小组，成为主要成员。

1921年底，年仅25岁的彭璜因精神失常，在长沙离奇失踪，毛泽东曾多次带人寻找，均无所获。新中国成立后，毛泽东还时常想起彭璜，对身边的人说：彭璜失踪实在是太可惜了。

可见，毛泽东对于彭璜的才干和志向，是非常看重的。而今，全国上下系统研究中国共产党人的精神谱系，湖南省委将彭璜作为建党"湘籍先驱"和"著名革命英烈"之一，无疑是充分肯定了他的历史地位和革命贡献。

二

1918年4月14日，毛泽东、蔡和森、何叔衡等，怀着改造国家、改造社会的理想，在岳麓山下发起成立新民学会。新民学会以"革新学术，砥砺品性，改良人心风俗"为宗旨，成为全国发起最早、影响最大的进步青年组织之一。

关于新民学会首批参会人员，翻检《新民学会会务报告》（第一号）和当事人萧子暲的日记，萧子昇、李维汉、邹蕴真、周世钊的回忆文章，以及逄先知主编《毛泽东年谱（1893—1949）》的记载，参会者十三人名单虽有出入，但都没有彭璜的名字。也就是说，彭璜并非新民学会的创会成员。

新民学会的成立,为一年后成立的湖南学生联合会,在思想上、组织上准备了一定的基础,而时为湖南商专学子的彭璜,则是湖南学联的领军人物。

五四运动爆发,全国群情汹汹。主政湖南的皖系军阀张敬尧,对湖南人民实行高压政策,扣留来自北京的所有电报新闻,"丝毫不许登载"(《湖南政报》第1卷第3期《湘省政闻》,1919年9月)。然而,人们还是通过报纸想方设法摘要转发的京沪消息,了解到巴黎和会青岛交涉失败的内情。新民学会成员以学联的名义,发动省会20所中高等学校,举行声势浩大的国耻日示威游行,"誓必争回青岛",却被军警驱散。

在毛泽东的影响和推动下,新民学会酝酿湖南学联组织,"要开展湖南青年学生的爱国运动必须恢复和改组湖南学生联合会"(中国社会科学院近代史研究所编《五四运动回忆录》上册,中国社会科学出版社1979年3月版)。

湖南人民出版社1959年曾出版过一本《五四运动在湖南》,收录了时任湖南省副省长周世钊一篇回忆性文章《湘江的怒吼》,其中写道:"这时有好些学校如第一师范、商业专门等校的学生组织比较健全,搞社会活动也有一些经验",毛泽东"首先和这些学校学生中的骨干分子联系,得到他们的支持"。

1919年5月28日,湖南公立商业专门学校的彭璜、易礼容,湖南公立工业专门学校的柳敏、湖南公立法政专门学校的夏正猷等20余人，齐聚省教育会坪，举行湖南学生联合会成立大会。"大会逐条通过了《湖南学生联合会章程》，选举夏正猷为会长，彭璜为副会长，易礼容为评议部长，一师代表为执行部长。"（中国社会科学院青少年研究所青运史研究室编《青运史资料与研究》1982年第2期）

大会还决定，湖南学生联合会会址设于长沙落星田的湖南公立商业专门学校。

不久之后改任学联会长的彭璜，与湖南商专同学、学生会会长易礼容等，积极组织长沙各校教职员及学生代表100多人在省教育会开会，讨论抵制日货等。

他们响应毛泽东的号召，把湖南学联、救国十人团和国货维持会等合并成立各界联合会，并以省学联名义邀请泥木、轮船、印刷、出版等30多个行业和基督教青年会、长沙县农会及各学校的代表60余人，至湖南商专召开茶话会，商讨组织各界联合会的问题。

彭璜以杰出的组织能力，赢得了毛泽东的倚任，被吸收为新民学会会员，并很快成为学会的骨干。

粗暴强横的张敬尧督湘，横征暴敛，无恶不作，派兵镇压学生的反帝爱国运动，被湖南民众称为"张毒"。一首广为流传的顺口溜痛斥道："堂堂呼张，尧舜禹汤。一二三四，虎豹豺狼。张毒不除，湖南无望。"

毛泽东、彭璜等一大批湖南志士，勇敢地发起领导了驱逐张敬尧的运动。他们面对张敬尧的武力镇压，义无反顾。

中国中共党史学会编《中国共产党历史组织机构辞典》（中共党史出版社、党建读物出版社2019年8月版）"新民学会"词条中称："五四运动爆发后，毛泽东和在湘新民学会会员积极组织领导湖南地区学生爱国运动，推动湖南省学生联合会的成立，发动和领导驱逐军阀张敬尧的运动并取得胜利。"

三

1919年8月，彭璜作为湖南学联代表，前往上海，联络全国学生联合会和全国各界联合会，声援驱张运动。他还参与创办、主编《天问》周刊，公开揭露张敬尧的暴行。

驱张运动不断发酵！

长沙师生万余人，举行总罢课，并派代表团赴北京、上海、衡阳等地扩大宣传，同时利用在衡阳的直系军阀吴佩孚与张敬尧之间的矛盾，终于在1920年6月11日将张敬尧驱逐出湖南。

驱张胜利后，彭璜走上了传播马克思主义的探索之路。他和毛泽东、何叔衡、易礼容等，于1920年7月在长沙潮宗街56号创办了文化书社，介绍、宣传和销售马克思主义书籍。

《中国共产党历史组织机构辞典》"新民学会"词条中称：1920年7月，"毛泽东、何叔衡、彭璜、易礼容等新民学会会员，联络教育界和社会上层人士姜济寰、左学谦、方维夏等发起成立文化书社，传播马克思主义。之后，学会会员发起成立俄罗斯研究会"。

彭璜和毛泽东等组织留俄勤工俭学团，发起成立湖南俄罗斯研究会，毛泽东任书记干事，彭璜任会计干事，驻会接洽一切。

1920年8月27日，彭璜在长沙《大公报》上发表《对于发起俄罗斯研究会的感言》的文章，指出："和平的世界，是俄人革命的目的。劳农的政府，是俄人革命不能避免的手段，也恐怕是全世界革命必经过的阶级。……所以无论俄国的革命有好有歹，总是适应二十世纪的潮流才发生的，是不可根本避免的。"

他富有激情地向湖南民众介绍苏俄的国内情况和对外政策，驳斥时人把马克思主义称为"过激主义"、将苏俄诬蔑为"饿死人的地方"的观点，认定中国应该走十月革命的道路，必须建立无产阶级专政的劳农政府。

1921年1月1日至3日，新民学会会员在文化书社集会，讨论"改造中国与世界"的问题。

彭璜最初认为："改造世界太宽泛，我们说改造，无论怎样的力量大，总只能及于一部分，中国又嫌范围小了，故我主张改造东亚。"当毛泽东明确地提出"改造中国和世界"后，彭璜深表赞同，勇敢地"自愿抛弃昨日'改造东亚'的话"。(《新民学会会务报告》第二号《关于新民学会的宗旨》，记录中的"彭荫柏"即彭璜。)

随后，毛泽东、何叔衡提出"激烈方法和共产主义"的主张，彭璜积极响应，认为改造中国，应当"相信多数派的好，采革命的手段。吾人有讲主义之必要。讲主义不是说空话，中国现尚无民主主义，但这主义已过时不能适用。不根本反对无政府主义，但无政府主义是主观的，天下不尽是克鲁泡特金、托尔斯太也。物质文明不高，不足阻社会主义之进行。试以中国的国情与德英美法各国逐一比较，知法之工团主义，英之行会主义，美之 I.W.W，德之社会民主主义，均不能行之于中国。中国国情，如社会组织，工业状况，人民性质，皆与俄国相近，故俄之过激主义可以行于中国。亦不必抄袭过激主义，惟须有同类的精神，即使用革命的社会主义也。学会中宜有一贯精神，共同研究，较为经济"。这与毛泽东马克思主义必须与中国的国情相结合的观点不谋而合。

同年 7 月，毛泽东从上海返回长沙，落实在上海与陈独秀谈到的建党事宜，通过新民学会会员联络进步分子，开展建党活动，彭璜等多数会员对此极为拥护。

彭璜说："组织劳动党有必要，因少数人做大事，终难望成。分子越多，做事越易。"（中国革命博物馆、湖南省博物馆编《新民学会资料》，人民出版社 1980 年 9 月版）

于是，他们及时成立了长沙共产主义小组。万里主编的《湖湘文化辞典》第二册《历史分篇》（湖南人民出版社 2011 年 6 月版）"长沙共产主义小组"词条中写道："1920 年冬，毛泽东受上海共产主义小组陈独秀的委托，与何叔衡、彭璜等在长沙成立共产主义小组。长沙共产主义小组是中国共产党成立前八个发起组之一，毛泽东是这个小组的发起人，何叔衡、彭璜、贺民范、萧铮等是小组的成员。毛泽东在小组成立前后，曾筹建了长沙社会主义青年团，发展陈子博、彭平之等20多人为团员。1921年7月，毛泽东与何叔衡代表长沙共产主义小组，出席了在上海举行的中国共产党第一次全国代表大会。"

即刻着手建党，成为毛泽东、彭璜等人的革命共识和精神诉求。他们怀着改天换地的英雄气概，为古老的中国开创出一个崭新的、革命的、现代的新征程。

与此同时，彭璜还热忱地支持刚刚成立的长沙社会主义青年团，认为"社会主义青年团，颇有精神，可资提挈"（《新民学会资料》）。

1921年1月28日，毛泽东致信彭璜，称赞其"高志有勇，体力坚强，朋辈中所少"。

易礼容：文化书社经理与中国第一只红色股票

一

在毛泽东青年时代的革命轨迹中，文化书社和新民学会一样，都是精彩的亮点。

中共中央文献研究室、中共湖南省委《毛泽东早期文稿》编辑组编"毛泽东生平大事简表"中记载，1920年"7月底至9月上旬，与易礼容等筹办文化书社。他起草的《文化书社缘起》《文化书社组织大纲》等先后发表；8月2日，在楚怡小学主持召开文化书社成立会；9月9日，文化书社正式营业"（《毛泽东早期文稿》，湖南人民出版社2013年11月第3版）。

毛泽东、何叔衡、彭璜、易礼容等17人，在楚怡小学召开文化书社发起人会议，通过了组织大纲八条，"推定易礼容君彭璜君毛泽东君三人为筹备员"，"筹备书社成立，起草议事会细则及营业细则"（《毛泽东早期文稿·文化书社第一次营业报告》，1920年10月22日），从湘雅医学专门学校租赁潮宗街56号湘雅旧址三间门面，作为书社的经营场所。

潮宗街是长沙有名的麻石街，56号为晚清重臣瞿鸿禨的故居。1907年，曾得慈禧赏识且官至外务部尚书、协办大学士兼军机大臣的瞿鸿禨，由于与总理外务部的领班军机大臣奕劻闹矛盾，被奕劻盟友袁世凯用计参劾，开除回籍，后与王闿运等吟咏结社，逍遥度日。宣统三年（1911），瞿鸿禨迁居上海。三年后，即1914年12月，曹典球组织湖南育群学会，争取各方支持，促成湖南省政府与美国雅礼会合作，在瞿氏老宅的基础上，建起了湘雅医学专门学校。

潮宗街商业繁华，是出潮宗门达湘江河运码头的必经之道，为米业、堆栈业的集中之地；这里算得上是一条文化教育街，除了湘雅医学专门学校外，湖南笔业公司也毗邻而建。可见，毛泽东、易礼容等人在这里办文化书社，是经过认真考虑的。

毛泽东作为书社的总策划，任特别交涉员，负责对外联络。内部事务由易礼容主理，他是书社的经理，按今天的说法，就是书社的法定代表人。

书社有三个筹备员，为什么选易礼容担任经理？

一是他赞同毛泽东主张的"改造中国与世界"的新民学会宗旨。他指出："社会要改造，故非革命不可。革命之后，非有首领专政不可。但专政非普通所谓专政，要为有目的的专政。但在今日要有准备，要多研究，多商量，不可盲然命令别个。"(《新民学会会务报告》第二号《关于新民学会的宗旨》)他和毛泽东一样,希望中国实行"波尔失委克主义",即布尔什维克主义。

二是他"一生爱憎分明,重情重义"(易鼎铭《追忆父亲易礼容》),深得新民学会同人的赞赏和尊重。

三是他有先进的管理知识,接受过专业的商学训练。1916年秋,他由湘乡驻省中学转入湖南公立商业专门学校学习,任学生自治会会长。商专校长是从美国回来的密歇根大学经济学博士汤松,他上任伊始,将原湖南省立甲种商业学校改为商专,恢复高等教育,积极提高教学质量,延聘刘秉麟、杨昌济等名师及一批外籍教师执教,帮助和鼓励学生进行学以致用的社会实践,锻炼他们的财会、管理能力。

1918年,皖系军阀张敬尧出任湖南督军兼省长,横征暴敛,无恶不作,贪婪搜刮,向帝国主义出卖地矿权,被湖南民众斥为"张毒":"堂堂呼张,尧舜禹汤。一二三四,虎豹豺狼。张毒不除,湖南无望。"

汤松同毛泽东等策划发起了一场声势浩大的驱张运动。张敬尧对汤松发出逮捕文书,迫使汤逃离长沙。易礼容率30多名同学,随汤松赴鄂,转学至汉口明德大学。驱张成功后,毛泽东由上海到武汉,邀请易礼容回长沙共同创办文化书社。

易礼容的管理才能,是深得毛泽东赏识和信赖的。

经理就是管理日常事务。毛泽东主笔的《文化书社敬告买这本书的先生》，以"文化书社同人"的名义声明："本社经理员易礼容君，营业事项由他负责。他天天在社，无论那位先生要书，要报，要杂志，要书目，以及其他事项，写信来问，都由他手复，绝不延搁。"（《毛泽东早期文稿》，1920年11月）

这是说，易礼容经理书社，认真负责，才德兼备，完全让读者和同人放心！

二

书社初办时，经费严重短缺，仅有借来的20元作日常开支。大家只有微薄的生活费，没有薪资。易礼容等就着一个黄泥小火炉，架着瓦钵子做饭。

大家毫无怨言。易礼容和毛泽东分工协作，一个主内，一个主外。他们以传播新文化为营业范畴，开业之初推出书籍164种、杂志45种、日报3种。

"如何可使世界发生一种新文化，而从我们住居的附近没有新文化的湖南做起"（《文化书社缘起》，长沙《大公报》1920年8月24日），他们拥抱新文化运动的决心和责任感很快引起了社会各界的热切关注。毛泽东在一师的国文老师、时任省长公署秘书长兼教育厅厅长的易培基，第一个响应，成为书社发起人之一。

即便他们在《大公报》7月31日刊发《发起文化书社》函告中，向社会各界融资时，强调"不论谁投的本永远不得收回，亦永远不要利息"，但还是有很多人解囊相助。从立社之日到10月22日第一次议事止，姜济寰、左学谦、方维夏等社会名流及书社发起人27人纷纷投资，共收银圆519块。

投资最多者，为三任长沙县知事的姜济寰，他即将升任省财政厅厅长，投股300多元。另外，还有省府交涉署外交司司长仇鳌、湖南商会会长左学谦等。

他们都是湖南省省长谭延闿的知交，支持文化书社，还在开业时请来了谭延闿剪彩，为文化书社传播革命思想、筹划革命活动，披上了一件合法的外衣。

书社对外是出售各种思想人文书籍，骨干为新民学会会员，团结了湖南文化界、教育界、新闻界、政界、商界的社会贤达50余人。

易礼容以出色的管理才能与热忱的服务态度，协助毛泽东把文化书社经营得风生水起，受到陈独秀、李大钊的高度关注。他们不但在平江、衡阳等多个县市建起了分社，还与全国各地杂志社、出版机构，如上海泰东图书局、亚东图书馆、中华书局、群益书社、时事新报馆、新青年社、北京大学出版部、新潮社、学术讲演会、晨报社、武昌利群书社等11处，建立了互通联系。

文化书社不再是潮宗街上的小书店，而是中国红色革命的星火之地。《中国共产党历史组织机构辞典》虽然没有专门的词条介绍文化书社，但在"新民学会"词条中称：1920年7月，"毛泽东、何叔衡、彭璜、易礼容等新民学会会员，联络教育界和社会上层人士姜济寰、左学谦、方维夏等发起成立文化书社，传播马克思主义"。这也是说，文化书社是早期传播马克思主义的重要阵地。

三

易礼容不仅是文化书社出色的经理，他在此前的五四运动和驱张运动中，也有着了不起的表现。

五四运动爆发，全国群情汹汹。主政湖南的张敬尧，对湘民实行高压政策，扣压来自北京的所有电报新闻，"丝毫不许登载"（《湖南政报》第1卷第3期《湘省政闻》，1919年9月）。

但人们还是通过报纸想方设法摘要转发的京沪消息，了解到巴黎和会青岛交涉失败的内情。新民学会成员以湖南学联的名义，发动省会20所中高等学校，举行声势浩大的国耻日示威游行，"誓必争回青岛"，却被军警驱散。

在毛泽东的影响和推动下，新民学会酝酿湖南学联组织，"要开展湖南青年学生的爱国运动必须恢复和改组湖南学生联合会"（中国社会科学院近代史研究所编《五四运动回忆录》上册，中国社会科学出版社1979年3月版）。

湖南人民出版社1959年出版的《五四运动在湖南》，收录了时任湖南省副省长、原文化书社股东周世钊的回忆文章《湘江的怒吼》，文中写道："这时有好些学校如第一师范、商业专门等校的学生组织比较健全，搞社会活动也有一些经验。"

1919年5月28日，湖南公立商业专门学校的彭璜、易礼容，湖南公立工业专门学校的柳敏、湖南公立法政专门学校的夏正猷等20余人，齐聚省教育会坪，举行湖南学生联合会成立大会，易礼容为评议部长。

易礼容等发动长沙师生抵制日货，响应毛泽东的号召，以学联名义邀请泥木、轮船、印刷、出版等30多个行业和基督教青年会、长沙县农会及各校代表60余人至湖南商专召开茶话会，商讨把学联、救国十人团和国货维持会等合并成立各界联合会。

易礼容被迫转入汉口明德大学后，迅速在该校建起了旅鄂湖南学联的驱张据点，还担任了毛泽东组团进京推动驱张运动的学生代表。

驱张运动不断发酵！

张敬尧祸湘，大开烟禁，"其流毒最大者，鸦片是也"（《毛泽东早期文稿·对于张敬尧私运烟种案之公愤》，1919年12月31日），导致士绅平民吸食者众。张敬尧劝民种烟，召集各县团总发放罂粟籽，大面积种植，仅"长沙一县，发子至四万包之多"。湘民惊恐，奇怪烟禁之际，为何还出现了大量种子，"欲寻获装运，久不能得"。

1919年12月24日，易礼容根据武昌鲇鱼套火车站职员游泳提供的信息，带领数名同学，在车站截获了张敬尧通过张宗昌从奉天私运至湖南醴陵（湖南第二路总指挥司令部）的45麻袋罂粟籽，每袋重约200斤，阻止其运走，并拍下照片，机智地躲过严密的追查，为驱张提供了有力的证据，被毛泽东誉为"了不起的绝妙之事"。

毛泽东等14名"湖南旅京公民"在12月31日联名撰写的《对于张敬尧私运烟种案之公愤》中称：29日"到京之湖南请愿代表，亦有三电拍出"，其中一封发给"汉口大智门明德大学易礼容君转武汉学生联合会鉴：张敬尧私运烟种，幸经诸君查获，务请誓死保留，无使逸遁，同人誓为诸君后盾。湖南请愿团叩"。

易礼容30日抵达北京，将查获罂粟籽之事报告万国禁烟会（万国拒土会，是中外人士于1919年1月17日在上海成立的一个国际性查禁鸦片组织）。第二天，他前往北洋政府，准备向国务总理靳云鹏陈明情形，秘书王耒接待时闪烁其词，称靳云鹏不在，激起毛泽东等在"公愤"书上强调，吁请"督军违禁运烟，恳予撤惩""将湖南督军张敬尧明令罢职，提交法庭依律处办，以全国法而救湘民"！

大家利用驻守衡阳的直系军阀吴佩孚与张敬尧之间的矛盾，终于在1920年6月11日将张敬尧驱逐出湘。7月初，毛泽东从武汉请回易礼容，让他中断学业，返湘一起创办湖南自修大学、文化书社、长沙共产主义小组，决心把改造社会的革命实践落实到先从宣传新文化、传播马克思主义做起。

1921年8月，毛泽东参加中共一大后，从上海返湘后发展的第一个中共党员就是易礼容。易与毛泽东、何叔衡等一起创立了湖南第一个党小组,即"三人小组"。他们在长沙城外协操坪成立中共湖南支部,这是全国最早成立的省级党支部之一。

有了文化书社的成功实践,富有管理经验的易礼容,受中共湘东区委员会指派,偕毛泽民、毛福轩等,于1922年11月前往安源煤矿开展工人运动,于第二年2月17日创建了安源路矿工人消费合作社。易礼容担任总经理,毛泽民为兑换股经理,他们创造性推出了全国第一只红色股票。

据安源工运有关史料记载,1922年9月,经工人俱乐部最高代表会议决定,工人消费合作社发行股票以筹措合作社所需资金。《合作社招股简章》规定:每股洋5角,共招2万股;凡工人俱乐部每月工资在9元以下者,劝认1股;9元以上者,劝认2股;多认者听便。结果,每人至少认1股,最多的认14股。到1923年初,工人共认购1.56万股,股金7845元。

邓中夏1930年所著《中国职工运动简史》在记述"二七"惨案后"硕果仅存的安源工会"时,把工人消费合作社看作这一阶段最大的成绩之一。易礼容等人在这里推出了中国共产党领导创办的经济实体最早发行的股票。同时发行的铜元票和纸币成为中国红色革命运动中最早发行的货币。

从湖南商专走出的易礼容,最早尝试了党领导的金融事业,为我党的经济工作创造了最初的经验,对以后的革命运动的发展都是很有意义的。他是中国早期红色革命中迅速成长起来的、重要的复合型商学和金融专家。

马日事变后，他出任中共湖南省临时省军委书记，代理省委书记，于1928年赴任江苏农民部部长途中，因国民党反动派追捕（在国民党通缉的157名共产党人名单中，易礼容列在第13名），险情频生，与党组织失去了联系。他一度流亡日本，九一八事变前夕回国，结识上海总工会主席朱学范，参加工人运动工作，担任中国劳动协会工人勇进队参谋长。无论如何，他始终保持着一颗爱党爱国的赤子之心。

四

1935年8月14日，毛泽东为促成抗日民族统一战线，一天写了7封信，除了分别致韩复榘、张自忠、刘汝明、宋哲元、宋子文、傅作义等6名国民党高官外，还专门给新近获悉停留上海做工运的老友易礼容去信一封。

毛泽东在信中直呼"韵珊兄"，此为易礼容乳名，如易后来所言，只有特别亲近的人才知道这个名字。可见，毛泽东对他的思念之情甚为殷切。毛泽东一直在寻找他的下落，他对易礼容"从事群众工作并露合作之意"感到欢喜，更是期待这位曾与自己一起创办文化书社、推动驱张运动的老战友，能够再次相约千里并肩作战："现在局势，非抗日无以图存，非合作无以抗日，统一战线之能得全国拥护，可知趋势之所在了……上海工人运动，国共两党宜建立统一战线，共同对付帝国主义与汉奸，深望吾兄努力促成之。"（《毛泽东书信选集·致易礼容》，中央文献出版社2003年11月版）

毛泽东希望与他"建立秘密联系，可以时常通信"，并期待他能帮助联系上李达、王会悟夫妇，携手"发展一个有益于国有益于民的集体力量"。

毛泽东还专门向易礼容夫人许文煊问好致意。而毛落款为"杨子任"，别有深意。子任，为毛泽东曾经的笔名，1910年他17岁进入湘乡东山高等小学堂读书，仰慕梁启超（一字任甫，号任公），认为他是"当时最有号召力的政论家"，便以"子任"为笔名，充分展现出他报效国家、改造社会的远大志向。易礼容对这个名字是熟悉的，就如目睹毛称自己乳名韵珊一样地亲切。

杨姓，则表现了毛泽东对妻子杨开慧的追思。1922年5月，中共湘区执委成立，毛泽东任书记，易礼容等任委员，机关设在长沙清水塘22号。这个秘密的据点，对于毛、易有着特殊意义。毛、杨夫妇与易、许夫妇，都住在这里。这处房子，是1921年深秋，由易礼容经手向洋货商人陶树清租下的私人住宅。

毛泽东自称杨子任，既让易礼容一看就明白，也是对尚在国统区的朋友的保护。

10年后，即1945年9月，毛泽东参加重庆谈判期间，听说易礼容也在重庆，就让人安排与易礼容见面，还再次约见他们夫妇叙旧，并安排将许文煊母女接至延安。

国共和谈失败，易礼容参加反内战、反独裁的民主运动，国民党反动派相继发出逮捕令及通缉令。他离开重庆，辗转川黔桂粤，历尽艰辛，抵达香港，将中国劳协总部迁至香港。新中国成立前夕，刘少奇力邀他返回内地，参加新中国建设。

易礼容到北平后不久，毛泽东就邀请他和夫人去中南海怀仁堂观看京剧大师程砚秋演出的京剧《锁麟囊》。7月，毛泽东在北京饭店接见全国总工会工作会议代表，并同大家一起吃饭。入座时，毛泽东站在桌边，环顾四周，首先问："礼容同志来了没有？"足见他们的情谊非同一般，已然融入了生活之中。

1949年9月，易礼容作为中华全国总工会代表，当选中国人民政治协商会议第一届全国委员，此后一直是委员或常委，担任过多届副秘书长。他积极投身新中国工会和人民政协工作，为巩固和扩大中华爱国统一战线作出了重要贡献。

于斯为盛

湖大商学史上的红色人物

一棵树，比如湖南大学工商管理学院楼中的华樟树，因为其基因的存在，故而能成长为如今茁壮繁茂的参天大树。我们为党育人，为国育才，就要坚定不移地传承党的红色基因，滋养和浸润商学教育的每一处肌理，使之成为湖大商学的立院之本、育人之魂。

湖大商学110多年的发展史中，我党及党史上的许多著名人物都与其有着很深的渊源和联系，可以说，贯彻马克思主义于始终的红色基因、红色人物、红色精神深刻地影响了湖大商学的发展。

一、传承红色基因与商学社会责任

在新中国成立前，国家积贫积弱，内忧外患，严重地损害了社会的进步与民族的尊严。国家蒙辱，人民蒙难，文明蒙尘。湖大商学，及其前身的湖南商专师生胸怀商学救国的理念，潜修经济学科知识，不忘经世济民的赤子初心，积极参与和推动社会进步运动。

1. 积极推动"驱张运动"

1918年3月，皖系军阀张敬尧督湘，出任湖南督军兼省长，横征暴敛，无恶不作，贪婪搜刮，向帝国主义出卖地矿权，被湖南民众称为"张毒"。长沙城里流行的一首顺口溜痛斥道："堂堂呼张，尧舜禹汤。一二三四，虎豹豺狼。张毒不除，湖南无望。"

时任湖南公立商业专门学校校长汤松，愤然反抗，同青年毛泽东等策划发起了一场声势浩大的驱张运动，并成立了湖南省学生联合会，作为推动驱张运动的大本营。而学联会址就设在长沙落星田的湖南商专，商专毕业生彭璜任副会长（后任会长），商专学生会会长易礼容任评议部长。

张敬尧对汤松发出逮捕文书，迫使他离开长沙。易礼容等30多名同学随汤松赴鄂，转学至汉口明德大学，持续推进长沙的驱张运动。1919年12月24日，易礼容根据武昌鲇鱼套火车站职员游泳提供的信息，带领数名同学，在车站截获了张敬尧通过张宗昌从奉天私运至湖南醴陵（湖南第二路总指挥司令部）的45麻袋罂粟籽，每袋重约200斤，阻止其运走，并拍下照片，机智地躲过严密的追查，为驱张提供了有力的证据，为驱张运动的成功立下了关键性一功。这件事，被毛泽东誉为"了不起的绝妙之事"！

2. 三名商专校友创办了长沙文化书社

1920年7月底,曾在湖南公立高等商业学校读过书的毛泽东与从湖南公立商业专门学校毕业的彭璜、易礼容等17人,在楚怡小学召开文化书社发起人会议,通过了组织大纲八条,推选易礼容、彭璜、毛泽东三人为筹备员,筹备书社成立。他们从湘雅医学专门学校租赁潮宗街56号湘雅旧址三间门面,作为书社的经营场所。

毛泽东作为书社的总策划,任特别交涉员,负责对外联络。内部事务由易礼容主理,他是书社的经理,按今天的说法,就是书社的法定代表人。

他们分工协作,一个主内,一个主外。书社以传播新文化为营业范畴,开业之初推出书籍164种、杂志45种、日报3种。书社对外是出售各种思想人文书籍,骨干为新民学会会员,团结了湖南文化界、教育界、新闻界、政界、商界的社会贤达50余人。

易礼容凭借出色的管理才能与热忱的服务态度,协助毛泽东把文化书社经营得风生水起,受到了陈独秀、李大钊的高度关注。他们不但在平江、衡阳等多个县市建起了分社,还与全国各地杂志社、出版机构,如上海泰东图书局、亚东图书馆、中华书局、群益书社、时事新报馆、新青年社、北京大学出版部、新潮社、学术讲演会、晨报社、武昌利群书社等11处,建立了互通联系。

文化书社不再是潮宗街上的小书店,而是中国红色革命的星火之地。《中国共产党历史组织机构辞典》虽然没有专门词条介绍文化书社，但在"新民学会"词条中称：1920年7月，"毛泽东、何叔衡、彭璜、易礼容等新民学会会员，联络教育界和社会上层人士姜济寰、左学谦、方维夏等发起成立文化书社，传播马克思主义"。这也是说，文化书社是早期传播马克思主义的重要阵地。

3. 抗战中的进步学生运动

1938年春，中共湖大支部成立，积极开展抗日救亡运动，成立外围组织"明日社"，曾组织学生读书会阅读毛泽东《论持久战》等进步书籍。

1943年，国民党湖南省党部主任委员李毓尧出任湖大校长，采取一系列错误措施，收买少数同学监视进步学生，停止一切正常社团活动，甚至指使少数学生围攻批评校政的教授等，激起广大师生于1944年1月爆发"驱李护校"运动。

广大师生的爱国心和正义感，在此次运动中得到了充分的展现。

经济系学生汪澍白因为参加"驱李护校"运动，被国民党宪兵团关押5个月。胡庶华接任湖大校长后，将其保释出狱。汪澍白旋即赴重庆八路军办事处，汇报湖大学生运动工作。他在中共南方局青年委员会领导的支持下，回到湖大从事地下工作，成立"人民世纪社"，创办《天下文萃》刊物。解放战争期间，汪澍白在南京从事进步学生运动和中共地下工作。

抗战中，国立商学院的学生在刻苦攻读商学之余，以乐观精神开展了丰富多彩的课外活动，高唱抗日歌曲，组成剧团，从事抗日宣传和慰问军民活动。

4. 新中国成立前的中共地下党活动

1943年考入国立商学院的陈学源，早年在老家广东龙川加入共产党，入校后继续开展党的工作。1946年8月，国立商学院并入湖南大学，陈学源在中共湖南省工委和长沙市工委的领导下，在湖大开展学生运动。他曾任湖大地下党支部书记、党总支书记。

1946年5月，中共湖南大学支部成立，至1949年6月，中共党员已发展到192人。

以进步组织人民世纪社为骨干的学生自治会，创办《湖大学生》《三日新闻》，开办农场和民校，建立话剧团、歌剧团和平剧团，开展一系列宣传进步思想的文艺活动。

进步学生参加读书会，传阅重庆来的《新华日报》《群众》等进步报刊，还不定期举办讨论会，发展党员，成立党小组，在朱剑农、王学膺、胡伊默、戴镦隆、武垆干等老师的帮助下，阅读进步刊物，宣传红色思想，讨论时事问题。

中共主要创始人和早期领导人之一李达、中国共产党著名工运领袖罗章龙（改名罗仲言）来校执教，宣传马克思主义政治经济学说。

在时任校长胡庶华的默认和支持下，共产党员朱剑农、萧杰五等教授运用马克思主义政治经济学观点讲授土地经济学课程，配合地下党发挥进步作用。

湖南大学形成了一个强大的传播马克思主义的教师阵容。

1947年夏，国统区内危机四伏，民不聊生，不同阶层群体掀起声势浩大的抗议运动。华北学联发出6月2日"反内战日"的总罢课号召，湖大学生组织在中共湖南工委的部署下，发动长沙市中等以上学校开展反内战运动。湖南省府严密防范，多方阻挠，派出大量军警封锁湘江，断绝30里水陆交通，甚至派出军队包围学校，禁止学生出校门。

进步学生在胡庶华等开明教授的指导下，与反动派斗智斗勇，全部过江。年过花甲、长髯飘飘的胡庶华，健步走在游行队伍最前面，警告省府官员："我的学生游行队伍出发了，谁要杀害我一个学生，我就要在省府门前自杀。"

1949年初，以人民世纪社成员为骨干的学生自治会，请求胡庶华校长同意吸收学生代表参加湖南大学应变组织，确定国立湖大决不迁校台湾的原则，保证了几个月后湖南大学完整无损地转到人民手中。

二、党史上著名的红色人物

从1911年湖南商业教员养成所创办以来，湖大商学百年历史上出现了一大批著名的红色人物和无产阶级革命家、马克思主义经济学家。他们是中国红色基因的创造者,也是我们今天学习红色文化、传承红色基因的榜样。

1. 谢觉哉:湖南高等商科第一代优秀学员

1911年,湖南商业教员养成所建成当年,谢觉哉来此读书,读了两年多。他曾于1905年考中末科秀才。当年清政府废止科举制度,但谢觉哉的求知路却没有戛然而止,而是努力寻求学习新知识,冀图改变"十数年笔舞墨歌,赢得一张倒票;两三月打躬作揖,赚来几串现钱"的腐儒生存状态,在湖南新式商业学校接受了"高等教育"(《奏定学堂章程》)。1913年,他从湖南公立高等商业学校毕业后,回到老家云山学校任教,和姜梦周、王凌波推行教育改革,带领学生积极学习新思想,并走出校园进行社会实践,体会民众疾苦。他积极响应五四运动,创办《宁乡旬刊》,宣传进步思想。

由于种种原因,他并未延续最初商学救国的梦想,而是选择了寻求改造社会的革命道路。然而特别值得注意的是,1937年初,中华苏维埃临时中央政府成立了国家审计委员会,谢觉哉任主席。审计委员会基本沿用土地革命时期中央审计委员会的组织形式,保持人民军队艰苦奋斗勤俭节约的优良传统,防止腐败浪费,逐渐增加建设的支出,审核各机关、部队的经费开支是否合乎手续,使用是否得当。党中央选择谢觉哉主持审计委员会的工作,应该考虑过他专门学过商学。

新中国成立后，谢觉哉出任首任内务部部长，还担任过最高人民法院院长、全国政协副主席。他是人民司法制度的奠基人。我党历史上第一个惩治腐败的法律文件，即1933年12月由中华苏维埃共和国颁布的《关于惩治贪污浪费行为的第二十六号训令》，就是谢觉哉草拟的。

2. 毛泽东：曾想在湖南高商学成一个商业专家

1912年三四月间，青年毛泽东从新军退伍后，在长沙城里投考学校，他曾看到湖南公立高等商业学校广告，入校学习，成为湖南高等商科第二届学生。在美国著名记者埃德加·斯诺的《西行漫记》第四篇"一个共产党员的由来"之二"在长沙的日子"中，有这么一段文字是毛主席自述怎样报考湖南公立高等商业学校的：

"有一天我读到一则把一所公立高级商业学校说得天花乱坠的广告。它是政府办的，设有很多课程，而且我听说它的教员都是非常有才能的人。我决定最好能在那里学成一个商业专家，就付了一块钱报名，然后把我的决定写信告诉父亲。他听了很高兴。我父亲很容易理解善于经商的好处。我进了这个学校，但是只住了一个月。"

虽然毛泽东因为英语成绩不好（当时湖南公立高等商业学校的教师多为留学归来，采用英语教学），只在湖南公立高等商业学校读了一个月。但是，他一直很重视湖南高商的社会影响力，指导着母校的革命运动。他创办的

《湘江评论》编辑部、他指导的湖南学联会址，都设在落星田的湖南公立商业专门学校。

3. 李庠：把一切都交给了党

文化书社会计兼营业员李庠，也是毛泽东、易礼容、彭璜等的商专同学和校友，在学校里认真学了八年商学。

他1894年出生在湖南嘉禾的一户小康农家，18岁来到长沙，以优异成绩考入甲种商业专门学校，1920年从湖南商专毕业。父母希望他经商致富、光耀门楣。他却谢绝了上海恒丰纱厂老板的高薪聘任，欣然接受易礼容的邀请，来到了文化书社干苦力活：卖书、收款、搬运……用丰富的财会知识保证了书社的收支平衡和正常运转。

他在毛泽东等人的影响下，积极阅读宣传马克思主义的革命书籍报刊，主动走上了革命道路。他在文化书社没有拿底薪，日子过得很辛苦，但乐在其中，不但多次拒绝父亲要他改行做生意的劝说，还说服父亲寄钱来资助革命文化事业。

1921年夏，参加了中共一大的毛泽东返回长沙，着手发展一批共产党员。李庠主动申请加入，并带动其他青年积极向党靠拢。日渐成熟的李庠，被中共湘区委员会书记毛泽东派往老家嘉禾，以办学为掩护，建党建团，开展革命斗争。他通过艰辛的工作，成功地创建了中共嘉禾特别支部和青年团嘉禾特别支部，两年内发展了30多名党员。

湖南农民运动发展迅猛，形势大好。中共湖南区执委筹建省农民协会，调李庠任会计主任，兼任文化书社第二任经理。他四处奔走，请家里资助，各方筹集经费，基本保障了农协开展工作的费用，同时经营文化书社进一步宣传马列主义。

1927年5月21日，由原直系军阀部队改编的国民革命军第35军第33团团长许克祥在长沙发动反革命叛乱，突袭省总工会、省农协等，收缴工人纠察队武装，捕杀共产党员和革命群众100多人，长沙笼罩在白色恐怖之中。受右倾机会主义错误影响，以陈独秀为首的中共中央对于马日事变束手无策，湖南党组织和革命力量遭受了严重破坏。

事发当晚，省农协被叛军团团围住，情势危急。在生命攸关的时刻，李庠第一时间想到的不是自己的生命安全，而是保护好党的机密和财产。他沉着冷静地把机密文件烧掉，在后院玉兰树下一个地洞中把全部现金藏好，才匆忙离开。

叛军在长沙城内疯狂搜捕革命人士，展开大屠杀，路边还贴有通缉李庠的告示。李庠奉省委负责人易礼容之命，再次以身涉险，深夜潜回农协后院，取出现金，千方百计寻找省委和农协的踪迹。某次他看到告示上将其名"庠"字写成了"祥"字，悬赏万元，灵机一动，用笔在布告上改动两处，变成了"有捉住许克祥者，赏银一万元"，给背叛革命的反动派一个诙谐的嘲弄。这也显示出革命战士面对强权武力威胁，始终保持着不畏强敌、敢于斗争的革命乐观主义精神。

他冒着生命危险，几经辗转，找到了重新组建的省委，如数地把农协革命经费五千银圆全部上交，继续进行革命斗争。省委让他担任秘书兼会计，又负责秋收起义行动委员会会计事务。秋收起义受挫后，大部队转战罗霄山脉，李庠等同志继续留在长沙坚持地下工作。后来李庠不幸被特务认出，被捕。

国民党第35军军长何键是一个彻头彻尾的反共急先锋，公开诬蔑农民运动，煽动反共气焰，马日事变就是他唆使许克祥发动的。他提审李庠，软硬兼施，威胁利诱，逼他供出金库、省委的情况。李庠横眉冷对、一言不发，在敌人鞭打火烙等各般酷刑之下，坚贞不屈，最后不幸于当年10月20日下午4时，被凶残的反动派杀害于长沙浏阳门外识字岭，年仅33岁。

像李庠一样年轻、一样青春，面对强敌屠刀誓死无悔，把党的一切看得比生命还要重的革命烈士，成千上万。他们的精神熔铸成一股悲壮的红色血脉和万千荣光的红色丰碑，照亮今天和将来，激励着我们为强国建设、民族复兴而勇毅前行。

4. 李季：中国共产党上海发起组15人之一

李季1912年考入湖南公立高等商业学校，半年后转入湖南高师，后来又考入北京大学英文科。1920年8月，他和陈独秀等在上海成立了中国共产党第一个早期组织——上海共产主义小组（亦称为"中国共产党上海发起组"），并致函各地共产主义者成立相应的组织。后留学德国，入法兰克福大学经济系。归国后任上海大学经济系教授、社会学系主任。他是中国最早传播马克思主义著作的翻译家。新中国成立后，他任国家出版总署特约翻译，译有《马克思恩格斯通信集》《现代资本主义》等。著有《马克思传》《卡尔·马克思诗传》《燕妮·马克思诗传》等，将详尽介绍马克思生平与系统介绍马克思主义理论融为一体，颇具特色。译著《社会主义史》为使毛泽东获得阶级斗争理论启蒙的三本书之一。

5. 彭璜：写进共产党人精神谱系的建党"湘籍先驱"

彭璜1919年前后读于湖南公立商业专门学校。曾任湖南学联会长，参加新民学会，为长沙共产主义小组最早成员之一，推动湖南党组织的创立。1921年底，年仅25岁的彭璜因精神失常，在长沙离奇失踪，毛泽东曾多次带人寻找，均无所获。新中国成立后，他还时常想起彭璜，对身边的人说：彭璜失踪实在是太可惜了。可见，毛泽东对于彭璜的才干和志向，是非常看重的。

毛泽东曾致信彭璜，称赞其"高志有勇，体力坚强，朋辈中所少"。而今，全国上下系统研究中国共产党人的精神谱系，湖南省委将彭璜作为建党"湘籍先驱"和"著名革命英烈"之一，称赞他"为伟大建党精神的熔铸留下了不可磨灭的印记"，无疑是充分肯定了他的历史地位和革命贡献。

6. 易礼容：利用商学知识经理长沙文化书社和推出全国第一只红色股票

易礼容 1916 年秋入湖南公立商业专门学校学习，任学生会会长，参加驱张运动，1919 年夏带领 30 余名同学转学至汉口明德大学。1919 年 12 月 24 日，易礼容等人在武昌鲇鱼套火车站找到了张敬尧私运罂粟籽的有力罪证，为驱张运动的成功立下了关键性一功。

1920 年 7 月，毛泽东等人联络长沙城内有名的贤达等，在潮宗街租赁门面创办长沙文化书社。毛泽东担任特别交涉员，负责外联工作，而易礼容因为在湖南商专学习了管理知识，被大家推选为经理。1921 年中共一大后，毛泽东从上海回到长沙，第一个发展易礼容加入中国共产党。后来，易礼容成为中共第五届中央委员、湖南省委代书记等，1923 年 2 月在安源煤矿同毛泽民等创建了中国工人阶级最早的经济组织——安源路矿工人消费合作社，他是总经理，创造性推出了全国第一只红色股票。

7. 刘士奇：商专学生成为著名的红军将领

刘士奇 1922 年前后就读于湖南公立商业专门学校，因参加学生运动被捕，校长任凯南出面保释，获释后到安源做工运工作。曾任红四方面军政治部主任、红二十七军军长。井冈山时期深得毛泽东倚重（1930 年 2 月，中共中央组建红四、五、六军及赣西南、闽南、东江、湘赣边界总前敌委员会，刘士奇和毛泽东、曾山、朱德、潘心源5人组成常委。不仅如此，他还与毛泽东为连襟，牺牲前娶了贺子珍妹妹贺怡）。1933年上半年"肃反"运动开始，他在第四次反"围剿"中分兵将尾随部队的群众护送到苏区，却被执行张国焘错误政策的鄂豫皖省委诬以"畏缩逃跑""丢掉群众"等罪名，错定为"改组派""反革命"而遭冤杀，年仅31岁。

1938年中共中央六届六中全会为刘士奇平反。他的老搭档徐向前元帅说："刘士奇同志工作积极，平易近人，干群关系好，是一位好同志。"（1931年，刘士奇任红四军政治部主任，徐向前任军长。）

8. 甘泗淇：从湖南商专走出的人民解放军上将

甘泗淇早年就读于湖南公立商业专门学校，1926年下学期由湖南大学送考留学苏联，后在莫斯科中山大学毕业。新中国成立后，曾任中国人民志愿军副政委兼政治部主任、中国人民解放军总政治部副主任。1955年被授予上将军衔，荣获一级八一勋章、一级独立自由勋章、一级解放勋章。

9. 李希贤：在新四军学校培育革命青年

李希贤为江苏泰兴人，随江苏银专西迁来到湖南吉首，1941年从国立商业专科学校毕业后，一度考入迁至沅陵的长沙交通银行工作。后因父亲去世，请假回家料理丧事。他办完丧事，没有返湘，而是来到苏北抗日根据地，在新四军军区中专学校教书，为革命工作培养了一大批进步学生。

10. 陈学源：一生投身红色革命，以校为家

陈学源18岁加入中国共产党，在家乡广东从事抗日革命活动。1943年考入国立商学院，继续开展党的工作，1946年8月随国立商学院并入湖南大学，成为商学院学生。1947年毕业，留校当助教，担任湖大地下党支部书记、总支部书记。他从同学中发展进步学生组织读书会，组织群众性研究会，阅读红色题材的革命报刊，发展优秀学生入党。20世纪80年代，曾任湖南省社会科学院党组书记。他儿子就是湖大工商管理学院的陈收教授，他们父子二人一辈子以校为家，为湖大的发展作出了很多贡献。

以上的红色人物，都是湖大佰拾商学培育的一代代杰出学子，从商学中汲取经世致用的精神，倾注于伟大的建党精神之中，知行合一，成就其大。而在他们的背后，一大批优秀的教师也以自己坚定的红色信仰、家国情怀和天下担负，为中国的红色事业作出了不同的贡献。

1. 李达：毛主席"亲点"的湖南大学校长

李达是中国共产党主要创始人和早期领导人之一，也是马克思主义中国化的重要代表人物。

他早年在湖南高等实业学堂、湖南高等师范学校读过书，后来担任过湖南公立法政专门学校、湖南大学学监和教授，讲授新社会学。

李达没有直接在湖大商学体系中任职，但他对于湖大商学的发展，产生了很大的影响。1926年湖南大学定名之初，行政委员会委员长李待琛在开学典礼上，就旗帜鲜明地提出"独立自由研究"方针。身为法科教授的马克思主义者李达，同时为法、商两科学生讲授社会学。也就是说，李达曾在湖大商学体系任教，担负着教书育人的使命。

遗憾的是，1927年4月，因第一次大革命形势逆转，省府当局下令，将湖南大学改名湖南工科大学，唯留理、工二科，法、商二科并入长沙（第四）中山大学。很快，反动军官许克祥在长沙发动反革命叛乱马日事变，以陈独秀为首的中共中央对此束手无策，中共湖南党组织和革命力量遭受严重打击，李达痛感中国革命的理论准备严重不足，于是离开湖南。

他翻译了大量国外马克思主义经济学论著，撰写了中国第一部马克思主义经济学教科书《经济学大纲》、中国第一部系统阐述马克思主义货币理论的专著《货币学概论》等重要经济学著作，对马克思主义经济学理论进行了深入探索。他的《经济学大纲》，曾是新中国成立后很长一段时间内大学普遍采用的政治经济学教材。

他提倡用科学的历史观点研究解释经济，并明确提出了"广义经济学"的主张,即用"历史唯物论指导经济学去研究各种社会经济构造的各种历史的特殊发展法则",建立既把握经济进化的一般法则又反映中国经济的特殊发展法则、能够指导中国经济改造的"普遍与特殊之统一的理论"。这是马克思主义经济学中国化的重大成果,也是他所开拓的唯物史观中国化的经济学向度的集中体现。

李达的马克思主义研究,不局限于经济学方面,在哲学、政治学、史学、法学、社会学、教育学等众多领域,都取得了开创性的成就,实现了对马克思主义理论的整体探索和综合创新。他是中国马克思主义史上一位百科全书式的名家大师。毛泽东称他是"理论界的鲁迅"。

1949年12月2日,中央人民政府委员会第四次会议任命李达为湖南大学校长。这一任命,是毛泽东主席"亲点"的。这次会议,还决定每年10月1日为中华人民共和国国庆日。

一次,李达同毛泽东吃饭时,提议请主席为湖南大学题写校名,主席欣然答应,很快写好寄来横、竖三款。当时,李达希望将湖南大学改名为"毛泽东大学",被主席婉言拒绝:"坚决执行党的决议,不得以领导人的名字命名。"

2. 刘秉麟:在五四运动中介绍马克思主义

刘秉麟,1913年考入北京大学经济系,毕业后到湖南公立商业专门学校任教。后来到北京研究马克思主义,曾在北京大学图书馆得到过李大钊的直接指导，在五四运动中以《新青年》和《晨报》为阵地，发表了《马克思传略》等文章，介绍马克思生平事迹、思想学说和理论观点，参与吹响了马克思主义在中国广泛传播的号角。新中国成立后，他任中南军政委员会委员和武汉大学法学院院长，著有《世界各国无产阶级政党史》，翻译了苏联编写的《俄罗斯经济状况》，为宣传马克思主义唯物史观、阶级斗争理论、剩余价值理论和国际无产阶级运动史，作出了贡献。

3. 李剑农：早年投身革命，后受马克思主义深刻影响

李剑农少年时代就受到维新救国风潮的影响，热情支持维新变法，在湖南中路师范学堂史地科读书时加入了中国同盟会。他毕业后留校任教，积极向学生传播革命思想。

1910年，李剑农抱着求知与救国的意愿东渡日本，在早稻田大学学习政治经济学，学习期间，积极参加同盟会的各种活动，与孙中山、黄兴、宋教仁、章太炎等人均有广泛接触。武昌起义爆发后，他毅然放弃学业，回国参加革命斗争，并迅速编成《武汉革命始末记》，热情歌颂人民向往民主、向往自由的英勇无畏的斗争精神，揭露了清朝统治者凶狠残暴、独裁反动的腐朽本质。袁世凯窃取辛亥革命的胜利果实后，李剑农在汉口《民国日报》担任新闻编辑，反对袁世凯复辟帝制、镇压共和的独裁统治，支持全国各地武装讨伐袁世凯的革命行动。1916年夏天，李剑农从英国学成归国，一度任教于湖南公立商业专门学校，担任过湖南省务院院长兼教育司司长。1924年11月，他与湖南军阀赵恒惕因政见分歧而离职，自此专心治学，致力于中国近代史研究与教学，后赴上海担任太平洋书店编译主任，撰写了《中山出世后中国六十年大事记》《苏俄的东方政策》等书。

晚年的李剑农在思想觉悟和写作内容上都发生了巨大变化，自觉接受了马克思主义唯物史观的学说，运用阶级斗争理论分析历史。他从以前的自由主义者，到不谈主义的历史学者，再转变为对共产党颇有好感的参与者。1949年春，李剑农参加了湖南自救运动，新中国成立后受聘担任中南军政委员会顾问。在中国古代经济史研究方面，他曾受到马克思主义唯物史观的重大影响，致力于挖掘史料与史实的建构，从而显示出实力派的风格。

4. 李六如：曾在延安担任毛泽东办公室秘书长

李六如1920年曾在湖南商专任教，1921年12月由毛泽东与何叔衡介绍，加入中国共产党，参加过北伐战争、秋收暴动，后来在香港、新加坡担任南洋共产党临时委员会的宣传部部长。1930年回到中央苏区，先后任福建省苏维埃政府财政部部长兼内务部部长、中华苏维埃共和国临时中央政府国家银行副行长、代理行长，对苏区的政权建设和财经工作作出了贡献。中央红军长征后，他留在江西，任中央政府办事处财经委员会代理主任，转战于赣南山区，坚持艰苦卓绝的三年游击战争。后遭国民党反动派逮捕，严刑拷打，始终不屈，后经党组织营救出狱。1937年10月到达延安，任毛泽东办公室秘书长、延安行政学院代院长、中央财政经济部副部长，协助陈云等建立健全陕甘宁边区金融管理制度，扭转了财经上的混乱状况。新中国成立后，历任中央人民政府政务院政法委员会委员，最高人民检察署副检察长、党组书记。他曾主持编写《实用经济六讲》。他的代表作《六十年的变迁》，被译成多种外文版本，发行于国内外。

5. 董维键：革命危急关头入党，让周恩来很敬佩

董维键1920年以美国哥伦比亚大学经济学博士入湖南商专执教。后任湖南省教育厅厅长等职。他与毛泽东、周恩来、林伯渠等交好。1927年同谢觉哉、柳直荀等组成收回中华邮政管理权委员会，掀起声势浩大的收回邮政主权的运动，结束了由外国人控制湖南邮政管理权数十年的历史。同年5月马日事变后，董维键愤然脱离国民党，并在武汉经郭亮介绍，加入中国共产党，周恩来曾赞扬说："董维键在革命处于危急关头时，冒着危险加入党内来，这就是不简单的了，值得敬佩。"他曾担任中共上海临时中央局宣传部代理部长，在党中央机关做国际宣传和情报工作，重点掩护和协助党中央从长征路上派往上海的负责同志。毛泽东在与史沫特莱的谈话中，曾经谈到过他。

6. 朱剑农：中国著名马克思主义经济学家

朱剑农在大革命低潮时期，面对国民党反动派的血腥镇压，义无反顾地加入了中共地下党。他早年参加红色革命，由于叛徒出卖，被关进浙江军人监狱。他在狱中三年，认真研读各派资产阶级经济学。出狱后，他赴日本明治大学留学，研究农村经济，对比研究了中、日两国农村社会经济性质和阶级关系状况，受到日本马克思主义研究先驱、著名经济学家河上肇思想的影响，立志毕生从事马克思主义经济理论研究。

他在国立商学院的课堂上公开讲授马列主义经济学，积极支持进步学生运动，很快被国民党当局强令解聘，甚至被特务列入黑名单，后辗转四川大学、安徽大学。1948年，湖南大学商学院进步学生电邀朱剑农再度来到岳麓山下执教。他没有被国民党反动派黑暗统治的淫威所慑服，而是更加频繁地参加进步学生的活动，举办《资本论》讲座。

1949年，他作为湖南大学地下党总支统战委员和教职工党支部书记，积极推动长沙和平解放，并出任湖大接管委员会主任委员，协助军代表余志宏等，全面接管国立湖南大学。他们的接管口号是："反封建、反腐败，要改造、要进步，团结起来，建设新湖大。"在接管过程中，湖南大学对各院系负责人进行了重新调整。是年10月21日，朱剑农被任命为财经学院院长兼工商管理系主任。他的代表作有《自耕农扶植问题》，以及我国研究土地经济问题最早的专著《土地经济学原理》。

7. 卢伯鸥：严令长子和侄儿切勿参与内战

卢伯鸥 1941 年应国立商专校长程瑞霖之邀，加盟商专，出任教务处主任兼图书馆馆长，后来又在改名后的国立商学院担任专修科主任、注册组主任、土地经济系主任兼图书馆馆长。他当时在国内影响力较大，湖北省政府主席王东原曾电邀他出任要职，被他拒绝。他与陶行知过从甚密，接触重庆文化教育界进步人士，阅读毛泽东的《新民主主义论》《论联合政府》，思想获得较大飞跃。三年内战爆发后，他严令长子和侄儿退出国民党军队，告诫切勿参与内战。1948 年，沈阳地下党组织秘密将他安排到解放区四平市任教。

8. 萧杰五：长期从事马克思主义经济学宣传和教学

萧杰五早年投身革命，留法勤工俭学，曾任里昂中法大学中法两国共产党工人混合委员会书记、第三国际第六次代表大会翻译。他曾在北平大学、北平师范大学、湖南大学、武汉大学从事党领导下的革命工作和马克思主义经济学的宣传、教学工作。1949 年前后，他任湖南大学经济系教授、系主任、商学院院长，支持进步青年秘密开展革命活动。

9. 姜运开：长期从事马克思主义经济学宣传和教学

姜运开在湖南一师读书期间，受五四文化影响，参与反帝爱国运动。1934年东渡日本，考入早稻田大学，修学经济学、会计学、统计学等课程。回国后，投入抗日救亡文化教育运动，担任过进步报纸《开明日报》主笔兼社长，与中共地下党联系紧密。曾在国立商学院、省立克强学院任教授。1949年6月长沙解放前夕，地下党急需将宣传资料、印刷机运至新址，姜运开安排学生高继青调用克强学院汽车运输，被特务侦知。因转移不及时，高继青不幸被捕，壮烈牺牲，谱写了湖南学生迎接解放运动壮丽的一页。

10. 涂西畴：为湖南和平解放"立了大功，出了大力"

20世纪80年代初任湖南财政经济学院院长、教授的中共党员的涂西畴，1938年从延安返湘，回到家乡辰溪，组织群众防匪自卫，蓄积抗日武装。两年后，他考入中山大学经济系学习，在学校积极组织开展抗日工作。

日寇投降后，涂西畴在中共华南局的领导下，与中山大学地下党员联合各民主党派，大力开展一系列爱国运动。1947年8月根据华南局指示，他秘密回到长沙，受聘为湖南大学经济系副教授，开展地下组织工作，迎接湖南解放。

1948年6月，程潜出任长沙绥靖公署主任兼湖南省政府主席，对人民群众开展的爱国运动持宽容态度。中共湖南省工委认为程潜有可能走和平道路，决定加强统一战线工作，成立了统战工作小组，由涂西畴和中共地下党员、湖南大学讲师余志宏等组成，开展策反程潜、陈明仁和平起义的工作。涂西畴被任命为统战策反组副组长，成功策反陈明仁兵团中将参谋长文于一、国民党军统中将军衔特务张严佛、宪兵团长姜和瀛，以及国民党空军大托铺机场负责人蔡晋年等。1949年7月，白崇禧撤离长沙时，授意陈明仁在解放军进城前爆破长沙城里所有交通设施、隧道、军火库和工厂等重要建筑设施。时任长沙人民治安指挥部政委的涂西畴获悉消息后，周密安排，将设在开福寺的军火库迅速转移，并将白崇禧的爆破队赶出长沙，使长沙城在和平起义前免遭大劫。

1949年8月4日，程潜、陈明仁率部起义；5日晚，解放军正式进驻长沙，湖南和平解放。8日，萧劲光将军在韭菜园接见涂西畴等人，说："你们在长沙开展地下斗争辛苦了，为湖南和平解放立了大功，为长沙城免遭破坏出了大力。"

长沙和平解放后，涂西畴担任湖南大学接管委员会副秘书长、经济系主任。他同余志宏一道积极建议李达校长，请毛泽东主席题写"湖南大学"校名。1950年9月，毛主席题写了校名，交由正在北京学习的涂西畴带回了学校。

11. 罗章龙：中共早期领导人和著名的工运领袖

罗章龙在长沙读中学时，第一个响应毛泽东的

"二十八画生"征友活动,与毛泽东、蔡和森过从甚密。他参加过新民学会,后考入北大哲学系,1919年参加五四运动,火烧赵家楼。1920年初发起组织了北京大学马克思学说研究会,不久和李大钊发起组织北京共产主义小组,为中共创建时的党员,早期著名工人运动领袖,中共第三届中央政治局委员。他曾与陈独秀、毛泽东等主持中共中央工作,参与过秋收起义领导工作,担任过中央工委部长、全国总工会委员长。1931年,由于历史原因,离开了革命事业,改名罗仲言,从事经济学教学研究。抗战胜利后,湖南大学校长胡庶华顶着国民党白色恐怖的压力,邀请他来校任教。新中国成立前后,任湖南大学经济学教授。著有《中国国民经济史》《欧美经济政策研究》《经济史学原理》《国民经济计划原理》等。

三、湖大商学史上的历史成就

千年学府,百年商学。湖大110余年商学史上,以及影响其萌芽的湖湘商学源头上,创造了一系列引领时代的殊荣,与后来传承红色基因、担负社会责任的湖大商学精髓血脉相连。

1. 陈为镒第一个创办"商学"专栏,首提与学校教育相关之"商学"

清光绪二十三年三月二十一日(1897年4月22日),

晚清名士陈为镒主办《湘学报》(即《湘学新报》),第一期创办"商学"专栏,前后十多期。

2. 曹典球最早提出"兵战不如商战,商战不如学战"

湖南大学老校长胡元倓、曹典球是中国最早呼吁现代商学的代表。1898年,曹典球以外课生的身份考入湖南时务学堂后,积极发表教育救国的言论,在湖南《湘报》第165号上发表《兵战不如商战,商战不如学战说》,详细论证了兵战、商战、学战三者孰轻孰重的问题,认为商战比兵战重要,但学战是最终取胜的法宝。

3. 湖南商业教员养成所肇建,首倡湖湘商科分立

清宣统三年(1911),武冈人刘希刚自日本东京商业学校毕业归来,接受湖南省巡抚衙门的委任,在长沙荷花池的求忠学堂校址,开办商业教员养成所。这是湖南大学工商管理学院的前身。湖大商学由此肇建,首倡湖湘商科分立,引领中华商学新风尚。

4. 湖南商专首任校长汤松,为中国最早的商学、经济学博士之一

1916年,湖南省立甲种商业学校改名为湖南公立商业专门学校,历时十年。首任校长汤松,湖南长沙人,曾入日本东京高等商业学校读书,1910年留美,5年后获密歇根大学经济学博士学位。张敬尧督湘时,荼毒百姓,汤松

奋起反抗，与毛泽东等策划和推动著名的驱张运动。即便遭到通缉，被迫离开湖南，汤松到武昌后仍坚持呼吁反对张敬尧。

5. 曹典球创办中国第一本《实业杂志》

1921年2月，湖南实业界人士组建湖南实业协会。6月，为推动实业问题的研究，决定创办《实业杂志》，办刊地点设在长沙市福源巷。《实业杂志》虽然附属于湖南实业协会，具有协会机关刊物的性质，但实际为曹典球召集湖南高等实业学堂（后改为"湖南工专"）一帮毕业生创办。曹典球也顺理成章地成为实业杂志馆的第一任馆长。

6. 湖南商专校长成为湖南大学校长，任凯南为第一人

1928年4月，经济学家任凯南出任湖南大学校长。他曾留学英国，入伦敦大学政治经济学院攻读经济学，获学士学位。1921年毕业回国，任湖南公立商业专门学校校长，1926年任教于省立湖南大学，任教务长，两年后任校长，成为湖南公立商业专门学校出任湖南大学校长的第一人。任凯南为共和国开国元勋任弼时的堂叔，任湖南商专校长时，出面保释因参加学生运动被捕的学生刘士奇。

7. 湖南商专教师杨端六，为中国管理科学化的重要先驱、中国商业会计学奠基人

杨端六 1912 年入英国伦敦大学政治经济学院攻读货币银行专业，1920 年回国后，曾回湘任教于湖南公立商业专门学校。曾对长沙听众宣讲"社会与社会主义"等专题。毛泽东在场记录，用"杨端六讲，毛泽东记"的署名，将演讲内容在长沙《大公报》发表。他编写了一本《工商组织与管理》教材，最早系统提出"创新"理论。学界评价他是 20 世纪上半叶中国管理科学化的重要先驱者之一。此外，他还被商业会计工作者称为中国商业会计学的奠基人。

8. 湖南公立商业专门学校率先参与组建湖南大学

1924 年，湖南省议会议决设立省立湖南大学，指定岳麓书院为校址，以湖南商专、工专、法专三校为基础建校。1926 年 2 月 1 日，湖南商业、工业、法政三个专门学校合并，正式成立省立湖南大学。湖南大学商科建立，首任学长黄士衡 1936 年出任湖南大学校长；商学系主任张浑，早年毕业于美国俄亥俄州立大学和哥伦比亚大学，获经济学硕士学位，为湖南省最早留学美国的经济管理学家之一，曾任湖南公立商业专门学校、湖南大学、国立商学院等校教授、系主任。

9. 胡庶华是中国工厂管理科学化的最早倡导者

1930年，胡庶华当选中国工商管理协会（即中国科学管理学会）理事，在中国工商管理协会组织的演讲会上，对上海企业家作题为"工厂管理之企业化"的报告。他是中国"工厂管理科学化"的最早倡导者。两年后，他出任湖南大学校长。他虽然曾任国民党三青团团部副书记，却是一位开明人士。1944年，湖大"驱李护校"运动爆发，校长李毓尧开除一大批进步学生，并勾结国民党宪兵团逮捕进步学生，引发群情汹汹，李毓尧被免职，胡庶华第三次出任湖大校长，第一时间宣布进步学生无罪，而且出面保释汪澍白等与中共地下党紧密联系的进步青年。

10. 丁馨伯编译中国最早的《市场学原理》

1933年，现代意义上的营销学正式被引入中国，湖南大学商学系教授丁馨伯编译的《市场学原理》，由复旦大学铅印，1934年由世界书局出版。这是我们能看到的最早的中文版营销学书籍。

11. 林和成编著国内最早、最详细的《科学管理》教材

1939年3月，湖南大学商学院教授林和成著述的《科学管理》，40万字，由长沙商务印书馆出版。

12. 中国经济学社首次在湖南大学举行学术年会

1934年，湖南大学校长胡庶华举办了中国经济学社第

11届年会。这是中国经济学社年会首次在中部地区举行，此前十届年会都是在北京、上海、南京等大城市或沿海城市召开。商学系主任吴德培在会上宣读了三篇论文，为提交论文最多的一位。会后，湖南大学成立了中国经济学社长沙分社，胡庶华任社长。

13. 周德伟最早在中国介绍哈耶克学说

1937年7月，湖南大学由省立改国立，商学院并入经济系。系主任周德伟于北京大学经济系毕业后，留学英国伦敦大学经济学院，得到哈耶克悉心指导。后来，周德伟入德国柏林大学哲学研究院进修，哈耶克继续以书信形式指导周德伟撰写完成货币理论研究论文。周德伟回国后，担任湖南大学教授兼经济系主任，把哈耶克及其学说介绍给中国学界，并译有80万字的哈耶克巨著《自由宪章》。

14. 全国唯一独立的国立商学院

1942年8月20日，按教育部令，国立商业专科学校改为国立商学院。这是当时全国唯一独立的国立商学院。1946年8月并入湖南大学，改称湖南大学商学院，设会计统计、土地经济、工商管理、银行四个系。

15. 国立商学院学生邵品刬成为得克萨斯州立大学工商管理专业第一个中国博士

1942年，江苏宜兴少年邵品刬考入国立商学院工商管理系，1946年以第一名毕业，1948年赴美深造，第二年取得贝勒大学硕士学位，随后考入美国得克萨斯州立大学攻读博士学位，1956年成为该校工商管理专业第一个中国博士。20年后，他成为美国欧特明尼大学被授予"杰出教授"的第一人。1980年，他受中国政府邀请来中国大陆讲学，成为国外学者受邀的第一人。

16. 湖大商学院教师李茂年主持新中国成立后第一次抽样调查

1953年，湖南大学商学院统计系副教授李茂年，在校5次讲授时间序列分析在经济统计中的应用，是我国大统计学的先驱。这一年，他潜心钻研古典抽样方法，在长沙市进行职工家计调查和农户收入调查，可以称得上是新中国成立后的第一次抽样调查。后来，他调入中南财经学院，于20世纪60年代在抽样理论方法上，第一个编制出抽样误差频率分布表，说明误差分布规律，在国内外都是首创。

17. 湖大经济系走出了在全国创造"六个第一"的消费经济学创始人尹世杰

1946年毕业于湖南大学经济系的尹世杰，留校任助教、讲师，1953年因院系调整，调入武汉大学任教授兼经济系主任，后任湘潭大学、湖南师大教授。他在消费经济研究方面拥有全国"六个第一"：第一个提出消费经济学是一个独立学科；出版了第一本系统研究消费经济的专著；获第一届孙冶方经济科学奖；创办了我国第一个消费经济研究所；创办了第一家消费经济专业刊物《消费经济》；第一个在全国招收消费经济学专业研究生。他是中国消费经济学创始人之一。

18. 在全国率先开办工业外贸本科专业

1982年，为了适应我国扩大机电产品出口的需要，湖南大学经济管理工程系开始招收工业外贸专业本科生，当时对外以"机械制造管理工程——机电外贸"专业招生，1984年正式以工业外贸专业招生，1985年经国家教委批准，工业外贸作为新办专业列入专业目录，属于工科。1990年，本专业成为我国第一批具有该专业硕士学位授予权的专业点。

为于
盛斯

岳麓山下的 6 月嘉树苍苍

一

6 月的岳麓山下,最亮丽的风景,莫过于青春洋溢的大学生们身着不同颜色的学位服,成群结队地奔走在各条马路上,徘徊在各处标志性建筑区域内,为自己拍摄不同的美照。

他们要毕业了。

他们马上就要离开这里。

这里有着他们最青春的记忆。

初夏的微风润透了岁月,润开了一年一度毕业季的欢颜与泪光,照亮着如诗如画的记忆,把青春的模样镌刻在校园的怀抱里。今日之青春是无限亮丽的,青春的他们,也将把岳麓山下的经历当作一种最青春的回忆,以青春之我、奋斗之我,奉献才情报国,创新科学名世,续写先辈的光荣故事,不负自身之青春韶华,去成就"强国圆梦,功成有我"的誓愿和人生。

唐末诗人王涣虽然不出名,但他的一句"玉经磨琢多成器,剑拔沉埋更倚天",却以琢玉成器、沉剑倚天的妙喻，解析着一流人才须经磨砺沉寂，方可横绝出世的规律。前方充满挑战和机遇，但校园仍为最美的回忆。无论走过千里万里，都那样清晰，如月光徐来，如赫曦呼吸在枫林深处，在龙王港边的樱花林，在荫马塘离别的车站，漫透一排排、一片片、一丛丛的绿荫，枕断无数雪落无声的追忆。

大家选择的背景中，必然有繁茂茁壮的树。他们曾经在这些知名的、不知名的树下，产生出各式各样的快乐与期待、困惑与迷离、钟情与爱恋……

此时的岳麓山，虽然没有江天暮雪映红的枫林，也没有随风飘飞的枫叶，但，青山绿水间的苍茫林海，以嘉树苍苍的姿态，鉴证着另一种栋梁集群的繁荣：他们将是担负民族复兴重任、实现中华伟大梦想的国之桢干。

"十步之内，必有芳草"，这是湘麓之间自然胜境的写照，也是岳麓书院千年文昌的展示，更是千年学府湖南大学人才辈出的画图。

麓山巍巍，嘉树苍苍。英华蔚起，斯为兴邦。

文教昌明，弦歌盈耳。大学强国，文脉赓续。

树木犹树人，树人犹树木。不论走过天马奔腾、凤凰振飞的春树，还是走在车来车往、人来人往的麓山南路，走遍湘江之畔远望橘洲迎送的潮汐，或者踏着月光、迎着微风寻找桃子湖边的爱情，或者经自卑亭登高而上寻访儒释道的中和之美……树，成了赫曦如来的大风景，成了楚材蔚起的同行者，当然，也成了岳麓山南北生机勃勃的生命线。

二

可以说，岳麓山下，人多树多，千年如故。

奇崛秀丽的自然景观，源远流长的文化根魂，大禹治水分天下为九州的"禹碑"至今尤为清晰，道家福地云麓宫常年云雾缭绕，"汉唐最初名胜，湖湘第一道场"的麓山寺晨钟暮鼓，千年书院更将道冠儒履释袈裟演绎到极致，成为文化自信的最佳典范。陈天华、蔡锷、黄兴等一百多位民主战士长眠青山，于麓山而言，自是魂兮归来，承前启后，激励后来。

书院之盛，坐拥岳麓山得天独厚的山林之美。人在树中，赖以生存。树是人的屏障，人为树的血脉。2005年，湖南大学工商管理学院于麓山南路上新建大楼，地基内有一棵老樟树。建造者们果断决定把它保留下来，为它让出几百平方米，使它在工字型怀抱中自然生长。2021年湖大商学院110周年院庆前夕，学院为此树广泛征集树名，最后定名为"华樟"。华者，欣欣向荣，为华章之意。而樟通"章"，《白虎通·商贾》记载："商之为言章也，章其远近，度其有亡，通四方之物，故谓之为商也。"华樟之意，寓示华章，湖大商学人与自然和谐共存，培育国之栋梁；同时寓示湖大商学再接再厉，续写青春华章。

为了一棵树，一座独特的工字型商学大楼拔地而起，留下了一段人与自然和谐共存的佳话。

这是麓山南路一道奇特的风景线。寸土寸金之地，一座现代化的大楼为一棵在周边触目可见的普通之树，让出了数百平方米的空间。然而，这尤能证明，千年学府，百年商学，沉浸于一种扎根本土、拥抱时代、走向世界的商学之道，就是不问出处地立德树人，有大楼之基、大学之树为证，培育走向世界的一流商学人才，培育有国际视野、创新能力、创业精神、社会责任的栋梁之材。

"兵战不如商战，商战不如学战。"百余年前，湖大老校长曹典球还是时务学堂的学员时，便呼唤商学，发出木铎金声，今日犹在耳畔，振聋发聩，警醒我们置身于变幻莫测的世界，面对波谲云诡的时势巨变，感受"数智时代"的全新颠覆，更加应该重视商道之学。

三

这样的事例，在岳麓山下比比皆是。这样的风景，不论挺拔参天，还是绿荫蔽日，都因那些树得以保护而充满着自然而成又融贯大学之道的诗情画意。每天置身于千年山水庭院，看着柔软生动的枝条，望着掩映成扇子的绿叶，循着斑驳婆娑的光影，读着承载文明的经典，任微风拂过，醒目清心，分外惬意。

学子如树，栉风沐雨。

一棵树有一棵树的生长，一片树叶有一片树叶的使命。纵然，迎着酷热、暴雨、狂风、飞雪，从秋到夏，从夏到秋，淡淡的绿雾在岳麓山下此起彼伏，不负光阴地顽强生发。大树、大楼、大学、大道之中每一年被送往迎来的青年学子们,也如湖大工商管理学院那棵树一样茁壮成长,蔚成大观。

大学之大,在于大师云集,以融贯中西的大学之道,引领所有学子都如先贤所说的"国中有大鸟",在融贯中西的商学中,修学储能,待势而发,"不飞则已,一飞冲天;不鸣则已,一鸣惊人"(《史记·滑稽列传》)。

学校也像一棵参天大树,既是托举小鸟振飞的智慧平台,也是属望大鸟奋飞的坚实后方——

振翼在你怀里,奋飞被你托起。每一天都空气清新,我们一同呼吸。我是鸟儿你是树,放开我俯仰天地。带来蓬勃的青翠,拂去忧伤的迷离。无论我飞越千里万里,都无法离开你爱的归依。

眷恋在你晨曦,梦想被你开启。每个时刻都星光灿烂,风雨把我激励。我是鸟儿你是树,带给我蔚蓝无际。放眼辽阔的云天,拥抱斑斓的春意。我要歌唱你千言万语,也难表达自然的旋律。

社会快速发展需要更多公益创业

我曾认为，真正创业终有大成者，须从底层做起，吃过许多苦，在许多岁月苦熬中坚守底线，敬畏创业。综观当代中国商海上的航母舵手，大多经历过上山下乡的苦日子，几经折腾，才有幸返城。

最初的他们，只是为了生存，为了解决温饱，为了炸油条、卖冰棍、拖板车多赚几分一角钱。那漫长的进程里，充满了恒心和毅力、挣扎和屈辱、期待和渴望、较量和争斗……幸好改革开放的无数节点和契机，振奋他们赢得后福。

同时，不乏投机者、暴发户、走私者突然崛起的案例，不乏初涉社会就机巧制胜、攀龙附凤、钩心斗角、构陷中伤、蝇营狗苟的隐恶。但，让我最感叹的，是那些敢于同命运较量、与市场博弈的勇敢者的辛勤创业。

中华民族是一个富有仁爱之心的民族，乐善好施是中华民族的传统美德，敬老助孤、济困扶贫、救险赈灾、布施修福是中华民族延续几千年的优良道德规范。有非常多的杰出创业者将社会责任和价值创业完美结合。商圣范蠡，《史记》称他"十九年之中三致千金，再分散与贫交疏昆弟",是说19年间3次获得千金之富,但3次将这些钱财用来接济他周围的穷朋友与困难兄弟。史上称赞他"富好行其德"。获得习近平总书记点赞的清朝状元张謇为了实现"匡济天下"的抱负,抛弃官职,下海经商,踏上实业救国之路。在近年来热播的电视剧《觉醒年代》中,陈独秀、李大钊,"南陈北李相约建党"创业,为的是拯救当时的中国人民于水深火热之中。

创业,不是新生词语,《孟子·梁惠王下》中就有"君子创业垂统"之说,意思是说先人创立功业,传之子孙。后来连帝王开国,创立基业,也被称为创业。而今的创业,主要指实现价值的开创事业,近些年更是点染了很多现代的色彩。不少地方为大学生提供了大量创业机遇,电视节目纷纷上演创业基金争夺赛。这样的创业,属于传统商业创业的范畴,目标是获取更多的服务自身的经济效益。有不少人怀忧乐天下的公心,乐善好施,参与到慈善公益当中去,他们参与的是公益创业,与注重经济价值和个人价值的传统商业创业还是有着本质性区别的。

一般社会人士理解的创业,是狭义的创业,即创办新企业,强调获取自身经济效益。《辞海》指出,"创业,创立基业",即指"开拓、开创业绩和成就,包括个人、集体、国家和社会的各项事业"。哈佛大学教授斯蒂文森认为,创业就是一个突破现有资源束缚,寻求机会并实现价值的过程。因此,在工作岗位创造价值和创造新岗位的价值;创造物质价值和创造精神价值;给自己创造价值和为他人、为社会创造价值都属于创业范畴。

公益创业（Social Entrepreneurship），也译作"社会创新"、"社会创业"或"公益创新"，是21世纪初全球兴起的一个全新创业理念，是对传统商业创业的扬弃与拓展，是升级版本的创业。社会主义国家更应该重视公益创业！

湖南大学工商管理学院教授、中国公益创业研究中心执行主任汪忠领衔主编的《公益创业学》（与唐亚阳、李家华联合主编，机械工业出版社2019年8月版），从公益创业教育的角度切入，引导即将置身多元社会的大学生，提前认识和审视公益创业，帮助他们理解为公众谋取社会利益的创业行为，从而在公益创业的知识提升、能力培养、精神指引及实践借鉴等方面，起到系统性的指导作用，激励当代青年在创业人生的抉择中迸发致知载物的光彩。

公益创业的创业形态，不限于个人担当，可能是机构运作，或者是网络联动，带有志愿服务的性质，以包括基金会、社会团体或民办非企业单位等形式的非营利组织，参与到社会管理、社会创新之中，为建设现代治理体系服务。它主要通过捐赠、政府购买服务、会费等形式生存，不需要从业者四处奔波地进行商业交易，但需要其自身始终保持清醒的头脑与博大的胸怀，以一种服务社会、志愿服务的价值观与人生魅力，持续地进行自我管理，成就事业的不凡。

《公益创业学》作为汪忠教授主持的国家线上线下混合一流课程"创业基础（社会创业）"的配套内容，融公益与创业为一体，贯理论与实践于一书，既注重公益创业学基础理论的讲解与阐述，又密切联系国际新成果与中国本土实践，方便学生在中国化的公益创业成功案例中，学习和把握公益创业的内容与方向，培育他们在审视诸多社会问题的同时，激发自身的公益理念与创业意识。

编写队伍权威。编写者大都是大学一线致力于创新创业教育教学与研究的知名教授，为国家水准的创新创业指导名师与志愿服务创业研究高手，有着丰富的理论水平和实践经验，其中有不少从事就业创业教育研究数十年，长期致力于推动中国特色就业创业教育体系建设，可以说是这一领域的领军人物、中坚力量。教而研则不浅，研而教则不空。他们以一种开放式的视野，讲求本土化实践与借鉴的因地制宜，将公益创业实践和教育科研融会贯通，撰著成书，相辅相成，直接推动大众公益创业发展，为有志者创业实践提供多层次理论支撑。

编写系统科学。为方便学生获取公益创业的理论知识，掌握一定的公益创业模式，《公益创业学》以导论、总论与分论三篇九章，全面、完整、系统地解读公益创业的各个方面，不但深入探讨了中西方慈善公益与公益创业的不同模式，还逐条解析了在社会发展格局发生深刻变化的当下，如何实现公益创业团队建设、企业开办、机会识别、资源管理、融资管理、志愿服务等，且对创业过程等进行了直观的模型分析。细化目标，解析案例，透视纵横，引导实训。就连如何写好公益创业计划书，规范非营利组织创业管理，都进行了详细指导。

具有创新意义。此书作为系统的公益创业教材，直接服务于公益创业的实践与研究。如果说公益创业是一个服务社会的系统工程，那么此书正好能引领更多的大学生或者有志于公益服务的创业者，正确地理解和投身公益创业事业，促进我国公益事业社会化、市场化的健康发展，同时为我国人才使用、社会发展与社会创新，提供更为丰富、更为灵活、更为实效的发展空间与机制考量。

应用范围广阔。由于此书有着鲜明的指导性价值、有效的实战性意义及丰富的中国化实例，中南大学、湖南大学等十余所高校，纷纷将其作为通识创业教材。它有助于为大学生参加挑战杯等创业大赛开启新思路，为他们谋划人生职业方向提供新的创业路径及方式方法。

虽然公益创业教育课程最早出现在英美名校，如牛津、斯坦福和芝加哥大学，哈佛大学商学院早在2004年9月就开始招收首批博士生，而我国起步稍晚，但一批致力于推动公益创业教育与实践的专家教授，强强联手，后起追赶，将会推动更多人参与进来，为当下我国经济发展提供强劲助力。

创业，是光荣的，是辛苦的，更是伟大的。每一个创业者需要怀着一颗敬畏之心。创新业，怎么创，为何创，带着怎样的精神与情怀去开创？每一个创业者都该清醒地思考。而投身于公益创业，需要大海般的胸襟、持久性的坚忍，以及志愿服务的社会责任，建立起坚实的创业信任与社会美德,来创造与推动经济繁荣和社会进步。唯有如此,公益创业,才能在社会多元发展的进程中积沙成塔,成为"互联网+"时代的一种榜样力量、一种创新远景,为社会高速发展中不可避免的创业困境闯出一条新的出路。

展现湖大学子新时代文明风采

"军训场上奔跑一束光,那是向着未来的青春力量……"这是大学生的青春誓言、青春光彩和青春奋发。

2023年国庆节前夕,湖南大学工商管理学院推出一首由学院老师创作、学生参与演唱的原创思政音乐MV《追梦飞翔》(向敬之作词、蒋军荣作曲,肖可欣、江伟等演唱),融入学军训、青春励志、校园文化和思政课堂于一体,在广大同学中深受欢迎和广泛传唱。

本科新生入学,在经历过十多年的寒窗苦读又在入学前夕短暂地放飞自我后,迅速进入了全新专业化的教育环境,开启了最接近社会的教育方式,故而有了各式各样的不适应:憧憬和好奇、敏感和茫然、期待和距离、惶恐和窘迫……离家远了,环境变了,学习方式不同了,紧张有序的军训生活,陡然打开他们大学生活和学习的门窗。如何帮助和激励同学们健康地找准自己的大学生角色,不负青春韶华,不负时代重托,也是思政大课堂改革创新的一项重要任务。

大学校园里的思政大课堂,坚持为党育人,为国育才,为国家战略发展和地区社会建设培育人才,把立德树人作为中心环节,融入思想道德教育、文化知识教育、社会实践教育各个环节,这就需要学校积极开展有组织的教育创新,打造更多高水平思政"金课",讲好用好新时代"大思政课",激活多元化的"大课堂",汇聚全社会"大能量",创造性推出文化育人、实践育人等不同形态的现代教育形式,帮助大学生们积极树立远大理想,努力成为勇挑重担、堪当大任的新时代"四有"好青年。

湖南大学工商管理学院作为千年学府湖南大学的重要分支,已有112年光荣历史,形成了"千年学府,百年商学"的社会盛誉,曾培育过毛泽东、谢觉哉、彭璜、易礼容、甘泗淇等十方人才。学院以传承岳麓书院的千年文脉为己任,形成特色商学教育融入推进湖南大学的现代文明建设,致力于培养新时代经世致用商学领军人才。

针对大学新生入学教育,学院积极凝练方向,探索文化思政课堂新形式,创新地策划、创作和出品原创歌曲,以贴切校园生活和青春励志的方式,激励学生在遇见来自五湖四海的"陌生的脸庞"时,相互"为快乐的你加油鼓掌""为明天的我锤炼臂膀",砥砺大家要有"军训场上奔跑一束光,那是向着未来的青春力量""人生路上像风儿一样,再次振翼飞舞新的远方"的信心和决心。只有树立正确的人生观和价值观,努力向下扎根、向上生长,才能像参天大树一样怀着参天梦想,"张开臂膀,怀抱天高气爽……奔向天宽地广",才会不怕"风雨"、不惧"惊雷"、不再"忧伤",在"人来人往"的世界里,在"登高路上"

的登攀中，迈过艰难，向着希望，携手同行，追梦飞翔，"活成坚强的光亮"。

整首歌词并没有贴上湖大和湖大商学的鲜明标签，但一语"登高路上"有着双关的含义。登高路，象征着需要不断登攀的人生路，站在高处才能怀抱天高气爽、奔向天宽地广，大有海子名句"面朝大海，春暖花开"那样的寄寓。在湖南大学，沿东方红广场向西南方挺进岳麓山，就是长沙著名的登高路。这与广场东北角的自卑亭相得益彰，形成了"登高自卑"的深意和寄望。

《中庸》有云："君子之道，辟如行远，必自迩；辟如登高，必自卑。"由近及远，从低登高，每一个人的起点都是从低处开始，进而登高望远。登临岳麓山，寻访儒释道，需要从自卑亭出发，向着登高路跋涉，一步步地往上走。

为新时代青年大学生创作原创音乐作品，创作者需要深入学生生活、学习当中，感受他们的精神期待和审美需求，而不能以单一传统的，或过于时髦的写法虚构他们的精神气度和审美向度。需要从他们细腻的情感中，找准他们最为熟悉的、迫切需要的小切面着笔，捕捉大学生生活真实场景，形成融合传统文化与现代感觉的歌词和旋律，保留他们青春本真的颗粒感，给予他们温情和善意、鼓舞和激励。这，既要有温柔空灵的生活叙事，也要有气势磅礴的青春励志，激励他们不负实事求是和敢为人先、知行合一和正道致远的殷切期待和远大瞩望，用智慧和创新去开创展示青春、拥抱时代、通往未来的"登高路"。

在新生入学的节点因时制宜,以学院师生合作的形式推出原创励志歌曲《追梦飞翔》,无疑是一种教育创新,高度契合敢为人先的湖大精神和经世致用的湖湘精神。其真正的意义在于,以文化人、以文育人,着力点应该落在以文化的、艺术的、创新的正能量传播,进一步丰富和推进思政大课堂培根铸魂、启智润心的内涵与意义,展现出一种多元的现代文明光彩和鲜活的大学生文明风采。

为什么写《志愿者也英雄》?

2021年7月,长沙市委宣传部、市文明办出品,长沙广电新闻中心拍摄的原创歌曲MV《志愿者也英雄》(向敬之作词、蒋军荣作曲、胡晋编曲、王艺诺演唱)上线,在长沙广播电视台各频道和网络平台迅速传播转发。导演周峻在朋友圈中有一段文字:"这首MV是我执导难度最大的歌曲,纠结,推翻,重来,因为向老师的词太好了,感觉任何镜头都难配上。"让我这个词作者再次陷入思考。

词真的好吗?为何导演说不能迅速表现画面感?……词是3月底写的,当时确实想了很多。当时的我,因为与学校出现的一例确诊病例时空交集而居家隔离。社区安排医护人员上门给我们一家做核酸。头天晚上11点半,两位医护人员上门。我问他们还要忙多久,一人回答说至少要忙到凌晨两点。第二天中午,我和家人正在吃饭,医护人员又上门做核酸。女儿还不到8岁,害怕做鼻拭子,看到全副武装的白衣战士就哭了起来。她强忍着泪水做完后,一位年轻女医护说了一句鼓励的话,结果把她逗笑了。女儿说:他们太辛苦了!他们在无限忙碌中,没有埋怨,反而是想办法抚慰有些躁动不安的我们。我很感动,也很感激！

我很快想到我所在单位湖南大学工商管理学院在微信工作群里征集志愿者，院办主任征集时把自己列为第一个，旋即一对新婚夫妇同事报名。很快，学校出现了母子住进办公室参加抗疫，退休教师主动帮忙搬运抗疫物资，有抗疫的年轻夫妻相距百米也只能在休息瞬间用视频连线一次短暂而温馨的"异地恋"。湖南大学没有围墙，大家用人身筑起了安全的围墙。非常时刻，他们迎着危难逆行而上，主动上门给红码人员做核酸，帮助医护人员转运需要集中隔离的对象。这只是长沙抗疫中一个感人的切面。有媒体报道，雨花区一位"00后"女孩从早上7点开始，连续爬楼给市民做核酸，一上午走了万余步，接着又采购物资，分门别类地送到居民手中。他们没有把自己当作志愿者，而是认为自己是抗疫队伍里的一名战士。

志愿投身，坚定服务，这不是他们的职业，却成了他们在非常时期最用心用力用情的工作。他们看起来平凡，做的事情也普通，但他们的行为，所传递的精神和展现的坚毅，像春天的霞，如灿烂的笑，深深地感染了我。

一座现代城市的新时代文明，需要在政治清明的背景下，实现各项主要经济指标以惊人的速度不断发展的同时，快速提升人民群众幸福指数。其中，自然有着决策者与建设者的历史功绩，探索和践行着高质量发展的路径与理念。当蓝图变成现实，文明不断提质，我们被经济与文明建设中铁的事实和数据所震撼，为全面发展的速度和品质而惊叹，让火热建设现场、温暖人心细节的激情感染，为美不胜收的生活环境而向往、而振奋、而幸福！

然而，在现代文明的进程上，总会出现形形色色的阻碍和危机，让人产生各种各样的感伤和苍凉、遗憾和困惑、期待和憧憬。他们的后盾，是绝大多数人义无反顾地坚守在一线，守护着城市的文明和安宁，让熟悉的人、陌生的人正常地生活与工作。文明建设的背后，有着一大批奉献者，如雷锋志愿者，以及传承雷锋精神的其他志愿者，这份幸福的获得，离不开他们无限的忙碌和辛苦。

我在长沙读书、工作和生活了20多年，身历目睹这座城市这些年的翻覆巨变和历史跨越。每一次登岳麓山，上云麓峰，向四周瞭望，将这一方楚汉名城的无限风光尽收眼底，把这一座还在不断延伸、日新月异的时代星城印刻心底。我隔空触摸其深厚的历史人文底蕴和优美的自然山水风光，感受其倾心倾情倾力打造的现代文明，追索其精心独辟而出的一条显山、活水、靓洲、拓城的创新之路。心底是温暖的。就连我女儿，每每回老家，总会说"我们长沙"。

万里长沙，幸福星城。潇湘洙泗，文明星城。一颗新时代文明的种子，已然植入了每一个孩子稚嫩的心灵，同时也生长在每一个成年人的眼睛里。而这些，无疑也是一大批建设者夜以继日地发奋努力，无数志愿者通宵达旦地默默奉献的结果。没有接受过专业培训，也没有规范的职业操守约束的人，完全是带着情怀，临时投身于志愿服务事业，难免会存在工作瑕疵、产生服务争议，被人误解，但是，他们的付出、他们的担负、他们的努力，是完全值得大家尊重的。是他们的主动参与和热心推动，才有了文明的日积月累、集腋成裘！从某种意义上讲，在城市的街头忙碌奔波的他们，就是大地上流动的星辰。即便在风雨中，也在照亮着美丽的星空，潜在地把新时代文明实践的探索、实践和成果，璀璨在星辰之间，以一连串缩影聚焦，展现出省会长沙文明建设的底色和亮色。

近年来，我在从事文史研究的空暇，以写作歌词练笔，不时写我所置身和热爱的这一片山水洲城的美，写为这一座魅力星城光彩怒放而忙碌付出的所有人，写那些身穿红色上衣的雷锋志愿者、身着蓝色和绿色上衣的其他志愿者的辛苦。

他们都是默默无闻的平凡人，然而为了星城的安宁祥和、文明幸福，守望一方，守护所有，守候万家灯火、满城春风，在星光里忙碌，在晨曦中坚守，在无我为民的奉献中，虽然"像一棵芳草默默无闻"，却在努力"用春的光彩怒放卫士使命"；虽然"像一缕星光灿烂无痕"，却在全力"用火的激情燎原文明星城"。

在战争年代，无数可爱的人，为保家卫国，而书写志愿军英雄的光荣历史。而今，又是一批普通的人，不论在长沙的哪条街巷，还是在全国的哪个角落，照样为了保家卫国，而凝聚志愿者英雄的崇高品质。他们的身上，有着一种强烈的家国情怀和天下责任。在危难之中，个体生命都很微弱，然而他们勠力同心，感染身后所有的人，众志成城，汇流成一种磅礴的力量。他们灿烂无痕的联系，让每个人不再是一座孤岛，让所有的人向着胜利、向着幸福、向着春天，逆流而行。无数人如我，把他们偷偷镌刻在心底，期待日月轮转，悄悄换走风和雨。

当长沙市文明办胡文浩处长联系到我，希望能写一首反映长沙志愿者的歌曲时，我犹豫过。该怎么写？是写歌德式的形象歌词，还是写真实表达情感的艺术歌曲。他说，就写我的感受，而且能传开，就如我2021年写长沙"实景交响诗"系列和大型民族歌剧《半条红军被》的评论那样，放开写。

我带着强烈的情感触动，把歌词定位为既表现长沙人民志愿服务的生命状态，也展现省会长沙文明建设的整体形象，既要有志愿服务温暖人心的细节情景，也要有振奋人心的宏大场景，很快写完《志愿者也英雄》，而且在副歌开头旗帜鲜明地写道："你也是英雄。"然而，我又告诉他们，我不仅仅是在表现抗疫！

貌似写实，其实是写意。主歌部分有些叙事诗的味道，但诗意化的成分较多。聚焦一个亮点，但要表现一个群体，一种具有质感和温度的事业与精神。"你"是一个人，也是一群人！"星光里"忙碌的"你"，"晨曦里"守望的"你"。因为有"你"的"守护"，我们"大地繁荣"；因为有"你"的"温暖"，我们"分享阳光如春"。因为有"你"辛勤忙碌，我们才有"流淌幸福"的星城；因为有

"你"的无悔付出，我们在危难时"众志成城"。

十步之内，必有芳草；万里长沙，满地星光。星城长沙的一草一木、一砖一瓦，都与你、与我、与她，有着某种情感的牵挂和眷恋。歌词中没有出现长沙的字眼，但每一句中都带着长沙文明的历史印记，每一段都是雷锋精神的艺术表达，表达每一位长沙人都是建功文明星城的一分子，都是传递雷锋精神的担负者。

长沙是雷锋的故乡，幸福星城，也是一座文化厚重、文脉赓续、文明久远的魅力之城。无论是特殊时期的防控阻击，还是建设时期的快速发展，总有一批来自不同行业、不同岗位、不同年龄的志愿者，传递着雷锋的精神，同时向全省、全国乃至全球，充分地展示着万里长沙的时代文明。

定稿后，我把歌词发给湖南师范大学音乐学院作曲教师蒋军荣。我们此前在2020年初疫情防控期间合作过几首少儿歌曲，这两年又带着情怀写了一批反映岳麓书院文脉传承的歌曲。长期合作，经常交流，彼此知道对方词曲中所要表达的内涵。他拿到歌词4个小时后，给我打来电话，直接唱了起来，歌声中潜在勃发着一种催人奋进、提振士气的力量，富有弹性和感染力。

整首歌是温暖的，我们可以在歌词与音调的融合中，想象着一个粗线条勾勒的故事。随着引子钢琴进入夜景空镜横移，星空加社区空镜，看见一种宁静祥和的城市之美。温暖的弦乐转景，见人见物——夜色中"大白"和红马甲忙碌在街头，穿梭、坚守、搬运、帮扶、解说……他们把最温暖的场景给了我们，他们将最直观的市容传递给大家，把最清晰的繁荣展现给世界。抗疫、抗洪、抗冰……无论是在大事件面前，还是在平常志愿服务活动中，那些略显孤独的背影，时常从容的身影，见人见物，特写城市文明的一点一滴，最后升华出星城大美。

诚如歌曲的首唱者、长沙交响乐团独唱演员王艺诺所说："当我哼着旋律，唱着歌词时，很快产生了强烈的情感共鸣。这首歌，是写给传递雷锋精神的长沙志愿者的，诗意化的语言，抒情中有一种团结向上、守护文明的力量。"

熔铸雷锋精神的志愿服务，已然成为这座城市中无数奉献者的精神风采。功成有我，却仍在无我奉献。建功在我，他们一直默默无闻。他们在工作、学习之余的坚持，无私地守护着我们和星城的幸福文明。所以，我们要用雅俗共赏的音乐形式、美通融合的艺术声音，着力表现包括雷锋志愿者在内的所有长沙人，不辞辛苦、守护星城的奉献状态与精神，用意象说话，展示星城长沙的魅力，同时也能向长沙以外的人们展示这座城市在新时代文明实践中的幸福丰采和城市温度。

为于盛斯

代跋　与老书缔结不老情缘

还是在不到十岁的时候，我开始迷上了外公的古典小说，诸如《三国演义》《封神演义》之类。当时，妈妈总是嗔怪，唠唠叨叨，骂骂咧咧，说我自己的书不读，专爱看一些老书。

妈妈替我担心，因为我对这些书近乎痴迷，甚至在生活中，也常把书中的乐事、古话大肆宣扬出来。有老师反映，我上课都会偷偷看上几眼。因此也没少遭到妈妈威严的惩罚。

由于爸爸是教师，我们家就安在学校旁边。每天放学回家，我只要看到爸爸没在家，就马上跑到两里之外的外公家里，津津有味地看起老书来。

不少时候，看着看着，突然耳朵一阵揪痛。

不好，妈妈又来了……

到了暑假，我最喜欢的事情是放牛。吃完午饭，先强装着睡一会儿，等爸妈一睡着，不论屋外的太阳多么炙热，我都会拿起一本老书悄悄地出门。牛自由地吃草，我自由地看书，不到天黑是绝不会回家的。

外公的这些书，得来非常不易，镇上没有书店，只能去县城的新华书店买。由于晕车，只能步行，他不顾年老体衰，常常走上几十里路，买了几本书又匆匆也慢慢地走回几十里之外的家。有些时候他拿着自己的书，走过二十多里的山路，和邻近乡里的老人，换来几本老书看。妈妈看在眼里，很是心疼，但也知道她殷殷的劝告，对于外公是无用的。

外公过世后，留给我一箱子老书。书是妈妈带回家的，那年我还在读初二。

那些书，内容有些年月了，其中讲述的事情，都是"古时候"的。就连那些作者，都已作古好几百年了。说是老书，并不过分，但是从严格意义上说，这些书也是新书，因为编辑它们的出版社，还是年轻的。

这些书，好读，也耐读，让我觉得嚼之有味，乐读不疲，同时，在内心深处，有了一个高高的形象，那就是出版社，认为她是神圣不可及、不时制造权威图书的地方。虽然当时的图书印制质量较为粗糙，内芯使用的也不是特种纸、蒙肯纸之类，封面设计较为简单，没有使用现代化的工艺。而在我心里，它们就是美的。

看这些古典小说，当时也是困难的，过日子都得省吃俭用，爸妈是不会给我零花钱去买这种闲书的。我只好悄悄地借，有时稍没注意，不是被任课老师缴去，就是让爸爸或妈妈搜出藏了起来。我记得曾悄悄地偷出爸爸较昂贵的二胡琴弦、松香，和同学交换一本已经没有封面甚至残破的《水浒传》，悄悄地放在妈妈很难发现的地方，一有时间，就拿出来细看，后来看着看着又被老师缴走了。

后来，我来长沙后买的第一套新书，就是岳麓书社出版的包括《水浒传》在内的四大名著。现在我只要看中了什么书，随时都能弄到或买回家。在老家的时候，是不会想到若干年后，自己也能危坐在曾以为高不可攀的出版社里校书、编书、写书和评书。

大学快毕业那年的元宵之夜，我读着学者江堤的遗作《书院中国》，被其诗性的语言、丰裕的内容、雅致的装帧吸引，情不自禁地写起了《书院文化的生命绝唱》。那晚，同学们出去过节，我依在一盏孤灯旁，听着外面的鞭炮声声，写出了我的第一篇书评。当初只是发表在新华网，却先后被《扬子晚报》《云南日报》《陕西日报》等多家主流媒体的读书编辑刊发为头条。

2005年，对于我而言，是一个转折点。因为书评，我认识了后来一直指导我写作、教诲我做人的蔡栋先生。

校对《湖湘文化访谈》时，蔡老师对湖湘文化的理解，通过其行文简洁而不失情趣的表述方式，使我如沐春风。我第一次为一本书写了两篇书评，分别在《出版广角》《南方都市报》上发表。此书不论到什么时候，都是不会过时的，了解与研究湖湘文化，它是一座无法绕过的丰碑。对于湖湘文化的认识，有利于我们审视过去、反思自身、看重未来。

当时，图书编辑，是我的本职工作，只能一丝不苟、一腔热情地孜孜以求。平时写写评论，是我的工作调剂和另类生活的安排。我因品评图书而提高编辑质量，又以在编辑工作中形成的素养锻造自身的写作与评论水准。

我写作书评，满怀平静心思，想得最多的并不是让自己出名。有时推荐新书，没有样书，常常是用自己微薄的工资购买寄给相关媒体。万一找不到样书，只好选择向大型门户网站投稿。

我对图书有着不倦的情缘，一有机会就向读者推荐，从不去想什么报刊与网络的区别，也不在乎人家是否给稿费。

于我而言，我期待有更好更多的图书问世，我也愿意用文字为图书做推介，以便广大读者不再像我的童年那样只能看到老人家才看的老书。虽然当时我还没想过后来会走上明清史写作的道路，也没想过会重返高校来到邻近岳麓书院的工商管理学院研究湖大商学文化和历史人物，然而，我乐此不疲地评论和推荐自己心仪的好书，不论新书还是老书，总觉得该有更多的读者从书中汲取一些精神力量。

当然，我也希望有更多的人，能为图书做宣传。为自己熟悉的书写绍介性文章，也是一种快乐。对于好书的推介，我是不吝笔墨的，也尽最大可能地加大宣传力度。宣传好书，不是谀辞，不是诿过，而应从不同的角度，淋漓尽致地反映图书的内容思想、作者的喜怒哀乐和道德情操，以及修养、情趣、学识和经历。

虽为闲适文兴，却是自然流走，这些文字冠不了锦绣文章的帽子，但同样需要耐读，嚼之有味，品之不疲，犹如夏日薄荷，给人的是凉爽过后的清神，还有几缕难以释怀的韵致。如在皑皑白雪的冬天捧读，定是另一番妙趣，甚至有一天能在青田小石上刻出"敬之以礼"的字样，而不奢望什么鸡血石和蓝田暖玉。

写书评书话，我完全是用晚上的时间，有时会感到疲惫，但心里还是开心的。最起码，我为读者推荐好书，不用再担心妈妈说我读老书不务正业了。这样的写作，虽在繁忙工作之余，却让我感到分外自由、轻松、平静、快乐。

凯尔泰斯说写作是为了延续生命，而我认为写作可以创造人生的快乐，因为我的文字能让更多的读者亲近好书，本身就有快乐的意义存在。

西绪弗斯不倦地轮回推进巨石，为古希腊神话增添了执着的色彩。我又希望自己能无怨地用青春和生命，检索老书、新书及其相关故事，悉心窥探走近优秀图书的路径，以文字形态的书评作为"阿基米德支点"，撑起精神形态的阅读品牌。

妈妈不再反对我读任何书了，但她走进我的书房时总会说上一句："你啊，家里又多了好多新书。"爸爸在一旁笑道："这现在是你儿子的本职工作，不能再骂他不该看老书了。"

曾有朋友来我家玩，说起我爱读书，识字不多的妈妈，一本正经地跟他们说起我偷看外公老书经常挨她骂的故事。那已经是三十多年前的事情了，妈妈讲得很清晰，友人听得津津有味，只是妈妈的话语里多了一些欣慰，少了许多担忧。

朋友问我老书是什么，我迟钝了一下，哦，我都差点忘记了。她又问家里是否还有这些老书，她也想看看。我说书架上还有不少，她说那都是新书啊。

是的，是新书，也是老书，现在这些比我在外公那里看到的，印刷和装帧漂亮多了，当然也纠正了不少错误，但是内容还是一样。

我现在也算是靠着评书、写书，以及不停地买书，建构了拥有一万多册图书的书房，实现了读初中时热诚期待的坐拥书城的奢望，甚至还出版了十多本著者为我的名字的明清史系列和读书随笔集，但我总觉得这样的生活，应该坚持下去。纵然工作再忙，生活再累，压力再大，也该由此产生形形色色的情景，消融匆匆人生中的感伤与苍凉、无奈与坚忍。也许，哪一天那里面放着我的一本书，一本关于我对生存、生活和生命有所疑惑、有所醒悟的书。这是我曾经的期待，也是我一时的冲动，更是我长期延续的自我反思。

因为机缘，来到岳麓山下，成为传承岳麓书院千年文脉的一分子，深刻感受着从道南正脉的千年书院到于斯为盛的千年学府，从传承中华优秀传统文化的岳麓书院到建设中华民族现代文明的湖南大学，一代代青春赤子，胸怀家国天下，走出安身立命的书斋，为改变国家命运，实事求是地寻找最新的出路并竭力攀登高峰。他们身上有着千年书院传承的、强烈坚守的忠孝廉节的情结。他们的人生起伏不一，然而又有着一种勃发而坚韧的自卑精神和登高气魄，催发着他们在历史的天空镌刻下一个个充满志气、骨气和底气的热血身影，登高前行，豁然开朗，海阔天空，对今天的青年学子有着"年少峥嵘屈贾才，山川奇气曾钟此。君行吾为发浩歌，鲲鹏击浪从兹始"的榜样力量和历史照鉴。缘于此，我们就有了共同的思路，写成《于斯为盛：千年学府与百年商学》，持续探索千年文脉与现代商科的基因血缘与传承创新。

作者